브레인 디자이너

브레인 디자이너

초판 1쇄 인쇄 2014년 04월 25일
초판 1쇄 발행 2014년 05월 01일

지은이   한 담
펴낸이   손 형 국
펴낸곳   (주)북랩
편집인   선일영   편집   이소현, 이윤채, 조민수
디자인   이현수, 신혜림, 김루리   제작   박기성, 황동현, 구성우
마케팅   김회란
출판등록   2004. 12. 1(제2012-000051호)
주소   서울시 금천구 가산디지털 1로 168, 우림라이온스밸리 B동 B113, 114호
홈페이지   www.book.co.kr
전화번호   (02)2026-5777   팩스   (02)2026-5747

ISBN   979-11-5585-219-4 03810(종이책)   979-11-5585-220-0 05810(전자책)

이 도서의 국립중앙도서관 출판시도서목록(CIP)은 서지정보유통지원시스템 홈페이지(http://seoji.nl.go.kr)와
국가자료공동목록시스템(http://www.nl.go.kr/kolisnet)에서 이용하실 수 있습니다.
(CIP제어번호 : 2014013729)

소설로 읽는 인간극장!

브레인 디자이너

이젠 나를 치유할 때!

한 담 지음

차례

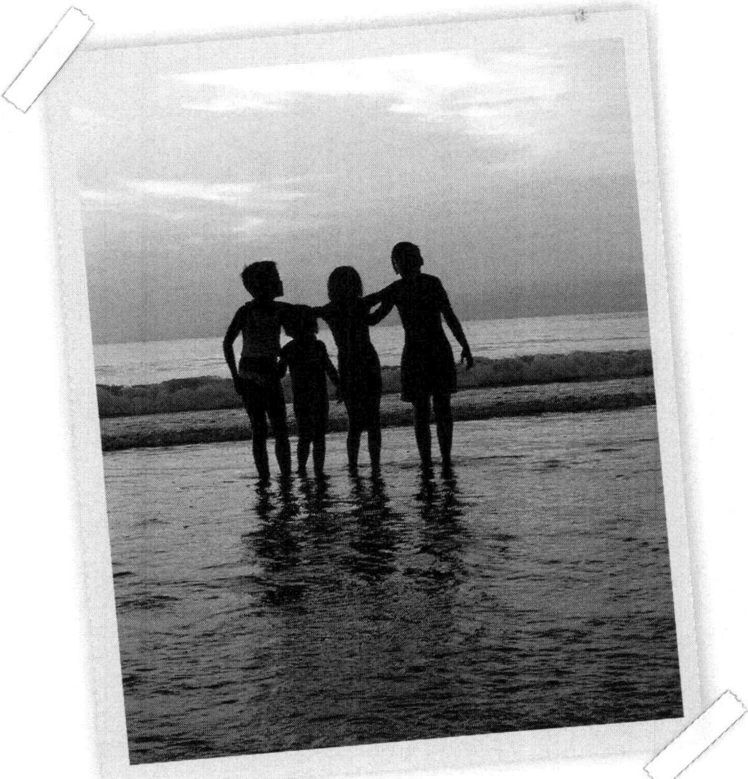

친구의 눈물

경상북도 어느 마을에 타지에서 온 부지런한 젊은 농부가 살고 있었다. 그 농부는 부모가 가난하여 학교를 다니지 못했다. 하지만 곡식은 열심히 가꾸고 예뻐하면 수확을 많이 올릴 수 있다는 것을 알고 있었다. 농부는 해마다 다른 집에 비해 많은 수확량을 올리고 있었다. 그는 오로지 부지런히 농사를 지었다. 그리하여 주위 사람들에게 부지런하다는 말을 들으며, 점점 더 많은 땅을 갖게 되었다.

그 젊은 농부에게 아들이 하나 있었다. 아이에게 어떤 것이라도 가르쳐주고 싶었지만 농사를 짓는 것 이외에는 해줄 것이 없었다. 단지 아이를 데리고 농사를 짓는 것이 전부였다. 아이가 엉금엉금 길 땐 논두렁과 밭두렁을 기어 다녔다. 농부는 '아이고, 나 같은 아버지를 만나 논밭에서 기어 다니는구나!'라고 생각하며 불쌍하게 생각할 뿐 아이에게 다른 무엇도 해줄 수가 없었다. 아이가 좀 더 크자, 삽을 끌고 놀았다. 아이에게 삽은 장난감이었다. 아이가 크면서 삽을 스카이콩콩처럼 타고 놀기도 하고, 물을 막아 댐을 만들기도 했다.

어느덧 아이가 초등학교를 다니게 되었다. 아이는 책을 받았지만 글자를 읽을 줄 몰랐다. 단지 선생님께서 "이건 국어 읽기 책입니다."라고 말하면 '파랑색은 국어 읽기 책'이라고 외웠다. "이것은 즐거운 생활입니다."라고 말하면 아이는 '글자가 많으면 즐거운 생활이구나!'라고 기억했다. 그런데 선생님께서 "이것은 슬기로운 생활입니다."라고 말했다. 이번에는 글자가 더 많았다. 그래서 다시 기억을 고쳤다. '글자가 가장 많은 책이 슬기로운 생활이야.'라고 바꿨다.

글자를 모르는 아버지는 아이를 소달구지에 태워, 벼를 거두어들이거나, 농사일을 같이 하는 것뿐이었다. 아이는 아버지를 따라다니며 농사일을 하는 것이 싫지 않았다. 아버지는 논일을 마치고 집으로 돌아올 때 아이를 안아 올리며 이렇게 말했다. "니가 볏단 젤 꼭대기에 앉아라. 알것쟈?"

아이는 그것이 가장 신나는 일이었다. 붉은 노을마저 사라질 때 소달구지에 쌓아 올린 볏단은 세상에서 가장 높아 보였다. 아이가 달구지 꼭대기 평평한 곳에 앉아, 이리 쿵덕, 저리 쿵덕거리며 돌아올 땐 친구들이 부러워 소달구지를 따라왔다. 그때 아이는 개선장군이 된 기분이었다.

어느 날 아이에게 어려운 일이 닥쳤다. 글자를 모르는 아이는 나머지 공부를 할 수밖에 없었다. 아버지는 산그늘이 자신의 논까지 왔을 때 아이가 학교에서 돌아오지 않아 걱정이 되어 학교로 걸어갔다. 생전 처음 가보는 학교였다. 담벼락을 따라 학교 근처에 도착했지만, 들어갈 수가 없었다. 학교에는 높아 보이는 선생님들만 있을 것 같았다.

처음 아이가 입학할 때도 옆집 순이 엄마가 데려갔다. 학교에 갈 자신이 없었기 때문이었다. 학교 철문에 머뭇거려 보지만 몇몇 아이들이 공을 차고 있었다. 아이는 보이지 않았다. 어둠이 내려앉을 때 아이가 예쁘게 옷을 입은 여선생님과 같이 운동장을 가로질러 걸어 나왔다. 농부는 담 한구석에 몸을 숨겼다. 학교에서 일하는 높은 선생님을 만나 뵐 자신이 없었다. 아이와 헤어지는 선생님을 확인하고서야 아이에게 달려갔다.

"마당아!" 아이가 못 들은 모양이었다.

"마당아!" 다시 부르자 아이가 뒤를 돌아보았다.

"아부지! 어예 알고 왔니껴?"

"내가 학교도 못 찾아올 줄 알고? 와 이리 늦었노?"

"잠깐만 기다리소. 선생님 금방 요게 계셨으이 불러 오겠심더."

"선생님을?" 하는 사이 아이가 없어졌다. 잠시 후 선생님께서 오셨다.

"우리 아부집니더!"

"안녕하세요?"

"네. 선상님! 지송합니더. 지가 못 배워서 마당이를 못 갈켜 지송합니더. 잘 부탁하입시더." 하고 농부는 허리를 숙이며 두 손을 앞으로 모은 채 안절부절못했다.

"아버님. 그런 걱정은 하지 마세요. 아이가 굉장히 똑똑합니다. 며칠만 마당이를 천천히 보내겠습니다. 한글을 금방 깨칠 것입니다."

"아무튼 무슨 소린지 몰라도 잘 부탁드리니더!"

"네, 아버님. 그럼 다음에 뵙겠습니다. 내일 보자, 마당아! 숙제 잊지 말고."

"예, 알겠십니더. 내일 뵙겠심더."

농부는 머뭇거리다가 아들 마당에게 물었다.

"한글이 뭐로?"

"한글요, 우리나라 글자가 한글이라 캅디더." 아들이 가방에서 책을 꺼냈다.

"이게 국어라 카고요. 이런 글자를 한글이라 캅디더."

"그라모 국어하고 한글하고 똑같은 말이가?"

"그건 잘 모르겠심더. 선상님께 무러 볼께예."

"그란데 니 와 이리 늦었노?"

"지가 한글을 몰라서 나머지 공부하능 거 아잉교."

"나머지 공부?"

"예, 선상님하고 둘이서 공부하는 거라이예."

"그라모 그거 좋은 거네?"

"난 좋은데 친구들은 안 좋다 캅디더."

"니만 조으만 된다. 가들은 신경 쓰지 마라."

"예."

그렇게 둘은 십리나 떨어진 학교에서 집으로 걸어왔다. 아이는 선생님이 주신 공책에 무엇인가 똑같은 것을 계속 쓰고 있었다. "김…… 마…… 당…… 아…… 버…… 지…… 어…… 머…… 니…… 선…… 생…… 님……" 같은 말을 중얼거리며 연달아 쓰고 있었다. 농부는 슬그머니 나가 밥을 지었다. 무엇인지 모르지만 아이가 글을 쓰는 것이 동사무소에 있는 서기 같았다. 농부는 가슴이 뿌듯했다.

저녁을 먹으며 아들이 말을 걸었다.

"아버지요. 학교에 마중 안 나와도 되니더. 나도 저녁 늦게 올 수 있심더."

아이가 다 컸다는 생각이 들었다.

"그란데 니 왜 아버지라 카노?"

"아부지가 아입디더. 아버지라꼬 국어 책에 나오데이예."

"그라모, 우리가 전부 잘못 쓴 기가?"

"그게 아이고요. 선생님한테 물어봤더만 그게 사투리라 캅디더."

"사투리는 먼데?"

"우리 지방이 서울이 아이라 카데이예. 그래가지고 쓴다 카디더."

"머리 아프다. 뭔 말인지 모르겠다. 니는 알아듣나?"

"좀 알아듣기는 하는데 잘 모릅니더."

하지만 농부는 흐뭇했다. 조금이라도 알아듣다니 그 예쁜 선생님이 너무 고마웠다. 땅을 살 때마다 글을 몰라서 뭐가 뭔지 알 수가 없어, 옆집 친구인 순이 아버지와 같이 가 도장을 찍었는데 그때마다 글을 모른다는 것이 답답하기도 하고, 복잡해 보이는 서류를 처리하는 순이 아버지가 고맙기도 했다. 아이가 좀 더 크면 순이 아버지처럼 훌륭한 사람이 될 것 같았다.

순이 아버지는 항상 농부가 모르는 말을 많이 하기 때문에 세상에서 가장 훌륭한 사람처럼 여겨졌다. 순이 아버지는 두부장수였고, 돈 계산도 아주 잘했다. 돈만 주면 무엇이든 뚝딱 해 오기 때문에 훌륭해 보였다.

아들을 순이 아버지처럼 훌륭하게 키우고 싶었다. 마당의 엄마는 농사일을 하고 집으로 돌아오는 길에 마당에서 아이를 낳았다. 옆집 순이 엄마의 말로는 마당이를 낳을 때 피를 너무 많이 흘려 죽었다고 했다. 농부는 자신의 아내가 일을 너무 많이 해서 흘린 피라고 생각하며 자신의 무지함을 탓하고 살았다. 가끔 마당의 엄마가 꿈에 나타날 때면 미안하다고 용서를 빌었다.

마당은 학교에서 돌아와 논이나 밭으로 나갔다. 아버지가 있는 곳은 거기밖에 없었다. 낮에는 농사일을 돕고, 밤에는 숙제를 하기도 하고 교과서도 읽었다. 선생님께서 소리 내어 읽으면 빨리 한글을 읽을 수 있다고 했기 때문이었다. 교과서를 소리 내어 읽을 때면 농부는 옆에서 콩을 고르거나, 새끼를 꼬거나, 서툴게 양말을 기웠다. 아이의 책 읽는 소리는 어떤 노랫소리보다 기분이 좋았다.

아들은 꾸벅꾸벅 졸음을 참고, 새끼를 꼬는 아버지의 모습을 보면서 언젠가 아버지를 호강시켜 드리리라 다짐하곤 했다. 그럴 때면 선생님의 말씀이 생각났다. "책 속에 길이 있다." 그런데 그 말이 무슨 뜻인지 도대체 알 수가 없었다. 가끔 교과서에 그려진 그림 속의 길을 볼 때 그 길을 말하는 것이라고 생각해 보지만 그것은 아닌 것 같았다.

어느 날, 농부는 아들에게 물었다.

"한글하고 국어가 뭐가 다르다 카드노? 선상님께 물어봤나?"

"못 물어봤심더."

"와 안 묻노? 내가 물으러 가 보까?"

"내일 물어보겠심더."

"그런 궁금한 거는 빨리빨리 물어봐야 된데이. 앙 그라머 까먹는다 아이가."

"예, 알겠심더."

아들은 자신이 깜빡 잊은 것을 아버지가 생각하고 있었다는 것이 신기했다. 사실 농부도 남에게 모르는 것을 물을 땐 잘 되지 않았다. 순이 아버지와 시장에 나가 곡식을 팔 때 가끔은 혼자 와야 했다. 하지만 파란색 작대기 두 개가 그려진 11번 버스가 보이지 않았다. 정류장의 노선표를 보고 얼마나 기다려야 하는지 알아내야 하는데 누구에게 물어보기가 쑥스러워 혼자 걸어 올 때가 많았다. 아들은 자신처럼 키우고 싶지 않았다.

농부는 잠들기 전에 내일 할 일을 위해 농기구를 챙겨 놓는 것이 습관처럼 되어 있었다. 다음 날 밭을 매야 한다면 호미를 챙겨 놓고, 논에 물을 대야 한다면 삽을 챙겨 놓았다. 아침에 일어나 삽을 보면 무엇을 해야 할지 알 수 있었다.

아이가 3학년이 되었을 때 참 신기한 생각을 하게 되었다. '아버지는 글자를 모르신다. 숫자도 모른다. 그런데 어떻게 농사를 잘 지으실까?' 동화책을 읽어봐도 모르겠다. 학급문고에 있는 책을 아무리 들여다봐도 아버지 같은 사람은 없었다. 공부 잘하고 훌륭한 사람들밖에 나오지 않았다. 아버지는 글은 모르지만, 농사는 동네에서 제일 잘 짓는다고 어른들도 인정했다. 마당은 이런 결론을 내렸다. "부지런한 농부는 수확이 많고, 부지런한 학생은 공부를 잘한다." 그리고 크레용으로 큼지막하게 써서 벽에 붙였다.

"마당아, 저 부적을 왜 붙였노? 학교에서 부적 그리는 것도 가르쳐 주디?" 아버지의 말에 마당은 웃음이 나오려고 했지만 웃을 수 없었다. 웃으면 아버지께 죄를 짓는 것 같다는 생각이 들었다.

"아버지, 잘 들어 보이소. 앞에 건 아버지고요, 뒤에 건 내 겁니더. '부지런한 농부는 수확이 많고, 부지런한 학생은 공부를 잘한다.' 좋은 말이지예? 지가 지었심더. 우리 집 가훈으로 할라꼬예."

"그거 진짜 니가 만들었나?"

"예, 안 좋아예?"

"아이다, 좋다." 농부는 눈물이 나올 것 같았다. 옆집 순이 아버지보다 더 훌륭한 말처럼 들렸다.

"마당아, 이쁜이 선상님 아죽도 학교에 계시나?"

"예. 계십니더. 인제는 결혼까지 했심니더."

"근데, 니 왜 내한테 말 안 했노? 결혼할 때 말이다."

"나도 몰랐심더."

"알았다."

"와이예?"

"아이다."

다음 날, 농부는 쌀 한 가마니를 달구지에 싣고 학교로 갔다. 소사 아저씨가 먼저 농부를 맞았다. 하지만 소사는 이쁜이 선생님이 누군지 알 수가 없었다.

"우리 집 자식이 3학년인데 이쁜이 선생님이 계신다 캅디더."

"아 이름이 뭔교?"

"마당이라 캄니더."

"마당이 아부징교? 세상에나!"

"와이예?"

"아, 아입니더."

"기다려 보이소."

마당이 오가고 한바탕 소동이 있은 후 이쁜이 선생님이 나오셨다. 소달구지에 담겨온 쌀을 받고 이쁜이 선생님도 고마움에 어쩔 줄 몰랐다. 이쁜이 선생님은 농부에게 마당이 아주 훌륭하게 자란다고 칭찬해 주었다. 집으로 돌아오는 농부는 소가 날뛰어도 때리지 않았다. 그 후로 해마다 이쁜이 선생님 댁으로 쌀 한 가마니씩 전달되었다.

어느덧 마당의 6학년 졸업식이 가까웠다. 이쁜이 선생님께서 마당을 보고 졸업식에 아버지를 꼭 모셔오라고 말씀하셨단다. 농부는 잠이 오지 않았다. 머뭇거리다가 건넌방 마당에게 갔다.

"마당아, 졸업식이 머로?"

"아버지요, 졸업식은요, 초등학교를 마치고 중학교 간다꼬 축하해 주는 행사 아입니꺼."

"그라머 테레비에 나오는 밀가루 뿌리는 거가?"

"하하하, 예."

"그라모 밀가루 가져가야 되나?"

"아! 아입니더. 그게 아이고요. 참, 아부지 양복도 없지요?"

"양복 입고 가이 데나? 난 그라모 안 갈란다."

"아이라예. 양복 아이라도 한복도 게안심더."

"알았다. 한복 입고 가야것다."

농부는 안방으로 돌아갔다. 언제부턴가 마당은 아버지가 높아 보였다. "낫 놓고 기역자도 모른다."는 말조차 모르지만 오직 아들만 바라보며, 부지런히 살아가는 아버지가 존경스러웠다. 아버지의 생활을 보면서 인간이 자신의 도리를 다할 땐 아무리 겉모습이 보잘것없어도 부끄러움이 없다는 것과 자신의 일은 철저히 지키는 그 모습이 매우 훌륭해 보였다.

농부는 거무튀튀한 얼굴이지만 농사일로 떡 벌어진 어깨에는 그나마 한복이 어울렸다. 아이의 엄마가 시집을 때 해 온 한복은 아직도 몸에 딱 맞았다. 어색하게 담임선생님과 이쁜이 선생님을 만나고 자리에 앉으려는데, 이쁜이 선생님께서 교장 선생님을 소개하셨다. 자신이 교장 선생님과 인사를 한다는 것이 믿어지지 않았다. 역시 이쁜이 선생님은 훌륭한 분이라고 생각했다.

조금 후 마당이 마이크 앞으로 나가는 것이 보였다. 그리고 인사를 했다.

"안녕하십니까? 저는 이번에 졸업하는 김마당이라고 합니다. 추운 날씨에 이렇게 와 주셔서 감사합니다. 저는 일부러 졸업식 답사 원고를 쓰지 않았습니다. 그 대신 저를 길러주신 한 농부를 소개할까 합니다."

농부는 표준말을 하는 아들의 말이 가물거리게 들렸다. 이쁜이 선생님의 인도로 앞으로 나갔다.

"우리 아버지십니다. 아버지께서는 농사와 자식농사를 짓는 농부십니다. 하지만 학교를 다니신 적이 없습니다. 글자를 전혀 모릅니다. 아버지는 제게 아무런 강요를 하지 않으셨습니다. 농사짓는 일만 하셨습니다. 제가 어릴 땐 논과 밭이 놀이터였습니다. 아버지는 저를 어디에 맡길 줄도 모르셨고, 자식이 사랑스러울 뿐이었습니다.

제가 초등학교에 입학했을 때 글자를 몰랐습니다. 제게 한글을 깨우쳐 준 선생님이 김희원 선생님이십니다. 우리 아버지께서는 그분을 이쁜이 선생님이라고 합니다.(하하하! 웃음) 처음 제가 이름을 쓸 줄 알았을 땐 입학한 지 3개월이 지난 후였습니다. 저도 농사꾼 아들이라 농사를 지을 수밖에 없었습니다. 글을 깨치면서 벼는 제게 놀아달라는 친구였고, 감자는 수학 선생님이었습니다. 숫자를 모를 땐 감자를 캐면서 수를 배웠습니다. 3학년 때부터 집안일을 했습니다. 아버지는 농사일을 도우러 나오지 말라고 하시더군요. 집안일을 하면서 농사가 오히려 낫다고 생각했습니다. 해 보지 않은 집안일이 더 힘들게 생각되었습니다. 하지만 할 사람이 없기 때문에 할 수밖에 없었고, 차차 그 일도 몸에 익숙해지더군요. 그때 나는 이런 생각을 했습니다. '하지 않으면 할 줄 모른다.'

이제와 생각하면 저는 참 행복한 사람이었습니다. 저는 단지 제 일만 한 것뿐인데, 친구들은 아버지와 사는 것이 힘들지 않느냐고 묻습니다. 알고 보니 그렇게 말하는 친구들이 더 힘들게 살아가고 있었습니다. 항상 부모와의 다툼과 공부의 고통으로 고민하고 있었습니다. 1학년 때 김희원 선생님께서 말씀해 주신 책 속에 길이 있다는 말의 뜻을 이제야 깨달았습니다. 후배들도 부디 이 사실을 깨닫기 바랍니다. 그것이 자신을 행복하게 만들 것입니다.

아버지의 생활을 보고, 선생님의 말씀에 따르다 보니 세상을 배운 것 같습니다. 아버지는 제게 부지런함을 가르쳤고, 현재의 충실함이 미래를 만든다고 행동으로 가르쳤습니다. 우리는 가난하지 않은 부자입니다. 돈 쓸 사람이 없었으니까요.(한바탕 웃음) 후배들에게 말하고 싶은 것은 먼저 어른들의 말씀을 듣고, 행동으로 옮긴 후 판단하라는 것입니다. 그때 판단하더라도 늦지 않다는 것입니다. 틀린 말이라도 행동함으로써 배우는 것이 더 많습니다. 힘들다고 피한다는 것은 땀의 대가를 느끼지 못하게 합니다.

저는 아버지의 노래를 밤이면 듣습니다. 아버지가 몸이 피곤해 신음 소리를 낼 땐 너무나 고맙고 죄송했습니다. 아버지의 코 고는 소리에 푸근함을 느낍니다. 아버지를 보면서 세상은 자신의 할 일을 아는 사람에겐 아무것도 두려울 것이 없다는 것을 알았습니다. 농사는 아버지께 한 번도 거짓을 가르치지 않았습니다. 오히려 인간의 거짓된 행동이 자신을 망친다는 것을 알았습니다. 이런 생각을 가르쳐 주신 저의 아버지를 여러분께 소개해 드리고 싶었습니다. 나를 낳아주신 아버지께 감사드립니다."

마당이가 강단에서 내려갈 때 사람들은 환호와 박수를 보냈지만, 농부는 표준말로 하는 아들의 말이 무슨 말인지 잘 알아들을 수가 없었다. 앞이 아련해졌다. 많은 사람들 앞에 나서 본 적이 없는 농부는 어쩔 줄 몰랐다. 무엇인가 아들이 잘한 것 같은데, 사람들이 박수 치는 것을 보고 좋을 뿐이었다. 이렇게 행복한 순간이 자신에게 올 것이라고 생각지 못했다. 아들이 고마웠다. 모든 고통의 세월이 기쁨으로 다가왔다. 도무지 정신을 차릴 수가 없었다.

그런 농부를 이쁜이 선생님이 자리로 안내해 주었다. 이쁜이 선생님의 손을 잡고 소리 없이 눈물만 흘렸다. 너무나 고마웠다. 시간이 얼마나 지났는지 느끼지 못했다. 자리를 떠날 엄두도 나지 않았다. 정신을 가다듬고 둘러보니 옆집 순이 아버지도 와 있었다. 순이 아버지가 눈물을 글썽이며 농부에게 악수를 청했다.

"자네, 수고 많았네. 마당이가 일등 했다더군. 동네에서 인재가 났다고 소문이 났어. 자네는 몰랐지?"

"고마우이, 난 몰랐네."

아이들의 이름이 불리고 박수 소리가 들렸다. 마지막으로 경상북도 도지사상을 마당이 나가 받았다. 부상으로 커다란 박스와 쪽지 그리고 장학금을 받았다. 모두가 아들을 향해 박수를 치고 있었다. 농부도 힘껏 박수를 쳤다.

김 박사(김마당)는 세계적인 신경계통의 의학박사가 되었다. 미국 모 대학에서 근무하다가 한 달 전 아버지의 병환으로 입국했다. 나는 김 박사를 너무나 잘 안다. 어릴 때 옆집에 살았기 때문이다. 항상 같이 자랐지만 그 사람처럼 쉽게 공부하는 사람을 본 적이 없다. 국비장학생으로 유학 가기 전까지 김 박사는 아버지와 살았다. 고등학교를 다니면서 농사를 지었고, 대학수학능력고사를 보기 두 달 전부터 본격적인 시험공부를 했다. 가을걷이가 끝났기 때문이었다. 그리고 그는 당당히 우리나라 최고의 의과대학에 입학했다. 우리는 그를 괴물이라고 불렀다.

　그의 생활은 첫째가 아버지였다. 지극한 효자다. 유학을 떠난 후에
도 아버지를 모시지 못하는 것에 대한 부담감을 갖고 있었다. 최소한
일주일에 한 번은 아버지의 안부를 내게 묻곤 했다. 직접 전화를 하면
아버지께서 자식이 걱정할까 봐 말하지 않을 수 있다는 염려 때문이었
다. 나 역시 김 박사가 미국으로 건너가 자신의 꿈을 펼칠 것을 조언했
었다. 불효자를 만드는 것에 일익을 담당했다.

　그런 김 박사가 어제 선친의 장례를 치렀다. 그리고 땅을 어떻게 처
리할 것인지에 대해 나와 상의하려고 왔다. 땅은 이미 선친과 약속한
용도가 있었다. 선친께서는 자식이 원하는 대로 사설 도서관 짓는 것
을 허락한 후 돌아가셨다.

　그는 장례식장에서 절대 울지 않을 것이라는 나의 짐작이 옳았다.
중학교 때부터 김 박사는 후회할 일을 하고, 슬퍼하는 것은 생각 없는
사람이 하는 짓이라고 말했었다. 그런 김 박사가 자신의 초등학교 졸
업식 사진을 어루만지며 복도 끝에 서서 어깨를 들썩이고 있었다. 아
버지 앞에서 울지 못한 눈물을 외롭게 훔치고 있었다. 덩치 큰 사나이
의 소리 없는 눈물이 나의 마음을 울렸다.

달 옆 작은 별

　해가 수평선에 가까워질수록 하늘과 바다는 붉은색으로 물들기 시작했다. 바다는 조금씩, 조금씩 자갈을 해변으로 하느작거리며 밀어 올렸다. 자갈은 밀리지 않으려고 안간힘을 쓰지만 이내 포기하고 '자르륵, 자르륵' 구르는 소리를 냈다. 바다는 해변을 따라 자갈로 된 언덕을 만들고 있었다.

　자갈이 깔린 바닷가를 벗어나면, 해변보다 조금 높은 언덕을 따라 잡풀이 무성한 오솔길이 보였다. 오솔길은 무엇인가 지나간 자국을 따라 맨땅이 조금씩 드러나 있었다. 자세히 보지 않으면 자국이 있는지 알 수가 없었다. 풀이 자라 오솔길로 보이지만 길은 넓었다. 오솔길은 해변과 나란히 북쪽으로 길게 고개 너머까지 이어져 있었다.

　오솔길 옆, 작은 오두막집이 외롭게 자리 잡고 있었다. 오솔길은 오두막집에서 멈췄다. 마치 오두막이 세상의 끝인 것처럼 보였다. 오두막은 바다와 북쪽으로 난 오솔길을 제외하고 모두 산으로 둘러싸여 있었다.

　오두막 마루에는 열 살이 된 듯 보이는 소년이 앉아 있었다. 초여름이었지만 흰색이 누렇게 변한 겨울 스웨터를 입고 있었다. 바지는 한쪽 정강이가 터진 칠부바지였다. 때가 찌든 것으로 봐 처음에는 딱 맞는 바지였다. 발밑에 놓인 슬리퍼는 제짝이 아니었다. 뽀얗게 먼지가 앉은 슬리퍼의 발등 부분은 철사로 몇 번 꿰맨 자국이 있었다.

숲 속 새소리조차 외롭게 들렸다. 소년은 자갈이 구르는 소리가 들리지 않았다. 그 소리는 공기처럼 항상 곁에 있는 느끼지 못하는 소리였다. 바다 쪽을 바라보던 소년은 빙그레 미소를 지었다. 잔잔한 바닷물이 갑자기 요동을 치며 방향을 바꾸고 있었다. 밀려가는 바다는 항상 반갑고, 고마웠다. 밀려온 바다는 먹을 것을 남기고 떠나기 때문이었다.

소년은 망태를 메고 바다를 향해 달렸다. 그러다가 이내 멈춰 섰다. 발바닥이 조금 따가웠다. 오솔길에서 걸음을 멈추고 발바닥을 살폈다. 가시가 박혔지만 피는 흐르지 않았다. 아빠가 꿰매준 슬리퍼를 소년은 신지 않았다. 아빠가 오기 전에 떨어지면 또 다시 꿰매야 하기 때문이다. 오솔길이 난 북쪽을 향해 고개를 돌렸다. 여전히 달구지 모습은 보이지 않았다. 소년의 얼굴에서 미소가 사라졌다.

절룩거리며 바다 쪽으로 걷기 시작했다. 그리고 자갈이 깔린 바닷가에 주저앉았다. 한참 동안 발을 들여다보다가 겨우 가시를 빼냈다. '아빠가 있었으면 금방 뺏을 텐데'라고 생각했다.

갑자기 배가 고프기 시작했다. 고개를 들어보니 바다는 이미 저만치 물러나 있었다. 얼른일어나 바다로 뛰어갔다. 시원한 바닷물은 소년을 기분 좋게 만들었다. 조개를 줍고, 게도 잡았다. 최대한 많이 잡으려고 안간힘을 썼다. 적게 잡으면 배가 고프기 때문이다. '내일은 아빠처럼 그물도 쳐 봐야지!'라고 생각하며 망태를 들고 집으로 향했다.

소년은 망태를 메고 걷다가 "거짓말쟁이!"라고 내뱉었다. '거짓말쟁이'라고 말했지만 아빠가 보고 싶었다. 얼마 전부터 아버지는 돌아오지 않았다. 매일 그랬던 것처럼 두 밤 자고 온다던 아버지는 아직도 돌아오지 않았다. 고개 너머 달구지를 타고 오던 아버지의 모습이 언제부턴가 보이지 않았다. 해가 질 무렵이면 고개 쪽으로 목을 빼 보지만 더 이상 아버지의 모습은 보이지 않았다. 밤마다 아버지를 만나는 꿈을 꾸지만 일어나면 아쉬웠다.

소년은 꿈인지 아닌지 모를 기억을 가지고 있었다.

어느 날, 많은 사람들이 집으로 찾아왔다. 아버지는 흰옷을 입고 머리에 무엇인가 두르고 울며 서 있었다. 사람들이 찾아오기 이틀 전부터 어머니는 보이지 않았다. 그날 소년도 덩달아 눈물이 났다. 무슨 일인지 모르지만 눈물이 났다.

"아이고, 이 어린것을 두고 왜 이리 빨리 가누! 불쌍한 것." 사람들은 아이를 보고 그렇게 말했다. 하지만 소년은 그 말이 무슨 뜻인지 알지 못했다.

그날 이후 소년은 아버지를 따라 다녔다. 아버지는 소달구지를 끌고 사람이 많이 모인 곳을 돌아다녔다. 여기저기 다녔기 때문에 어디가 어딘지 알 수가 없었다. 하지만 그 기억은 소년의 기분을 좋게 만들었다. 아버지가 한마디 하면, 사람들은 꾹 다물고 있던 입을 크게 벌려 웃곤 했다. 그런 일들이 기억인지 상상인지 알 수가 없었다.

오두막으로 돌아와 망태를 내려놓았다. 오늘따라 아버지에 대한 생각이 왜 그렇게 나는지 소년의 눈에 눈물이 고였다. 아버지와 텃밭을 가꾸고, 물고기를 잡던 생각도 났다. 잡은 물고기와 텃밭에서 난 채소를 싣고 고개 너머로 가시던 아버지의 마지막 모습이 떠올랐다.

"빨리 갔다 오마. 혼자 있을 수 있지?"

"응."

따라가고 싶었지만 말을 하나마나였다. 사내놈이 혼자 살아 봐야 한다는 둥, 밤에도 혼자 잘 수 있어야 한다는 둥 아버지는 핑곗거리를 잘 만들어 냈다. 그래서 포기했다.

처음에는 그날 저녁이면 돌아오던 아버지가 날이 갈수록 하루, 이틀 길어졌다. 하룻밤만 자고 와도 미안하다고 말하던 아버지는 이제는 며칠 동안 자고 와도 방바닥에 벌렁 드러누워 일어날 줄을 몰랐다. 이상한 냄새를 풍기지만 소년은 아버지가 방에 누워 있는 것만으로도 행복했다.

아버지가 잘 때면 바다로 나가 호미로 굴을 땄다. 굴을 따며 아버지께서 맛있게 먹는 모습을 그리곤 했다. 굴을 따 부엌에 두고 방을 살피면, 여전히 아버지는 코를 골고 있었다. 게를 잡아 냄비에 들고 와도 아버지는 일어나지 않았다. 그러면 밥을 하기 시작했다. 가마솥에 불을 지피고 보리밥이 타닥타닥 탈 때면 아버지는 연기와 더위에 못 이겨 뛰어나왔다.

"쿨룩쿨룩, 태식아 뭔 일이냐? 이게 웬 연기여?" 하고 아버지는 눈을 비비며 말했다.

"밥하는데!"라고 대답하며 소년은 아버지를 보고 깔깔 웃었다.

"밥은 뭔 밥이냐? 아직 보리쌀이 남았냐?" 하고 아버지가 물었다.

"응, 조금 남았어." 하고 소년은 대답했다.

아버지는 고개를 갸우뚱거렸지만 소년은 웃었다. 굴과 게를 간장에 찍어 반찬 삼아 먹는 아버지의 모습은 소년을 행복하게 만들었다. 소년은 아버지가 없을 땐 밥을 해 먹지 않았다. 곡식을 아껴야 아버지가 고개 너머에 가지 않기 때문이었다. 그 대신 배가 고프면 바다로 나갔다. 굴을 따 먹다가 물리면 물고기를 잡아 구워 먹었다. 더우면 바닷물 속에 벌렁 드러누웠다. 바닷물은 가만히 누워 있어도 물 위로 떠밀어 올렸다. 언제나 바다는 소년과 놀아줬다. 바다가 화날 때를 제외하고 몇 시간이고 물 위에 떠 있었다. 그것도 지겨우면 저만치 조그만 섬까지 망태를 메고 헤엄쳐 갔다. 조그마한 섬에는 게도 크고, 굴도 컸다. 망태에 가득 잡아 헤엄쳐 올 때면 바다는 조용히 소년을 밀어 주었다. 배를 하늘로 향하고 누워 있으면 어느새 자갈밭에 누워 있었다.

처음에는 혼자 자는 것이 무서웠다. 아니 밤이 무서웠다. 그래서 해가 떨어지면 무조건 잠을 잤다. 하지만 마려운 오줌은 참을 수가 없었다. 한밤중에 일어나 밖으로 나가면 왠지 무서운 생각이 들었다. 그러다가 쑥스러운 생각도 들었다. 어차피 밤이나 낮이나 자신은 혼자라는 것이었다. 무엇을 무서워하는지 알 수가 없었다. 무서워할 이유가 없었다.

그러던 언제부턴가 아버지는 돌아오지 않았다. 아버지의 얼굴마저 점점 희미해져 갔다. 지금은 북쪽으로 난 오솔길 쪽으로 가끔 고개를 돌릴 뿐이었다. 당연히 보이지 않을 것이라고 생각하지만 목은 고개 쪽으로 돌아갔다.

한여름이 지나자 바닷물은 점점 차가워졌다. 얼마 지나지 않아 추운 계절이 온다는 것이 생각났다. 겨울에는 바다에 들어갈 수 없다는 기억이 나자 난감한 생각이 들었다. '뭘 먹고 살아야지? 그래, 씹어 먹는 물고기.' 마른 멸치를 가끔 씹어 먹었던 기억이 떠올랐다. 소년은 배시시 미소를 지었다. 그리고 다시 바다로 뛰어들었다. 추운 겨울을 위해 물고기를 잡아 말려야 한다는 것을 알았다. 하지만 그날 잡은 물고기는 많지 않았다.

다음 날, 아버지가 쓰던 그물을 쳤다. 낡아 찢어진 그물을 제대로 사용할 수가 없었다. 그래서 다른 방법을 생각해 냈다. 그러기 위해 큰 나무가 필요했다. 집에 있던 낫을 들고 뒷산으로 갔다. 아무도 다니지 않는 뒷산은 길이 없었다. 이상한 산새소리가 소년의 귀에 들렸다. '너도 혼자구나!' 소년은 속으로 그렇게 말했다.

갑자기 "쉬이이이" 하는 소리와 함께 땅바닥을 기어 다니는 것이 위에서 내려오고 있었다. 뭔지 모르지만 겁이 났다. 소년이 서 있는 곳으로 쏜살같이 내려오고 있었다. 소년은 순간적으로 옆으로 폴짝 뛰었다. 뒤이어 또 한 마리가 내려오고 있었다. 이번엔 오른손으로 낫을 꽉 잡았다. 1미터나 되는 얼룩덜룩한 뱀이 소년이 서 있던 자리를 지나려는 순간 몸을 공중으로 날리면서 낫으로 후려갈겼다. 긴 뱀은 반으로 접혀 나무에 척 걸렸다.

"힘도 못 쓰는 놈이 감히……."라고 소년은 혼자 중얼거렸다.

깊은 숨을 가다듬고 곧은 나무를 골라 베기 시작했다. 잠시 후 자신의 키만 한 나무 다섯 개를 어깨에 메고 내려오기 시작했다. 올라갈 땐 보지 못한 이상하게 생긴 열매가 많았다. 산딸기는 알고 있었지만 다른 것은 처음 보는 열매였다. '내일은 산딸기를 따야지!'라고 생각하며 바다로 갔다.

바닷물이 밀려오기 전에 기둥을 세웠다. 바다로 향한 입구를 좁게 하고 다섯 개의 기둥을 돌로 두드려 박았다. 그리고 기둥에 그물을 걸치고 바닥에는 무거운 돌로 고정시켰다. 소년은 흐뭇한 미소를 지었다. 고기가 많이 잡힐 것 같았다. 그리고 기다리는 시간 동안 어제 돌 위에 널어놓은 물고기를 뒤집었다. 큰 물고기는 배를 갈랐지만 잘 마르지 않았다. 작은 물고기는 어느새 바싹 말라 있었다. 작은 물고기를 골라 망태에 담았다. 그리고 집으로 돌아와 단지 속에 넣고 뚜껑을 덮었다. 다시 도마와 칼을 들고 물고기를 말리던 자리로 갔다. 큰 물고기를 잘게 잘라 놓았다.

한참 후 고개를 들어 보니 물은 이미 코앞까지 와 있었다. 소년은 그물이 온전히 서 있다는 것을 보고 미소를 지었다. 하지만 바닷물이 빠지면 가야 할지 지금 가 봐야 할지 알 수가 없었다. 물이 밀려올 때나 빠져나갈 때나 힘들고 위험하다는 것을 소년은 알고 있었다. 그래서 조용히 기다리기로 했다.

해는 바다를 선홍색으로 물들이며 바다 밑으로 떨어지기 시작했다. 물도 빠져나가기 시작했다. 푸른 하늘과 바닷물이 황혼으로 물들고 있었다. 기대에 찬 얼굴로 그물까지 뛰어갔다. 그물에 가까워질수록 소년은 춤을 추기 시작했다. 펄떡거리는 큰 물고기가 그물에서 살려달라고 아우성을 칠수록 소년의 다리와 팔은 높이 올라갔다. 피에로가 두 다리를 옆으로 벌리고 팔을 높이 치켜들 듯 소년은 엉거주춤한 본능의 춤을 추고 있었다. 수평선을 따라 점차 바닷물이 반짝이고 있었다.

소년은 해 냈다는 기쁨으로 그물 보따리를 짊어지고 자갈밭으로 나왔다. 그물에서 흘러나온 바닷물이 옷을 적셔도 신경 쓰지 않았다. 이렇게 기쁜 적은 처음이었다. 스스로 내일을 위해 무엇인가를 준비했다는 것이 만족스러웠다. 하지만 소년의 고개는 북쪽으로 난 오솔길을 향하고 있었다.

어둠이 깔리도록 양동이로 물을 퍼 나르며 물고기의 배를 땄다. 산에서 내려오는 개울물은 점차 줄어들고 있었다. 낮 동안 달구어진 자갈이 발바닥에 따스함을 전해주었다. 어느새 어둠이 내려앉았다. 소년은 하던 일을 멈추고 집으로 들어왔다.

집으로 돌아온 소년은 조용히 이불 속으로 들어갔다. 이제는 어둠이 무서운 게 아니라 밤이 되면 할 일이 없었다. 보이지 않는 밤은 아무것도 할 것이 없었다. 이제는 아버지를 기다릴 필요도 없다고 생각했다. 아니 어차피 오지 않을 것 같았다. '아버지를 찾아 고개를 넘어가 볼까?'라고 생각했지만 이내 고개를 저었다. 그리고 고단한 잠에 빠져들었다.

소년은 다음 날부터 산으로 가야 했다. 이제는 방을 따뜻하게 지필 땔감을 만들 작정이었다. 산은 바다와 달리 무서웠다. 시끄러운 듯 고요한 산은 그 정체를 드러내지 않는 속성에 두려움마저 느껴졌다. 처음에는 깊은 산속으로 들어갈 수가 없었다. 부스럭거리는 소리가 나면 뱀이 아닌지, 푸드덕 하는 소리가 나면 귀신은 아닌지 신경 쓰였다. 이상한 새소리도 들렸다.

하지만 겨울 준비를 해야 했다. 불쏘시개로 억새풀도 베고, 땔감을 만들기 위해 통나무를 잘랐다. 조선낫으로 통나무를 베기란 여간 힘들지 않았다. 첫날은 장작을 만들기 위해 통나무 하나 쓰러뜨리는 데 만족해야 했다. 통나무라고 해봐야 아이의 정강이 정도였다. 손엔 물집이 잡히고 땀이 뚝뚝 떨어졌다. 고기를 잡을 때는 반나절이라도 할 수 있었지만, 나무를 벤다는 것은 익숙하지 않은 또 다른 일이었다. 팔이 뻐근하고 허리가 아팠다. 몇 번이고 내려가 물을 마시고 올라왔다.

자신이 하지 않으면 아무도 해 줄 사람이 없었다. 소년은 갑자기 풀숲에 털썩 주저앉았다. 힘들었다. 숨소리가 저절로 한숨이 되어 나왔다. 굽힌 다리를 양팔로 감싸고 무릎 위로 고개를 숙였다. 한참 그렇게 앉아 있다가 고개를 들었다. 소년의 눈에는 눈물이 흘러내리고 있었다. "아빠……." 소년의 입에서 그 한마디가 힘없이 흘러나왔다.

물집이 잡힌 붉은 손바닥에 침을 바르고 다시 낫질을 하기 시작했다. 처음엔 뻐근하던 근육이 얼마 지나자 아무렇지 않았다. 그러길 30여 분. "우지직" 하는 소리와 함께 나무가 쓰러졌다. 갑자기 산새들과 무엇인지 모를 동물들이 후다닥, 푸드덕거리기 시작했다. 소년도 신이 나서 "와!" 하고 소리를 질렀다. 세상은 갑자기 활기가 넘쳤다. 소년은 날아가는 새를 쳐다보았다. 허리에 양손을 올리고, 양다리를 벌렸다. 그리고 어깨를 활짝 펴며 "으흠!" 하고 헛기침을 했다. 온 세상을 점령한 개선장군 같았다. 무엇이든 할 수 있을 것 같았다.

소년은 그날 밤새 끙끙 앓았다. 그리고 다음 날도 온몸이 아팠다. 하지만 늦게 일어난 탓에 배가 고파, 일어나야만 했다. 전날 잡은 게를 먼저 먹어야 한다는 생각이 들었다. 게가 빨리 상한다는 것을 알고 있었다. 우그러진 양은 냄비에 산에서 내려오는 개울물을 퍼왔다. 그리고 석유곤로에 성냥으로 불을 붙였다. 검은 연기가 나고 석유 타는 냄새가 피어올랐다. 검은 연기 속에 코는 매웠지만 좌우로 고개를 돌리며 입김을 불어 넣었다. 심지에 불을 번지게 하기 위해서였다. 그리고 석유곤로의 그을음 냄새를 맡으며 지그시 눈을 감았다. 소년의 입에선 "으으음" 하는 감탄사가 흘러 나왔다. 아빠가 밥을 할 땐 항상 석유곤로에 불을 붙였다. 마치 그 냄새가 아빠의 향기 같았다. 오랜만이었다.

그리고 나무를 해야만 했다. 배를 채우기 위해 왔다 갔다 하는 사이 근육이 많이 풀렸다. 아침을 먹고 다시 산으로 걸어갔다. 일어나기 전에는 힘들 것 같았지만 움직일수록 몸은 상쾌했다. 그날도 통나무 하나를 더 벴다. 하지만 예전에 보았던 장작더미를 어떻게 만드는지 알수가 없었다. 가끔 보았던 장작더미는 통나무가 아니었다. 어떤 도구가 필요할 것 같았다. 그것이 무엇인지 알 수가 없었다. 할 수 없이 통나무는 그대로 두고 곁가지를 잘라 말리기 위해 널어놓았다.

그렇게 준비하다 보니 시간이 많이 지났다. 햇볕은 따갑지만 물은 차가웠다. 이제는 물속에 마음대로 들어갈 수가 없었다. 잡은 고기를 챙기고, 말리던 나무를 집 주위로 옮겨 놓았다.

소년은 또다시 툇마루에 걸터앉았다. 다리를 흔들며, 먼 바다를 바라보았다. 바다는 여전히 출렁이고 갈매기는 여전히 끼룩거리고 있었다. 간혹 지나가는 배는 사람이 탔는지조차 알 수가 없었다. 물고기를 잡고 나무를 할 땐 시간이 가는 줄 몰랐다. 아빠에 대한 생각조차 나지 않았다. 하지만 지금 또다시 희미한 얼굴이 떠올랐다.

소년은 자리에서 벌떡 일어섰다. 그리고 천천히 집 앞으로 걸어갔다. 북쪽으로 난 오솔길을 따라 고개를 돌렸다. 하지만 그 자리에 서 있을 뿐이었다. 잠시 후 소년은 오솔길이 난 고개를 향해 한 발 한 발 옮겨 놓았다. 가깝게 느껴졌던 고갯길은 쉽게 가까워지지 않았다. 고개를 향해 달리고, 걷고, 주저앉기도 했다.

고개에 다다랐을 때 소년의 가슴은 콩닥거리기 시작했다. '저 고개 너머에 아빠가 있을 거야!' 고개로 난 오솔길을 따라 오르기 시작했다. '정말 아빠가 있을까? 저 너머에는 뭐가 있을까?' 고개 꼭대기에 다다를수록 마음은 의심으로 변했다. 꼭대기가 가까워질수록 왠지 모를 불안한 마음이 들었다. 꼭대기에 도착하자 발아래 저 멀리 조그마한 마을이 보였다. 마을 앞에는 넓고 푸른 들판이 있었다. 소년은 걸음을 멈췄다. 내려가는 것이 망설여졌다. '아빠가 저기 있을까?' 예전의 기억을 떠올려보았지만 가물거릴 뿐이었다. 소년은 발길을 돌렸다.

터벅터벅 내리막길을 걷다가 돌아보지만 마을로 내려갈 용기가 없었다. 잊혀가는 아버지에 대한 갈증보다 두려움이 더 컸다. 혼자 살아도 불편함이 없었다. 하지만 얼굴은 마을 쪽으로 계속 돌아갔다. 그렇지만 걸음은 오두막을 향해가고 있었다. 올라갈 땐 그렇게 멀게 느껴졌던 고갯길이, 돌아올 때는 어느새 집이었다. 멍하니 바다를 바라보고 있었다. 그 이후로도 몇 번 고갯길을 올랐다. 그때마다 다시 돌아왔다.

며칠간 폭우와 폭풍이 몰아쳤다. 소년은 방 안에 앉아 있었다. 천장에서 물이 양동이로 뚝뚝 떨어졌다. 양동이에는 여름 내내 입었던 옷이 담겨 있었다. 소년은 비가 떨어지지 않는 자리에 웅크리고 앉아있었다. 양동이에 떨어지는 빗물을 보다가 빙그레 미소를 지었다. 자신의 행동이 이해가 가지 않았다. 마을에 가기도 전에 두려워하는 자신의 모습이 부끄러웠다. 자신이 무엇을 두려워하는지 알 수가 없었다. 소년은 날이 빨리 개기를 기다렸다.

가을비가 그치자 햇볕이 따가운 화창한 날이 찾아왔다. 소년은 또다시 고갯길을 오르고 있었다. 소년의 발걸음은 가벼웠다. 고개를 넘으며 멈추지도 않았다. 한 걸음, 한 걸음 당당하게 내려갔다. 오솔길을 따라 내려가는 길은 험하고 가팔랐다. 갑자기 저만치 큰 나무가 쓰러져 있었다. 흙더미가 길을 막아 놓았다. 소년은 겁이 났지만 천천히 다가갔다.

파리가 들끓고 썩은 냄새가 진동했다. 고개만 내민 하얀 뼈에는 코뚜레가 끼어 있었고 몸은 흙에 묻혀 있었다. 간밤에 내린 폭우가 묻혀 있던 것들을 깎아내린 것 같았다. 달구지의 한쪽 바퀴가 하늘을 향해 드러나 있었다.

바퀴에 끼어 올라온 천 조각은 아빠가 입던 잠바였다. 갑자기 산도 마을도 보이지 않았다. 아득한 슬픔이 온몸을 파고들었다. "아빠…….. 누렁아……." 소년의 입에서 흘러나온 것은 그 말뿐이었다. 눈에서 눈물이 뚝뚝 떨어졌다. 코를 훌쩍이며 흙더미를 손으로 파기 시작했다. 썩은 냄새도, 파리 떼도 누렁이가 남긴 머리뼈도 소년의 동작을 멈추게 하지는 못했다. 손톱이 부러지고, 손가락에 피가 나도 아프지 않았다. 정신없이 흙을 파헤쳤다. 돌은 산 아래로 굴렀다. 흙은 이미 썩은 살로 온통 검게 변해 있었다. 한참을 허우적거렸다. 그러다가 고개를 들어 밤하늘을 쳐다보았다. 둥근달 옆에 희미한 별 하나가 보였다. '별아, 넌 달에게서 떨어지지 마!'

해가 다시 밝았을 때, 소년은 큰 양동이를 노끈에 매달아 무엇인가를 끌고 오두막으로 향하고 있었다. 큰 양동이를 지저분한 옷으로 덮었지만 희끗희끗한 머리카락과 뼈가 삐죽이 보였다. 파리 떼가 먹이를 찾아 끈질기게 양동이 주위를 맴돌며 따라다녔다. 그렇게 몇 번을 날랐다. 소년은 세상을 다 산 노인처럼 모든 걸 포기한 듯 힘없이 끌고 또 끌었다. 이제는 흘릴 눈물조차 남아 있지 않았다.

그리고 오두막집 뒤뜰에 두 개의 무덤이 생겼다. 무엇을 해야 할지, 어떻게 만들어야 할지 모르지만 엄마가 없어진 그때처럼 땅속에 묻었다. 그리고 소년은 깊은 잠에 빠져들었다. 몇 시간을 잤는지, 며칠을 잤는지 알 수가 없었다. 끝없이 악몽을 꾸고 허우적거렸다. 온몸에 열이 나고 움직일 수가 없었다. 겨우 눈을 떴을 때 목이 말랐다. 움직일 수 없는 몸으로 양동이에 담긴 빗물을 마셨다. 그리고 다시 잠들었다.

다시 눈을 떴을 때 정신이 맑았다. 오줌이 마려웠다. 벽을 짚고 자리에서 일어났다. 온몸이 젖어 있고 냄새가 진동했다. 파리 떼가 온몸에 달라붙어 있었다. 밖으로 나왔지만 눈을 뜰 수가 없었다. 눈이 부시고 다리가 휘청거렸다. 마당 한쪽에 오줌을 누고 바다로 걸어 나갔다. 바닷물이 무릎에 찼을 때 물속에 벌렁 누워 버렸다. 파리 떼가 먹잇감을 놓쳐 허공에 맴돌았다. 소년은 바닷물에 몸을 맡겼다. 아무런 생각이 나지 않았다. 힘없이 바다에 누워 하늘을 쳐다보고 있었다.

소년은 한참이나 그렇게 물 위에 떠 있었다. 그리고 다시 일어섰다. 허기가 느껴졌다. 오두막으로 돌아와 단지 속의 말린 작은 물고기를 씹었다. 이가 시큼거렸다. 딱딱하게 마른 물고기를 꼭꼭 씹었다. 씹으면 씹을수록 단맛이 났다. 한참을 그렇게 씹었다. 그나마 조금씩 허기가 사라졌다. 다시 방으로 들어와 털썩 드러누웠다. 또다시 깊은 잠에 빠져들었다.

다음 날, 소년은 바닷가에 있었다. 양동이에는 운동화, 쌀, 옷, 큰 비닐 같은 물건들이 담겨 있었다. 고개 너머 흙더미에서 찾아낸 물건들이었다. 손은 바쁘게 주물럭거리지만 눈은 촉촉이 젖어 있었다. 아빠를 원망했던 시간들이 미안함으로 다가왔다. 소년은 헹구고 있던 운동화에 얼굴을 묻고 서럽게 울기 시작했다. 가슴 한쪽에 아빠에 대한 그리움이 몰려왔다.

집으로 돌아와 도랑물로 헹구고, 햇볕에 말렸다. 지붕 위로 올라가 비닐을 씌우고 큰 돌로 고였다. 그리고 다음 날, 모든 옷을 꺼내 빨기 시작했다. 또다시 정신없이 바쁜 며칠이 지났다.

고개 너머 마을이 생각났다. 다음 날, 소년은 또 다시 고개를 넘고 있었다. 아빠가 묻혔던 자리를 지나 마을이 가까워질수록 사람들의 손길이 느껴졌다. 위에서 보던 작은 마을이 아니었다. 마을 한가운데 있는 공터에 사람들이 모여 있었다. 나무로 만든 벽 없는 건물은 아빠가 사람들을 웃기며 무언가를 주고 돈을 받던 곳처럼 보였다. 마을길을 들어서자 포도밭이 보이고, 소와 염소가 나무에 매여 있었다. 어디선가 닭이 "꼭! 꼭!" 하고 쪼아대는 소리도 들렸다. 소년의 몸은 무엇에 대한 두려움인지 알 수 없지만 움츠러들고 있었다. 사람이 보이면 담벼락에 몸을 숨겼다. 위에서 당당하게 내려오던 모습이 아니었다.

북적거리는 마을 한가운데에 다다르자, 시끄럽고 북적거리며 사람들이 많이 모여 있었다. 언제인가 아버지와 함께 왔던 그곳이었다. 소년은 용기를 내 사람들 속으로 들어갔다. 몇몇 사람들이 소년을 쳐다봤지만 대수롭지 않았다. 배추를 파는 할머니도 있었고, 천막 속에서 음식을 파는 아주머니도 보였다. 사람들은 소년에게 시선을 주지 않았다.

부모들의 손을 잡고 나온 아이들의 모습은 자신과 전혀 달라 보였다. 머리는 짧았고, 긴 바지와 긴소매 웃옷을 입고 있었다. 깔끔하게 차려입은 한 아이가 부모의 손을 끌며 소년을 향해 손가락을 들어 가리키고 있었다. 엄마는 고개를 들어 아이가 가리키는 쪽으로 고개를 돌리다가 얼른 다른 곳으로 아이를 끌고 갔다. 소년도 손을 올리려다 내려놓았다. 몇몇 지저분한 아이들을 만났지만 그 아이들은 소년을 보고 뒷걸음질을 쳤다.

말린 물고기를 쌓아둔 곳도 있었다. 비닐에 포장된 말린 물고기는 자신이 잡던 물고기와 달라 보였다. 조금 더 걷자 말리지 않은 죽은 물고기를 파는 곳도 있었다. 먹으면 짠맛이 나는 하얀 가루를 뿌리는 아저씨가 눈에 들어왔다. 그 가루는 아버지가 오지 않자 얼마 지나지 않아 떨어졌다. 그것이 없으면 맛이 없었다. 소년은 아저씨에게 다가섰다.

"이게 뭐지?" 소년은 하얀 가루를 가리켰다.

"소금이다. 절로 가라! 여기 오면 안 된다." 아저씨는 조금 퉁명스럽게 대답했다.

'소금, 소금, 소금.' 아이는 소금이라는 말을 기억하려고 애썼다.

갑자기 "허~이" 하더니 "뺑!" 하는 소리가 났다. 소년은 깜짝 놀라 몸을 움찔했다. 갑자기 아이들이 그곳으로 몰려들었다. 공중에는 흰 덩어리가 튀어 올랐다. 아이들은 그것을 주우려고 안간힘을 썼다. 그것을 낚아챈 아이들은 깔깔거리며 입에 집어넣었다. 잠시 후 아이들이 사라졌다.

소년은 "허이"라고 소리치던 아저씨 주위에 자리를 잡고 앉았다. 한손으로 장작을 집어넣으며 한손으로 손잡이를 돌리던 아저씨와 눈이 마주쳤다. 소년은 애써 고개를 돌렸다. 한참을 그렇게 쳐다보고 있었다. 그러더니 다시 "허~이" 하는 소리가 들리고 "뺑!" 하고 터졌다. 쪼그려 앉아 있던 소년이 일어나려고 하자 현기증이 났다. 이번에도 아무 것도 줍지 못했다. 소년은 그것이 어떤 맛인지 궁금했다. 또다시 자리를 잡고 기다려야 했다. 엉덩이를 땅에 붙이고 두 팔로 다리를 감싸 안고 고개를 숙였다. 배가 고파서 그런지 다시 기다려야 한다는 생각 때문인지 졸리기 시작했다.

그때 "얘, 꼬마야!" 하면서 누군가 툭툭 치는 것이었다. 소년은 고개를 들었다. 아저씨는 무엇인지 모르지만 불룩하고 검은 봉지를 내밀었다. "이거 먹어라." 소년은 봉지를 벌리더니 누런 이를 드러내며 환하게 미소를 지었다. 그리고 말도 없이 연거푸 고개를 숙였다. 소년은 아저씨가 고마웠지만 무슨 말을 해야 할지 알 수가 없었다.

소년은 그것을 들고 춤을 추며 걷기 시작했다. 고개를 넘어 집으로 돌아오는 내내 한 개씩 입으로 가져갔다. 쌀보다 훨씬 커 보이는 하얀 알갱이는 먹어도, 먹어도 질리지 않았다. 달콤하고 사르르 녹는 그 맛은 세상에서 가장 맛있다는 생각이 들었다.

오두막에 누워 모기떼와 싸우지만 그것을 먹고 있으면 모기떼도 귀찮지 않았다. 아껴 먹느라 한 개씩 먹었지만 벌써 반이 없어졌다. 내일 먹기로 하고 비닐봉지를 덮었다. 하지만 손은 어느새 비닐봉지에 들어가 있었다.

다음 날도 소년은 고갯길을 걷고 있었다. 무엇에 신이 났는지 껑충껑충 뛰고 있었다. 손에는 비닐봉지가 쥐어져 있었고, 다른 손에는 말린 물고기가 대야에 담겨 있었다. 고갯길도 가볍게 넘었다. 쏜살처럼 내리막길을 달려갔다.

하지만 장터에는 아무도 없었다. 소년은 텅 빈 장터만큼이나 실망스러웠다. 나무로 만든 건물 밑에 호박과 가지를 파는 할머니와 몇몇 아주머니, 그리고 아이들뿐이었다. 소년은 할머니에게 다가갔다.

"할머니, 사람들 어디 갔어?"

할머니는 무슨 말인지 알아들을 수가 없었다. "뭐라구?" 할머니는 답답하다는 듯이 물었다.

"여기 있던 사람들 다 어디 갔어?"

할머니는 그렇게 말하는 소년을 아래위로 쳐다보았다.

"아, 어제는 장 서는 날이고 오늘은 장이 안 서."

"장이 안 서? 언제 서?"

"네 밤 자고 장이 서지! 하루, 이틀, 사흘, 나흘, 네 밤." 할머니는 손가락을 꼽아가며 아이에게 말하고 있었다.

"할머니, 이거 먹어!"

할머니는 갑자기 소년이 내민 대야를 물끄러미 바라보았다.

"이 귀한 건 어디서 났냐?" 양미리는 알이 굵고 토실토실했다.

"우리 집에 많아."

"너, 이거 훔친 거 아니지?"

"훔쳐? 그게 뭔데?"

"남의 꺼 가지고 온 건 아니지?" 그러더니 몸빼 바지 속으로 손을 집어넣더니 무엇인가 꺼냈다.

"내 거야. 내가 잡았어!"

"자, 그럼 이 돈 받아라. 오백 원이야. 이걸로 맛있는 거 사 먹어."

"사 먹어? 그건 뭔데?"

"가게에 가서 이 돈 주면, 니가 먹고 싶은 거 줄 거야."라고 할머니가 말했다. 할머니는 지저분하게 생긴 아이가 세상물정을 모른다는 것을 느낀 모양이었다.

소년은 할머니와 이것저것 이야기하는 동안 돈이 뭔지, 점방이 뭔지 알게 되었다. 오백 원을 주고 소금을 샀다. 소금은 세숫대야에 가득 담겼다.

다음 날, 소년은 또 할머니를 찾아갔다. 할머니는 어제 소년에게 받은 말린 생선을 짚으로 엮어 천 원에 팔고 있었다. 소년은 그날도 오백 원을 받았다. 오늘은 무엇을 살지 알 수가 없었다. 그러다가 철물점을 지나게 되었다. 철물점은 신기한 도구들이 많았다. 천천히 살피고 서 있는데 주인아저씨가 다가왔다.

"얘! 꼬마야 저리 가! 니가 살 건 없어!" 귀찮은 듯이 소리를 질렀다.

"아저씨, 이게 뭐지?"

"도끼지 뭐야. 저리 가!"

"도끼로 뭐 하는 건데?"

"장작을 팰 때 쓰지 뭐 하는데 써? 저리 가라!"

"그런데 아저씨! 도끼 얼마야?"

"오천 원이다. 돈 없지? 저리 가라니깐?" 주인은 한층 목소리가 높아졌다. 아이는 주머니에서 돈을 꺼냈다. "난 이거밖에 없어." 하고 내밀었다.

주인은 그때서야 아이의 마음을 읽은 모양이었다.

"이런 거 열 개 있어야 돼. 아홉 개 더 가져와야 돼."라고 말했다. 5학년은 돼 보이는 아이가 돈을 모르고 있다는 것이 불쌍하게 느껴진 모양이었다. 소년은 손가락을 펴 "하나, 둘, 셋…… 아홉, 열!" 하면서 설명하는 아저씨의 모습을 물끄러미 쳐다보고 있었다.

"아저씨, 이거 받고 매일 하나씩 갖다 주면 안 돼?"

"알았다. 가지고 가라. 대신 약속은 꼭 지키고, 말할 땐 항상 '안 돼!'가 아니라 '안 돼요!'라고 '요' 자를 붙여야 한다. 다시 말해 봐!"

"안 돼……요?" 서툴지만 아이는 철물점주인의 말을 따라 하고 있었다.

소년은 9일 동안 매일 아침 일찍 고개를 넘었다. 할머니도 철물점 주인도 뻥튀기 아저씨도 소년을 알아보게 되었다.

"태식아! 오늘도 시장에 왔냐?" 하고 사람들이 인사를 할 때 자신의 이름이 그들에게 불리는 고마움이 느껴졌다. 그러는 사이 사람들을 만나면 인사를 해야 한다는 사실도 알았다. 하루하루 시장에 나갈 때마다 새로운 사실을 알았다. 자신이 고개를 넘으면 넘을수록 더 많은 것을 알았다.

하루는 할머니가 물었다.

"태식아, 너 세끼는 먹고 다니냐?"

"세끼가 뭐야요?"

"세끼, 먹는 밥을 모르냐?" 할머니는 갑자기 놀란 얼굴로 소년에게 물었다.

"세끼, 먹는 밥?"

"너는 아침, 점심, 저녁, 세끼 밥도 안 먹어?" 답답하다는 듯이 할머니가 물었다.

"난 고기하고 쌀이나 산에서 나는 열매를 먹어요. 세끼는 안 먹어요."

"아니, 세끼 밥을 안 먹는다고?" 하면서 할머니는 도시락을 꺼냈다.

"밥은 옛날에 아빠하고 먹었어. 지금은 안 먹어."

그 말을 듣고 할머니의 동공이 커졌다. "그럼, 이거 먹어봐라." 하면서 김치까지 내 놓았다.

소년은 김치 냄새를 맡자 코를 잡았다. 소년은 수저로 밥을 떴지만 아슬아슬해 보였다. 오랜만에 먹어 본 밥은 부드러웠다. 소년은 밥이 싱거운지, 굽지도 않은 말린 생선을 베어 물었다.

"아이고, 불쌍한 것……. 쯔쯔쯔." 할머니는 한숨을 쉬고 있었다.

소년은 장이 설 때 여기저기 돌아다니는 것이 일이었다. 어느 날 과일 전을 지나고 있었다. 산에서 보던 열매가 눈에 띄었다. 그리고 가까이가 그것을 집어 들었다. 갑자기 소년은 누군가에게 잡혔다.

"이놈! 너 오늘 잘 만났다. 경찰한테 가자!"

소년은 아저씨의 손에 붙잡혀 파출소로 갔다. 과일가게 주인의 소란으로 갑자기 파출소 안이 시끄러워졌다. 경찰은 소년의 모습을 아래위로 훑어보았다. 그나마 빨아 말린 새 운동화, 깨끗해 보이지만 낡아 실밥이 터진 반바지, 색깔을 알 수 없는 반소매 윗도리, 자르지 않은 긴 머리 등 모든 것이 계절에 맞지 않았다. 검게 탄 얼굴은 도대체 부모가 누군지 상식 없는 사람임에 틀림없었다.

"얘야, 이름이 어떻게 되지?"라고 경찰이 물었다.

"태식이요."

경찰은 소년의 대답을 알아들을 수가 없었다. '태' 자는 크게 말하고 '식' 자는 작게 말했기 때문이다.

"뭐라고?"

"태! 식!"

"성은 뭔데?"

"그냥, 태식."

경찰은 성을 적지 못했다.

"너 어디 사니?"

소년은 "저기 고개 너머."라고 하면서 손가락으로 가리켰다. 소년이 가리키는 곳은 알 수 없는 곳이었다.

"부모님 이름은 어떻게 되지?"

소년은 고개를 저었다.

"모른다는 거야, 아님 안 계신다는 거냐?" 경찰은 조금 강한 말로 물었다.

"죽었어요." 소년의 대답엔 힘이 없었다.

"돌아가셨다고?" 경찰은 점점 불쌍한 생각이 들었다.

"너, 아까 그 가게에서 감 먹고 싶었니?"

"아니요."

"그럼, 왜 감에 손댔어?" 경찰은 좀 더 다정하게 물었다.

"이름을 몰라서요."

"과일 이름을 모른다고?" 경찰은 어이가 없었다. 하지만 소년은 고개를 끄덕이고 있었다.

"너 몇 살이냐?" 이번에도 소년은 힘없이 고개를 좌우로 흔들고 있었다.

"그럼, 너 나랑 너희 집에 갈 수 있어?"

이번엔 고개를 끄덕였다.

"지금 나랑 같이 너희 집에 가자."

경찰은 자리에서 일어섰다. 아이의 손을 잡고 밖으로 나가 오토바이에 시동을 걸었다. 시동 소리에 소년이 움찔하며 뒤로 물러났다. 놀란 모양이었다.

"괜찮아, 아저씨가 있잖아." 경찰은 오토바이 소리에 물러서는 아이를 보고 달래고는 "이리 와." 하고 말하며 소년을 앞자리에 태웠다.

"집이 어느 쪽이지?"

소년은 손을 들어 방향을 가리켰다. 아이가 가리키는 방향은 마을 뒷산 쪽이었다. 천천히 오토바이가 움직이기 시작했다. 핸들을 잡은 소년의 손에 힘이 들어갔다. 덜컹거리는 오토바이는 마치 아버지가 끌던 구루마처럼 느껴졌다. 잠시 후 오토바이는 오솔길로 접어들었다. 그리고 흙이 무너져 내린 곳에서 멈췄다. 더 이상 갈 수가 없었다.

"이쪽으로 더 가야 하니?"

"저 너머로 가야 돼요."

경찰은 오토바이를 포기하고 내렸다. 소년이 가리키는 곳은 한 번도 가보지 못한 곳이었다. 거기에 집이 있을 리가 없었다. 동네 사람들은 그쪽에 귀신이 산다는 말을 많이 했다. 밤이면 고개 너머 가끔 도깨비불도 보인다고 했다. 경찰과 소년은 걷기 시작했다. 그렇게 고개를 넘어 오두막에 도착했다. 무전기조차 주파수를 찾지 못했다. 오두막을 눈여겨봤지만 어른들의 흔적은 찾을 수가 없었다. 결국 아이가 혼자 산다는 것을 알았다.

"너 무섭지 않니? 이 아저씨도 무서운데."

"아니, 무섭지 않아요."

"너, 아저씨랑 같이 저 너머 마을에서 살래?"

"아니, 여기가 좋아요."

"그래? 가끔 아저씨가 와도 돼?"라고 경찰이 물었다. 소년은 고개를 끄덕이고 있었다.

"그래, 니가 여기 살고 싶다면 살아. 그런데 힘들면 이 아저씨를 찾아와. 아까 거기 알지?"

소년은 또 다시 고개만 끄덕였다.

"근데 머리를 잘라야겠다. 다음에 올 땐 아저씨가 머리 깎아 줄게. 세 밤 자고 올 테니까 잘 있어라." 하고 경찰은 일어섰다.

소년도 경찰을 따라 일어났다. 소년은 경찰을 따라 다시 고개까지 걸어갔다. 경찰이 돌아가라고 말하자, 소년은 그 자리에 멈춰 서서 경찰이 걸어가는 뒷모습을 바라보고 있었다. 그리고 '저렇게 멋있는 사람은 어디서 살지?'라고 생각했다.

"얘들아, 이게 그 소년 이야기의 끝이야."라고 말했다. 해변가 텐트 속에서 아버지로 보이는 사람이 두 남매에게 소년에 관한 이야기를 들려주고 있었다. 이야기를 듣던 아이들이 아버지의 얼굴을 쳐다보고 있었다. 마치 어떤 이야기가 더 있을 것 같은 눈치였다.

"아이가 참 불쌍하다. 그치?" 열 살 난 동생이 6학년 누나를 보고 말했다.

"난 대단해 보이는데……. 아빠, 그런데 그 소년은 어떻게 됐어?" 누나가 아버지에게 물었다.

"어떻게 되긴. 나중에 경찰 아저씨와 친해졌지. 여기가 바로 그 소년이 살던 곳이었어."

"맞다! 그러고 보니 진짜네? 저기 고개도 있고, 그런데 오두막이 없잖아."라고 동생이 말했다.

"무너졌겠지. 아직 있겠어?" 하고 누나가 말했다.

"터는 있지. 아까 막내가 오줌 싼 데, 거기 흙벽이 있었잖아."라고 아버지가 말했다.

"헐, 소년에게 왠지 미안하다." 동생의 얼굴엔 미안한 기색이 역력했다.

"그럼, 그 소년이 아직 살아 있어?" 누나는 끝이 궁금한 모양이었다.

"그럼! 아들딸 낳고 잘 살고 있지." 아버지는 웃으며 말했다.

"그 소년은 나중에 뭐가 됐대?"

아버지는 꼬치꼬치 캐묻는 딸아이를 사랑스럽게 쳐다봤다. "오토바이 가게를 한다나 뭐라나?" 아버지는 또다시 웃기만 했다.

"아빠는 슬픈 얘기 같은데 웃네?"라고 동생이 말했다.

"얘들아! 라면 불겠다. 어서 나와!" 갑자기 텐트 밖에서 엄마가 부르는 소리가 들렸다. 아버지가 먼저 자리에서 일어나 밖으로 나갔다.

"오토바이 가게? 우리도 오토바이 가게 하는데." 동생이 말했다.

"오토바이 가게? 태식이? 정자! 태자! 식자!"라고 말하며 누나는 환한 미소를 지었다. 텐트 밖으로 나온 누나의 눈에 담배를 물고 바다를 향해 연기를 내뿜고 서 있는 아버지의 모습이 보였다. 누나는 달려가 아버지의 허리를 와락 끌어안았다.

"사랑해요. 아빠!"

"아이고, 우리 딸 지연이 다 컸네!" 아버지는 딸을 끌어안았다.

딸은 아버지의 담배 냄새가 구수하게 느껴졌다. 딸은 눈물을 흘렸다.

"아빠, 고마워! 우리 아빠, 얼마나 힘들었을까?"

"엄마, 누나 왜 저래?" 뒤늦게 텐트에서 나온 동생이 엄마를 보고 말했다. 엄마는 아무 말도 하지 못했다. 동생은 이상한 눈으로 그 모습을 쳐다보고 있었다. 엄마의 얼굴에도 흐뭇한 미소가 번졌다.

닷근이와 천근이

    울주군 언양의 작은 마을에 사내아이가 태어났다. 성과 돌림자를 합치면 오*근이라고 지어야 했다. 아버지는 고민 끝에 오닷근이라고 지었다. 부인은 이름이 이상하다고 구박했지만 보통 사람은 한 근인데 우리 아들은 닷근이니 얼마나 좋겠느냐는 것이었다. 그런데 옆 동네 사는 사촌동생이 일주일 사이로 또 아들을 낳았다. 사촌동생은 형님의 자식 이름 풀이를 듣고 천근이라고 지었다. 오닷근은 모두 열 근이지만 자기 아들은 오천 근이나 되니 천근이 빼어난 인물이 될 것이라고 말하고 다녔다.

    얼마 지나지 않아 마을 사람들은 물론 아이들의 부모들도 둘을 비교하기 시작했다. 하지만 닷근이는 천근이의 비교 대상이 되지 못했다. 닷근이는 코를 질질 흘리고 말도 늦게 배웠으며 동네 어른을 보면 수줍어 숨기 바빴다. 하지만 천근이는 말이 똑 부러지고 동네 사람들에게 인사도 잘하니 항상 칭찬을 들었다. 그 여파는 닷근이에게 왔다. 그 말을 들은 닷근이의 부모님은 닷근이를 혼내기 일쑤였다.

    "천근아! 이거………." 혼자 걸어가는 천근에게 닷근이 뛰어와 뭔가를 건넸다.

"이게 뭔데?" 천근이 닷근을 쳐다보고 말했다.

"계란!"

이번엔 천근이 눈을 흘기며 닷근을 쳐다보았다. "야! 오닷근! 내가 계란인 줄 모르고 문나? 이 문디 자슥아!"

닷근이는 아무런 말도 하지 못하고 몸을 웅크렸다.

"이걸 왜 날 주냐고? 이 바보야!" 천근의 목소리가 지나가는 버스 소리보다 크게 들렸다.

"난 바보 아냐! 넌 내 동생이잖아!" 고개를 숙이고 자기 딴에는 소리를 질렀지만 이미 천근은 저만치 걸어가고 있었다. 닷근은 천근과 같이 가지도 못한 채 멈칫거리며 마을로 들어오고 있었다. 마을이 길보다 위에 있어 아이들이 하교할 때는 집에서 훤히 내려다보였다.

"천그이! 니, 우리 닷그이한테 뭔 짓 했노! 닷그이 니 형이다!"

"행님요! 아~들이 싸울 때도 있지. 와 그러쌌능교?" 천근의 엄마였다.

"천그이 니, 우리 닷그이한테 지랄했으면 니 죽을 각오해래이!" 닷근의 엄마가 으름장을 놓았다.

"천근아, 니 닷그이한테 뭐라 캔나?" 천근의 엄마도 자식이 형을 어떻게 했을지도 모른다는 생각에 은근히 겁이 났다.

"암 말도 안 했다!" 하고 천근이 닷근을 보고 큰 소리를 쳤다.

"닷근아, 천그이 저 자슥이 뭐라 카다?" 닷근의 엄마가 닷근에게 물었다.

"……." 닷근은 아무 말도 못하고 고개만 좌우로 흔들었다.

"보소 형님! 암 말도 안 했다 카잖아요! 우리 천그이 그럴 아 아임니더." 천근의 엄마는 천근의 손을 잡고 집으로 돌아갔다.

중학교 때 일이었다. 마침 천근과 닷근이 같은 반이 되었다.

"우리 반에는 무거운 사람 맞네!"

아이들은 멍하니 선생님을 쳐다보았다.

"오닷근이도 있고 오천근이도 있네!"라고 선생님이 말하자 아이들이 깔깔거리고 웃었다.

"근데 사람은 이름대로 산다더니 그 말이 맞는갑다."

또다시 아이들이 멍하니 선생님을 쳐다보았다.

"오닷근이는 다 합해 봐야 열 근이라 꼴찌고, 오천근은 오천 근이라 일등 하잖아!"

아이들은 책상을 두드려대며 웃었다.

그날 꼴찌에서 일이 등을 다투던 닷근은 화가 났다. 꼴찌인 자신의 모습이 한심했다. 동생인 천근은 앞에서 일이 등인데 형인 자신은 뒤에서 일이 등이었다. 게다가 친구들조차 자신을 무시하고 바보 취급하는 꼴이 마음에 들지 않았다. '천근이는 과외를 하니까 그렇지! 나도 과외를 받으면 그렇지 않을까? 에고, 그건 좀 그러네.' 닷근은 혼자 공부를 하겠다고 마음먹었다.

그래서 제일 쉬운 국어 책을 읽었다. 공부를 해 본 적이 없기 때문에 국어 책을 먼저 소리 내 읽기로 했다. 학교에서도 국어, 점심시간에도 국어, 집에서도 국어 책을 읽었다. 평소 수업시간에 잠만 자던 닷근이 국어 시간에는 졸지도 않았다.

"닷근아, 안 자나?" 옆 짝인 창희가 물었다.

"이제 안 자. 공부해이 돼."라고 닷근이 대답했다. 그 바람에 창희가 큰 소리로 웃어버렸다.

"선생님! 닷근이 공부한다 카네요!"라고 창희가 말하자 반 아이들이 난리가 났다.

선생님은 교탁을 출석부로 내리치며 "조용!" 하고 소리쳤다. "닷그이, 니 공부한다꼬?" 조용해지자 선생님이 말했다. 그러자 닷근이 엉거주춤한 자세로 고개도 들지 못하고 자리에서 일어나 "야!" 하고 한마디 했다.

"그래! 쪼끔 늦었지만 개안타! 공부는 평생 하는 기라! 생각 잘했다."

친구들은 구시렁거리며 웃었지만 선생님의 말은 칭찬 같았다. 그렇게 열심히 공부했지만 중3 때까지 60명 중 44등이 최고의 성적이었다. 천근은 항상 1등을 놓치지 않았다. 그러다보니 천근은 대구에 있는 고등학교를 다녔다. 하지만 닷근은 고향을 지키며 고등학교를 다녔다. 닷근은 자신의 모습이 초라하게 느껴졌다. 천근이보다 훨씬 열심히 공부를 하고도 성적은 초라했다. 능력의 한계를 느꼈다. 고등학교를 다니면서 공무원 시험을 준비했다. 남들은 일 년 만에 붙는 공무원 시험이지만 자신은 3년 동안 준비하기로 했다. 자나 깨나 읽고 또 읽고 깜지를 만들고 또 만들었다. 그러다 보니 중지 손가락에 굳은살이 생겼다. 천근은 대구에서도 이름을 날리고 있었다.

어느 날 천근이네 엄마가 닷근이네 집에 들렀다.

"형님, 닷근이 요새 뭐 해요?" 말끝을 올려가며 웃음 띤 얼굴로 나풀

거리는 치마를 몸에 두르며 팔짱을 끼고 물었다.

"동서, 또 천그이 일등 했다카다? 닷그이 궁금해서 온 거 아일끼고."

"형님, 우째 알았능교? 또 일등 했다 카데요!"

"동서 목에 힘주는 거 딱 보면 안다!" 닷근의 엄마는 입을 삐죽이 내밀며 말했다.

"작은엄마요. 진짜 또 일등 했다 카등교? 우와 천그이 쥑이네!"

눈치 없이 닷근이 끼어들자 닷근의 엄마는 화가 치밀었다.

"이누무 자슥! 니 안 드가나! 공부나 해라!" 닷근을 보고 눈을 부라렸다.

"형님, 닷그이 무신 공부를 한다꼬요? 별일이네. 축하해 줄 사람은 닷그이구만!"

"동서, 고등학교도 졸업 안 한 것이 글쎄 공무원 공부한다꼬 저리 공부 안 하나."

"공무원 질이라도 해야. 요새 공부 못하만 공무원 한다 앙 카능교! 저기 웃마을에 꼴찌 하던 김씨 자슥도 경찰 한다 카디더!"

"닷그이는 경찰이 아이고 뭐라 카더라 닷근이 아부지가 뭐라 카던데 교도소 관리하는 사람이라 카더만."

"그만 교도관이네. 그거나 그거나 아잉교. 교도관이나 경찰이나 다 사람 잡는 일이구만. 그거라도 해야 먹고 안 살 것나! 잘해보라 카이소!" 하고 천근의 엄마는 획 돌아서 갔다.

"동서, 궁디 흔들다 자빠지지 말고."라며 닷근의 엄마가 소리를 질렀다.

닷근은 졸업한 다음 해 시험에 합격했다. 인천에 있는 교도소에 근무하게 되었다. 천근은 서울에 있는 명문대학의 의예과에 합격했다. 그러자 마을에는 이렇게 안내문이 붙었다.

〈경 닷근 공무원, 천근 명문대 의대 합격 축〉

닷근의 엄마는 동네 이장이 따로따로 둘을 만들자는 제안을 뿌리치고 하나로 합쳤다. 그리고 닷근이가 형이니 꼭 앞에 넣어야 한다고 우겨 그렇게 쓴 것이었다.

다음 해 봄, 천근의 엄마는 밥을 해 주기 위해 천근과 함께 서울로 올라왔다. 그러던 어느 날 닷근이 천근이네 집에 들렀다. 닷근은 큰 배낭 가방을 메고 왔다.

"안녕하세요, 작은엄마! 서울 생활은 재밌어요?" 하고 닷근이 인사를 했다.

"재미는 무슨. 니 취직했다면서? 좀 어뜨노?" 바보 같기만 하던 닷근이가 취직을 했다니까 신기하기도 하고 궁금하기도 했던 천근의 엄마는 닷근과 마주앉아 이야기를 했다.

"제가 첫 월급 타서 집에 내려갔다 왔어요. 부모님 내복 사 드리고 월급도 드렸어요."

"글라! 니는 뭐 먹고 살라꼬?" 작은엄마는 은근히 샘을 냈다.

"그래서 다음 달부터는 돈 준다 캣어요."

"엄마가 뭐라 안 카다?" 작은엄마는 형님의 말이 궁금한 모양이었다.

"우리 엄마는 '내가 천그이만큼 해 준 게 없어서 바라지도 안 한다.' 캅디더. 그라면서 천그이네 호박 갖다 주라 카면서 이렇게 큰 늙은 호박을 주데이요. 인천에서 서울이 가까부이 갖다 주라 카데요."

"니가 이 큰 걸 언양에서 들고 왔나?" 작은엄마는 눈이 휘둥그레졌다.

"갖다 주라 카는데 우야능교!"

"아이고, 고맙데이. 우리 천그이 같으면 내동댕이치고 갔을 낀데."

그렇게 호박을 건네주고 갔다. 그리고 다음 해, 닷근이 천근에게 전화를 걸었다.

"여보세요? 천그이가?"

"응, 그래. 와 전화했노?"

"와 하긴. 형이 동생한테 전화도 몬 하나?"

"용건이 뭔데? 나 바쁘다."

"그래, 니 바쁘지. 용건만 간따이 말하께. 천근아, 나 부동산 투자했다."

"부동산! 그게 무슨 말이야?"

"니는 똑똑해서 벌써 표준말 쓰네. 그이까네, 내가 땅 500평 안 샀나!"

"500평이나? 어디 인천에?"

"하하, 아이다. 음성군 맹동면에. 500평인데 100만 원이라 케서 싸게 샀다. 그래서 땅 부자 안 됐나!"

"하하하. 그래 잘~ 샀다. 버스는 들어간대?" 천근은 그렇게 말했지만 '지가 그러면 그렇지. 그 촌에 땅을 뭐 하러 사!'라는 생각이 들었다.

"들어간다 카더라. 하루에 한 대."

닷근의 말을 듣고 천근은 웃음이 나왔다. "알았어. 다음에 봐!" 하고 전화를 끊었다. 이듬해 천근이 근무하는 병원에 닷근이 들렀다.

"천근아, 니 사귀는 사람 있나?"

"아니." 천근은 닷근이 또 무슨 쓸데없는 이야기를 하나 싶어 짧게 대답했다.

"천근아! 이 형은 여자 사귈라 칸다."

"니가 뭔 여자를?"

"천근아, 내가 생각해도 우낀다 아이가!" 닷근은 몸을 비비꼬며 말했다.

"빨리 말해 봐! 뭔데? 중매?"

"아이다. 양복 드라이 맡기러 갔다가 알았는데 세탁소 집에 딸이 있더라."

"아이, 답답해! 근데 그게 뭐?"

"세탁소 집 아가씨랑 사귀면 세탁비도 덜 들고 그래서 사귈라꼬."

천근은 그 말을 듣고 웃음이 나왔다. 사귀는 것도 아니고 사귀려고 맘먹었다는 얘기를 하러 왔다는 것이 이해가 되지 않았다.

"근데 그 말 하러 여기까지 왔어?"

"니는 똑똑하니까 잘 알 꺼 아이가!"

"그건 니가 알아서 해야지. 미치겠네. 마음에 들면 해야지!"라고 말하면서 천근은 병원 건물로 걸어갔다. "고맙다. 천근아!"라고 닷근이 인사를 했지만 천근은 '뭐가 고맙다는 거야. 도대체!'라고 생각했다.

그리고 얼마 후 닷근은 행복한 목소리로 천근에게 세탁소 집 아가씨와 사귄다고 전화로 알려줬다. 천근은 그 일에 아무런 관심도 없었다. 이듬해 봄, 닷근으로부터 청첩장을 받았다. 천근은 안 가려고 생각

했지만 아버지까지 시골에서 올라온 터라 할 수 없이 닷근의 결혼식에
참석하게 되었다.

"닷근아, 세탁소 집 아가씨 맞아?"

"응, 예쁘지?" 닷근은 싱글벙글했지만 천근은 닷근을 미친놈이라고
생각했다.

"닷근아, 얼굴은 이상한 네모에 말은 어둔하고 어떻게 살려고?"

"돈은 내가 벌잖아."

"아니, 그럼 말은 통해?" 천근이 답답해서 물었다.

"가끔 못 알아들을 때도 있지만 착하니까." "나중에 애는 어쩌려고?"
천근이 답답하다는 듯 말했다.

"내가 키우면 되지."

"결혼이 무슨 자선봉사냐?"

"맞아. 장인어른한테 맨날 구박받아 불쌍해서 데려왔잖아. 내가 아
니면 누가 살아주겠어!"

"난 모르겠다. 니가 알아서 해라."

닷근의 결혼식에 참석한 어른들도 천근과 똑같은 생각이었다. '신부
가 좀 이상하지 않아?' '닷근이도 마찬가지지 뭐!'라고 수근 거렸다. 신
부 측에 참석한 어른들 또한 신랑이 좀 이상하다고 말했다. 닷근은 얼
굴이 기형적으로 크고 쌍꺼풀이 너무 진한데다 피부가 검은 편이었다.
얼핏 보면 동남아시아 사람처럼 보이기도 했다.

문제는 닷근이네 첫째 아들이 태어났을 때 벌어졌다. 엄마가 아이를
돌볼 줄 모르는 것이었다. 닷근은 직장 생활을 하면서 전화로 매일 아

내를 체크했다. 모유 먹이는 시간을 일일이 체크하고 퇴근하면 목욕이나 빨래, 밥과 설거지는 물론 잠자리까지 아내에게 일일이 알려주며 챙겨야 했다.

일 년이 지나자 둘째가 태어났다. 닷근도 지쳐갔다. 아내에게 아무리 가르치고 잔소리를 해 봐도 나아질 기미가 보이지 않았다. 점점 아내에게 소리치는 횟수가 많아졌다. 얼마 지나지 않아 닷근의 아내는 신랑이 퇴근하면 서성거리며 중얼대기 시작했다. 신랑이 아무리 말려도 소용없었다. 아내에게 불안 증세가 나타났다. 닷근은 할 수 없이 아내를 정신병원에 입원시켜야만 했다. 그리고 아내가 입원했을 때 아이들을 위해 어머니를 인천으로 모셔왔다.

천근은 닷근에 대한 이야기를 여기까지 알고 있었다.

인천 송도에 있는 아파트 공사 현장에 한 남자가 차를 세우고 바다를 바라보고 있었다. 그는 담배를 빼 물었다. '이것이 인생일까?' 너무나 빠른 42년의 시간이었다. 초등학교에 입학하던 시절, 중학교에서 상장을 받던 생각, 서울에 있는 명문대에 들어갔다는 이유로 동네잔치를 하던 순간들이 너무나 생생한데 벌써 42년의 시간이 지났다. 항상 자신이 최고라고 생각했다. 사람들이 왜 그렇게 힘들게 사는지 이해가 되지 않았다. 평소 자신은 무엇을 하던지 성공할 것이라고 생각했는데 막상 빈털터리가 되고 보니 아무것도 할 것이 없었다. 그것이 오만이라는 것을 알았다.

10년 전, 레지던트 과정을 마치고 융자를 받아 병원을 차렸다. 병원은 비록 1, 2층 208제곱미터(64평)를 사용하는 작은 병원이었지만 너무나 바쁘게 돌아갔다. 3년이 지나자 융자를 완전히 갚을 수 있었다. 융자를 갚고 나자 세상이 모두 행복해 보였다. 아는 사람들은 모두 너무나 친절했다. 세상이 모두 가족이고 형제였다.

그리고 할부로 외제차를 구입했다. 사람들은 한결같이 "너는 그 차를 탈 자격이 있어!"라고 부러워했다. 지붕이 버튼 하나로 걷히고 음향은 물론 에어컨을 마음대로 조절할 수 있었다. 신기한 것은 이 차는 타면 탈수록 더 타고 싶었다. 처음에는 하루의 진료가 끝나고 여유 있게 차를 몰았다. 하지만 시간이 지나자 낮에도 병원을 후배에게 맡기고 차를 끌고 나갔다. 어디를 가든지 행복한 얼굴로 자신을 부러워하는 눈으로 반겨주었다. 엄마가 결혼을 하라고 말했지만 결혼을 하면 지금의 행복을 잃을 것만 같았다. 차만 끌고 나가면 어디서나 여자를 만날 수 있었다. 그렇게 한 달, 두 달, 일 년, 이 년 행복한 시간이었다.

그러던 어느 날 밤이었다.

"형! 이젠 더 이상 못 하겠어! 형이 월급 안 보낸 게 벌써 4개월이야! 내가 갈 데 없어서 이러고 있는 줄 알아? 형이 정신 차릴 줄 알았는데 이젠 더 이상 못 기다리겠어!" 후배 닥터 진의 목소리였다. 천근은 주위가 한순간 멈춘 것 같은 느낌이었다. 자신이 가장 혐오했던 술주정꾼이 되어 있었다. '내가 여기서 뭘 하고 있지?'라는 생각이 들었지만 곧바로 '내일부터 다시 하면 되지.'라는 생각이 들었다.

"야, 닥터 진! 돈은 있을 때도 있고 없을 때도 있지. 내가 벌어 줄 테니까 좀 기다려! 그깟 돈 얼마나 된다고! 내일부터 정상적으로 일할 테니까 알았지?" 오히려 닥터 진에게 큰소리를 쳤다. 다시 마음잡고 일을 하면 돈을 벌 수 있을 것 같았다.

다음 날, 닥터 진은 병원 앞에서 기다렸다. 하지만 오 선배는 나타나지 않았다. '내가 미친놈이지. 한두 번 들은 것도 아닌데 또 기다리다니. 이젠 오 선배 말을 못 믿겠어!' 그는 작심하고 병원으로 올라갔다.

"이제 끝냅시다. 저도 제 갈 길을 가야겠습니다. 우린 기다릴 만큼 기다렸습니다. 김 간호사, 이 간호사, 아줌마, 이젠 헤어집시다." 닥터 진은 단호하게 여기저기 서성거리는 스태프 일곱 명에게 말했다.

"네, 그런데 월급은 받고 나가야죠." 시집도 안 간 김 간호사가 말했다.

"김 선생, 월급 받을 돈도 없어! 내가 알기로는 건물 보증금도 다 날린 걸로 아는데." 애가 둘 있는 이 간호사가 말했다.

"언니, 난 어떻게 살아! 아직 취직자리도 못 구했는데."

"김 선생님, 그럼 오 선배하고 같이 일하시던지요. 예전에 돈 잘 벌었다던데."라고 닥터 진이 말했다.

"예전에는 잘 벌었죠. 그땐 일손이 부족해서 난리였지. 하지만 원장님이 정신을 차리겠어요? 이 지경인데도 정신 못 차린다면 이젠 정신 차려도 돈이 안 따를 걸요?" 이렇게 말했지만 이 간호사의 마음도 좋진 않았다.

"이 선생님, 어떻게 그렇게 심한 말을……." 닥터 진도 오 선배가 마음에 들진 않았지만 욕을 듣고 있으려니 기분이 좋지 않았다.

"닥터 진도 알잖아요. 김 선생, 여기 얽매이지 말고 다른 데 알아 봐. 난 이 병원에 미련 갖는다는 건 바보짓이라고 생각해. 이미 사람이 달라졌잖아. 다시 열어도 예전 오 원장님이 아니야. 이미 고기에 길들여진 몸이라고!"

그렇게 스태프들은 헤어졌다. 역시 이 간호사의 말이 옳았다. 천근이 사람을 뽑아 다시 병원을 일으키려고 했지만 빚진 돈의 이자와 줄어든 손님, 게다가 옆에 새로운 병원이 들어오자 끝끝내 버티지 못하고 무너지고 말았다. 병원에 돈이 없다는 소문이 퍼지자 빚 독촉이 시작되었다. 마치 돈이 없으니 죽으라는 것 같았다. 빚이 12억으로 불어났다. 불운한 기운은 환자들도 느끼는 듯했다. 그나마 있던 환자들도 줄어들기 시작했다. 급기야 환자보다 빚쟁이들이 더 많이 찾아왔다.

'그때 대학병원에서 교수님 밑에 그냥 있을걸. 계속 병원만 운영했어도……. 내가 무슨 죄를 지은 것도 아닌데……. 이제 어떻게 사나? 엄마 얼굴을 어떻게 봐! 지금까지 뭘 했지? 결혼 빼고 해 볼 건 다 해 봤지만 엄마를 두고 죽을 수는 없잖아! 아, 뭘 해 먹고 살지? 오천근! 왜 이렇게 됐냐? 난 평생 행복할 거라고 생각했는데…….' 이제 와 후회해도 소용없었다. 아무리 떠올리려고 노력해 봐도 빚이 많은 자신이 무엇을 해야 살 수 있는지 알 수가 없었다. '내가 똑똑한 게 맞아?' 한참 동안 운전석을 뒤로 젖히고 담배를 피워댔지만 떠오르는 것이 없었다. 담배 때문에 목만 아플 뿐 할 것도 갈 곳도 없었다.

7년 동안 빚쟁이들을 피해 지인들의 신세를 졌지만 이젠 더 이상 기름을 넣을 돈조차 없었다. 이 병원, 저 병원 응급실에서 일도 했지만 집이 없으니 월급을 받아도 돈이 모이지 않았다. 일을 해도 까마득했다. 의사가 파산 신고를 한다는 것도 자존심이 허락되지 않았다. 서울에서 인천으로 올 땐 죽으려고 왔지만 이젠 죽고 싶지도 않았다. '죽기에는 사십둘이 너무 이르잖아! 명문대 의예과 졸업생, 사업 실패로 비관 자살. 아 까마득해! 하지만 어떻게 살지?' 끝없이 어떻게 살 것이냐는 답 없는 물음만 떠올랐다. '그냥 이렇게 살다가 죽는다는 건……'

그러다가 문득 닷근이 생각났다. 친구이자 친척인 닷근이 궁금했다. 13년 동안 한 번도 연락한 적이 없었는데 갑자기 궁금해졌다. 인천 교도소에 근무한다는 이야기를 들었지만 어떻게 찾아야 할지 알 수가 없었다. 차를 몰아 인천 시내로 가기로 했다. 한 손으로 내비게이션을 켰다. 갑자기 마음이 급해졌다. 닷근이 앞이라면 주눅 들지 않고 자기 마음대로 이야기 할 수 있을 것 같았다. 닷근이 반갑게 맞아 줄 것 같았다. '법원 근방이라고 했으니까, 인천지방법원을 검색하면 되겠지!' 일단 법원 정문으로 내비게이션을 세팅했다. 송도에서 인천대교 고속도로를 올라타니 올 때는 보이지 않던 바다가 시원하게 보였다. 제2경인 고속도로를 빠져나와 학산 사거리를 지나자 인천지방법원 간판이 눈에 들어왔다. 법원 주차장에 차를 대고 경찰 복장의 경비원에게 물었다.

"저쪽으로 걸어가시면 구치소가 나옵니다."

"걸어가도 됩니까?"

"네. 충분히 가능합니다."

"고맙습니다!"

그리고 천근은 구치소 쪽으로 걸어갔다. 가깝다던 구치소가 걸어가니 생각보다 많은 시간이 걸렸다. 하지만 닷근을 만날 수 있다는 생각에 힘이 들진 않았다. 자신도 모르게 어떤 희망이 느껴지는 것 같았다. 도착해 보니 구치소에도 경비원이 서 있었다.

"어떻게 오셨습니까?" 경비원은 정중하게 경례를 하며 물었다.

"오닷근이를 찾아왔습니다만." 구치소에 오기 전에는 힘이 있었는데 도착하자 자신감은 꼬리를 내렸다. 자신을 무시하는 눈총에 익숙해질 때도 됐는데 그런 것은 절대 익숙해지지 않는 모양이었다. 남들이 자신을 도와주는 것조차 부담스러웠다. 정신지체아의 부모들은 다른 사람들이 자기 자식을 쳐다보는 것 자체가 힘들다고 말하는 것이 실감났다.

"오 소장님 말씀입니까?"

"직급은 모르고 오닷근이라고 합니다. 제 나이 정도 되고 얼굴은 까무잡잡하고."

"까무잡잡은 모르고 비슷한 나이의 오 소장님이 계십니다. 연락해 보겠습니다."

안으로 들어갔던 경비가 잠시 후 다시 나왔다.

"지금 여기 안 계신다는데 이름을 알아보고 다시 연락하랍니다."

"오천근입니다."

그 말을 듣자 경비원이 킥킥거리며 웃기 시작했다.

"오 소장님의 형님 되십니까?"

"아뇨. 친척 동생입니다. 내가 그렇게 늙어 보여요?"

"아뇨, 닷근보다 천근이 더 많은 것 같아서……." 그 말을 하면서 젊은 경비원은 계속 킥킥거리고 있었다. 이름으로 들어보는 농담이 오랜만이었다. 젊은 경비원이 안으로 들어가더니 커피를 들고 나왔다.

"오천근 님! 커피 드십시오!" 경비원은 또다시 킥킥거리며 커피를 줬다. 그 커피는 너무나 맛있었다. 몇 달 동안 밥을 먹는 둥 마는 둥 하면서 커피를 마셔도 아무 맛도 없었다.

"커피는 고마운데 닷근이 온답니까?"

경비원은 웃느라 정신이 없는 모양이었다. "아! 네! 오천근 님! 빨리 오신답니다. 먼저 커피를 빼 드리라고 소장님께서 부탁하셨습니다." 그리고 경비원은 제자리로 가 서 있었다.

"소장이면 구치소 소장이라는 뜻입니까?" 하고 천근이 다가가 물었다.

"네! 맞습니다. 하지만 소장님이 네 분 계십니다. 직급이 그렇다는 말입니다. 더 궁금하신 거라도?" 젊은 경비원은 말에 거침이 없었다.

"아, 아닙니다. 그럼, 기다리겠습니다."

천근은 담벼락에 기대서서 닷근을 기다렸다. 닷근이 소장이라는 말에 자신이 더욱 초라하게 느껴졌다. 어릴 때 그렇게 무시했던 닷근이 소장이 됐다는 것이 믿어지지 않았다.

"천근아! 잠깐 들어갔다가 다시 나오게. 어데 가지 말고 쪽매만 기다리래이!" 소나타 차량이 잠깐 멈춰서더니 뒤쪽 창문에서 소리가 들렸다. 고개를 들어보니 검은 제복을 입은 짧은 머리를 한 부연 얼굴의 중년이 자신을 보고 소리를 지르고 있었다. 닷근이였다. 분명 닷근이였다. 제복에 주렁주렁 반짝이는 것들을 달고 앉아 있는 사람은 분명 닷근이였다. 천근은 뭔가로 한 대 얻어맞은 것 같은 아득함을 느꼈다. '산다는 것이 이런 것일까?'

잠시 후 닷근이 사복 차림을 하고 나왔다. 젊은 경비원은 닷근을 보고 경례를 했다.

"소장님! 웬 사복을 하셨습니까? 퇴근하십니까?"

"그래, 와? 오늘 먼저 퇴근한다. 니 체크할라면 해라! 개안타! 이런 날은 빨리 퇴근해야 된다." 닷근이 경비원에게 머쓱한 표정으로 말했다.

"네! 안녕히 가십시오! 오 소장님!"

닷근은 경비의 인사를 받으며 천근을 쳐다보고 있었다.

"닷근아……." 하고 천근이 닷근을 보고 악수를 청했다. 천근의 작은 목소리는 닷근에게 힘없이 들렸다.

"천근아! 여서 얘기하지 말고 차 타고 얘기하자. 니 차 있나? 난 아직도 차가 없다. 다른 사람들 보잖아, 빨리 가자!" 닷근은 천근의 손을 두 손으로 잡으며 말했다.

"법원 주차장에 있다."

닷근의 손이 천근의 어깨를 감쌌다.

"니 얼굴에 먹칠하면 안 되지! 니가 어떤 사람인데. 날 만나러 여게까지 왔노. 그냥 전화나 하지! 그럼 내가 가면 되는데……."

닷근의 말에 천근의 콧날이 시큰거렸다.

"개안타! 내 니 다 안다."

그리고 닷근이 잡은 손에 힘이 들어옴을 천근이 느꼈다. 닷근의 말에 천근은 아무런 대꾸도 하지 못했다.

"아이고, 남자 소이 이루꾸 부드럽노!" 천근이 말이 없자 닷근이 혼자 말했다.

둘은 차를 타고 닷근네 집으로 왔다. 닷근은 20층짜리 42평 고급 아파트의 12층에 살고 있었다. 닷근이 초인종을 누르자 남자아이의 목소리가 조그맣게 들렸다. "누구지?" 하더니 "아빠다! 빨리 치워! 빨리!"

"참, 천근아 우리 애들 이름은 오지석이랑, 오지영이다. 지석이는 중 2, 지영이는 중1이데이." 닷근이 아이들의 이름을 천근에게 가르쳐 주었다.

"그래, 알았다. 제수씨는 계서?"

"마누라 있지! 좀 얼굴 펴고, 짜식아! 니 내 동생 아이가! 뭐 못 올 때 온 것도 아이고 자, 드가자!" 닷근은 천근의 손을 끌었다.

"야들아! 삼촌 왔다!" 하면서 닷근이 앉으며 팔을 벌리자 아이들이 쪼르르 달려왔다. 둘은 생글생글 웃으며 닷근의 어깨 위로 몸을 기댔다. 천근과 눈이 마주치자 아이들이 말했다.

"첨 보는 삼촌이다. 근데 삼촌 멋지다! 양복 입고 다니신다." 지석이 말하자 지영이 이렇게 말했다. "삼촌, 안녕! 오빠! 그래도 남자는 제복 이야!"

천근은 조카들이 하는 말에 웃음이 나왔다.

"천그이 삼초이 훨씬 멋있지! 천그이 삼촌은 의사여!" "안녕하세요? 제수씨! 결혼식 때 보고 첨 보네요. 기억나세요?"라고 천근이 묻자 닷근의 아내는 사각 얼굴에 미소를 띠며 고개만 끄덕이고 서 있었다.

"저 여편네 잘 몰라. 기억도 없으면서 그러는 거여."

"아빠, 엄마 알지도 몰라! 가끔 엄마가 똑똑한 말 할 때도 있어!" 아들 지석이 말했다.

"얘들아, 오늘 삼촌이 오랜만에 왔으이 고기 먹자! 소고기 안심하고 쌈하고 음료수하고 소주. 아이다, 맥주. 아이다, 양주로 사 와라. 둥그런 거 알지? 그카고 니네 먹고 싶은 거 다 사도 된다!"라고 닷근이 말하자 아이들도 신이 났다. 아이들은 옷을 차려입고 엄마의 손을 끌고 밖으로 나갔다. 닷근은 아들에게 신용카드를 줬다.

"여보! 애들 꼭 따라다녀! 오늘 길 잃으면 큰나! 애들 삼촌도 왔고. 얘들아, 차 조심하고!" 엄마와 아이들은 서로 손을 잡고 복도를 신 나게 뛰어갔다.

"너 카드 쓰냐?" 천근은 카드가 자신을 망가뜨렸다는 생각에 닷근을 보고 물었다.

"아냐, 저거 한 장밖에 없어. 재소자 마누라가 저걸 하는 사람인데 어렵다 캐서 하나 만들었어. 아들 심부름 보낼 때 큰돈 주기 뭐해서."

"닷근아, 아까 얘기 못했는데 고맙다! 내가 그 말밖에 할 말이 없다. 애들한테 용돈 한 번 준 적이 없는데 이렇게 불쑥 찾아왔다." 천근은 거실에 있는 소파에 앉으며 닷근을 보고 말했다. 천근의 얼굴에는 이미 자신의 부덕함을 드러내고 있었다.

"그게 무슨 소리고! 니가 날 찾는 건 당연한 기지! 개안타! 닌 그래도 된다. 언젠가 웃을 날이 있을 끼다." 닷근은 천근의 얼굴을 두 팔로 감쌌다.

닷근의 후덕함이 천근을 울먹이게 만들었다. 이렇게 서슴없이 자신을 받아주는 닷근이 마치 자신의 못난 과거를 감싸주는 부모 같았다. 닷근에게 남다른 마력이 있는 것 같았다. 천근은 닷근에게 했던 지난 시간들이 부끄러웠다.

"닷근아! 니가 형이다!"라고 볼멘 목소리로 천근이 말했다.

"그머, 니가 형이라 안 캐도 내가 형아다. 그르이 암 말 말고 내한테 기대라! 내가 니 하나 못 먹여 살리까 바! 걱정 마라!" 닷근은 천근의 등을 두드렸다.

"고맙다. 닷근아."

"천근아, 아들 오기 전에 니 목욕부터 해라! 물에 푹 들앉아 있어라! 그래야 피고이 풀린다. 내가 다 되면 부르께. 옷은 내 꺼 꺼내 입고 집도 좀 둘러보고. 아이다, 내가 찾아 주꾸마. 나무 집 온 거 맨크로 구지 말고! 천처이 둘러바라!"라고 말한 후 닷근이 옷을 찾으러 들어갔다.

천근은 사방을 둘러보았다. 방은 네 개나 있었다. 아이들과 엄마가 같은 방을 쓰는 것 같았다. 정리된 것들이 여자의 손길이 아니었다. 여전히 닷근이 집안의 모든 일을 하고 있다고 느껴졌다.

둥근 욕조 안에 들어가 있는 동안 밖에서 이것저것 요리를 하느라 분주했다. 닷근은 아이들에게 시키느라 바빴고 아이들은 엄마에게 가르치느라 바쁜 것 같았다.

"엄마, 그렇게 말고. 국에 넣는 파는 이렇게, 이렇게 썰어야 돼. 저번에 가르쳐 줄 땐 잘하더니 오늘 또 왜 그래?"

"영아! 니가 아무리 화를 내도 엄마는 엄마 아는 만큼만 알아듣는다."

"오빠, 빨리 해야 되니까, 그렇지! 국이 제일 늦잖아!"

"아빠, 버너 꺼내서 고기 구울까요?" 지석이 닷근을 보고 말하는 것 같았다.

"웅, 그러자! 아무래도 불이 모자란다."

둥근 욕탕 안에 누워 네 가족의 이야기를 듣던 천근은 부러움과 애잔함에 자신이 원망스러웠다. '난 왜 저런 행복을 몰랐을까? 닷근인 지금까지 얼마나 힘들게 살았을까?' 그들의 모습을 보면서 자신이 망한 것은 당연한 것이라고 생각했다. '세상에 어느 누가 닷근에게 돌을 던질 수 있을까?' 그런 닷근을 알아보지 못한 자신이 바보였다.

그날 밤, 저녁밥을 먹은 후 닷근과 양주 한 병을 마시고 잠자리에 누웠다. 닷근이 같이 자야 한다고 우기는 바람에 같은 침대에 누웠다.

"천근아! 앞날이 걱정되재?" 등을 돌리고 누운 천근에게 닷근이 말했다. 천근은 닷근을 똑바로 쳐다볼 수가 없어 등을 돌리고 누워 있었다. 닷근은 천장을 보고 누웠다.

"……"

"내색은 몬 하고 까마득할 끼다. 작은엄마한테 니 왔다꼬 얘기 안 했다."

"닷근아, 니 돈 얼마나 있어?" 천근이 닷근에게 물었다.

"돈 필요하나? 얼매 주꼬?"

"아니, 재산이 얼마나 되냐고!"

"아! 이 집은 대출 다 갚았고. 니 알재? 그 음성군 맹동면 땅! 그기 대박 났다 아이가. 거게 농공단지가 들어서 가꼬 열 배 넘게 벌었다. 난 오른다는 소리 듣고 일 년 만에 팔았다! 그래가주고 여기저기 천만 원짜리 땅 전국 팔도에 다 사 났더니 빵빵 터지더라카이! 그것도 참 우끼제, 남들은 골라 골라서 투자한다는데 난 돈만 맞으면 샀거덩. 근데 난 대박이고 그 사람들은 쪽박이더라카이. 참 우끼제?" 하고 천근을 향해 몸을 90도 돌리며 닷근이 말했다.

"닷근아, 니가 현명한 거다. 니가 옳은 거야."

"천근아, 부동산은 그냥 운이 좋은 거고 진짜는 그런 게 아이더라!"

"그게 무슨 말이야?"

"내가 땅을 안 팔고 오를 때까지 놔둔 건 그것 때문이 아이다."

그때부터 닷근은 이야기를 시작했다.

닷근이 처음 발령받았을 때 직장은 인천소년교도소였다. 말단 공무원으로 인천에서 생활하기란 쉽지 않았다. 공무원 사택은 가정이 있는 사람만 들어갈 수 있었다. 될 수 있으면 혼자 끼니를 해결해야 했다. 싼 월세방을 얻으려니 버스를 타고 지하철을 타야 했다. 그때까지 지하철을 한 번도 타 본 적이 없던 닷근이 표를 사 자신의 집 부근 역에 내렸다. 그런데 개찰구에 표를 넣었더니 자신의 표는 나오지 않고 다른 사람들의 표는 다시 나왔다. 그래서 관리하는 사람에게 기기가 고장 났다고 따졌다. 관리인은 개찰구를 열고 표를 확인해보니 닷근의 표는 일회용이었다.

그러다가 아내를 만나 결혼을 하고 교도관 사택으로 들어갔다. 닷근은 돈을 모으기 위해 교도소에서 퇴소하는 사람들이 남기고 간 치약, 칫솔, 수건 등 버리는 물건들을 모두 모아 집으로 가지고 왔다. 퇴근할 때는 항상 두 손 가득 담아 왔다. 사람들은 죄수들이 쓰는 물건이라 재수가 없다고 쳐다보지도 않았다. 하지만 닷근은 그게 무슨 상관이냐고 치약은 다 치약이고 비누는 다 비누라고 하면서 챙겨왔다.

게다가 교도소에서 나오는 신문과 박스 선물 상자를 챙겨 담벼락에 쌓아두고 많이 쌓이면 고물상을 불렀다. 매달 두 번씩 실려 나가는 종이는 5,6만 원 정도였다. 동료들이 술 한 번 안 마시면 되는데 왜 그렇게 구질구질하게 사느냐고 물었다. 그럴 땐 생긴 게 구질구질하니 그렇게밖에 살 수 없다고 대답했다.

말이 조금 어눌하고 사투리를 쓰는 닷근은 같이 근무하는 사람들의 친구도 되지 못했다. 누군가 몰래 뒷돈을 받아 양주나 과자 또는 술집을 다녔지만 퇴근할 때마다 한 보따리씩 들고 다녀야 하는 닷근은 식당이나 술집에 갈 수가 없었다. 그러다 보니 자연히 빠질 수밖에 없었다. 닷근은 술을 마시지 않으니 몸도 건강하고 버리는 물건을 챙겨 돈이 모이는 기쁨이 공짜 술보다 뿌듯함이 느껴졌다.

그런데 어느 날, 구치소에 신문기자들과 방송국 카메라 기자가 들이닥쳤다. 인천 뇌물수수사건이 터진 것이다. 인천 지역 공무원들의 비리 사건이 대대적으로 언론의 도마 위에 올랐다. 닷근은 그날도 신문과 박스를 정리하느라 바쁜 나머지 그들에게 신경 쓸 겨를이 없었다. 기자의 눈에 교도관 복장을 한 사람이 폐휴지를 정리하고 있는 것이 눈에 띈 모양이었다.

"폐휴지는 왜 모으는 것입니까?" 기자가 갑자기 다가와 물었다.

"왜 모으긴요. 월급이 쥐꼬린데 이거라도 모아야 살지요. 굶어 죽을 수는 없지요. 근데 여긴 어쩐 일로…… 난 언론 별론데……."

"정말 모르세요? 여기 공무원 비리 때문에 취재 중입니다."

"그런 게 있어요? 난 모르는데."

기자는 어이가 없다는 듯 사라졌다.

다음 날, 뉴스에는 이렇게 나왔다.

"정직한 공무원은 먹고살기 위해 폐휴지를 모으고 있습니다. 하지만 일부 비리 공무원들은 이렇게 좋은 차를 끌고 골프를 치고 다닙니다. 이분과 잠시 이야기를 나누겠습니다."

"폐휴지는 왜 모으시는 것입니까?"

"왜 모으긴요. 월급이 쥐꼬린데 이거라도 모아야 살지요. 굶어 죽을 수는 없지요."

"공무원 비리 때문에 왔는데 정말 모르세요?"

"그런 게 있어요? 난 모르는데."

"이분처럼 돈이 없어도 묵묵히 자신의 일만 하는 사람이 있는가 하면 일부 공무원들은 자신들의 배를 불리고 있습니다."

그리고 얼마 후 구치소에 자신을 무시하고 고급 승용차를 몰던 상급자들이 하나 둘 사라졌다. 승급 시험을 본 것도 아닌데 직급이 저절로 올라갔다. 게다가 사람들은 닷근에게 선물을 보내기 시작했다. 동네 사람들은 종이를 모아주고 텔레비전과 세탁기를 보내주는 사람도 있었다. 하지만 닷근은 비싼 가전제품을 모두 노인정이나 보육원에 보냈다.

"천근아, 사람들은 바보처럼 살면 바보라 카더라. 남들이 놀리면 화를 내야 똑똑한 사람이고 손해를 보면 악착같이 찾아 먹는 사람을 보고 잘살 거라 카더라. 근데 그게 아이더라. 손해를 보면 어디선가 보충이 되고 놀림을 받으면 누군가 위로를 해 주더라." 그 말을 하고 닷근은 천근의 손을 꼭 잡았다.

"천근아, 힘들제?"

"너도 지금까지 많이 힘들었겠다." 천근이 말했다.

"천근아! 그래, 나도 힘들었다. 작은엄마한테 호박을 갖다 줄 때도 힘들었고, 종이를 모을 때도 힘들었다. 그런데 그 힘든 것도 시간이 지나면 돈으로 호의로 다 보상받더라. 난 후배들한테 그칸다. 참으라고. 참으면 복이 온다꼬. 옛날에 웃으면 복이 온다는 프로가 있었잖아. 그게 그 말이더라. 참다 보면 웃고 웃다 보면 복이 온다, 이 말이지."

"진짜 내게도 복이 올까?"

"당연하지! 내가 왜 어릴 때부터 니를 자꾸 찾아간 줄 아나? 어릴 땐 니가 날 버릴까 봐 자꾸 찾아갔고, 내가 직장 생활을 할 땐 넌 학생이라서 도와줄라고 찾아갔다. 근데 니가 의사가 되고 병원을 차리니까 몬 찾아 가겠더라. 니한테 폐가 될 꺼 같더라. 무식한 형을 뒀다꼬 니가 사람들한테 손가락질 당할까 봐. 그래서 몬 갔다. 이젠 니를 이렇게 볼 수 있으이 난 좋다." 그 말을 하고 돌아누운 천근의 허리를 닷근이 와락 끌어안았다. 그 바람에 놀란 천근이 고개를 돌리는 순간 닷근의 얼굴에 차가운 물이 떨어졌다.

"닷근아, 고맙고 미안하다."라고 말하고 천근은 허리를 감싼 닷근의 손을 쓰다듬었다.

"천근아, 개안타. 다시 시작하면 된다. 그 정도면 다시 시작해도 안 늦었다. 요즘 60에 다시 시작하는 사람도 많다. 니는 내한테 기대도 된다. 알았제?"

천근은 대답을 할 수가 없었다.

다음 날 아침 10시, 천근은 오랜만에 깊은 잠을 잘 수가 있었다. 남의 집에서 깊은 잠을 잔 것은 처음이었다. 부스스한 얼굴로 밖으로 나갔다.

"천근아, 니가 하도 곤히 자길래 몬 깨웠다. 빨리 밥 묵고 나가자!"

"너 출근 안 해?"

"개안타. 다 얘기 해 놨다. 빨리 밥 먹어라!"

닷근의 마누라가 바닥에 앉아 둘의 얼굴을 번갈아가며 쳐다보고 있었다.

"제수씨, 식사는 하셨어요?"

"마누라는 밥 먹었다. 밥을 잘 먹는다."

"어디 가게?" 천근이 닷근에게 물었다.

"웅. 오늘부터 매칠만 나랑 같이 댕기자!"

"어딜?"

"가 보만 안다."

그리고 얼마 후 천근은 닥터 진과 스태프들을 모아 다시 병원을 개원했다. 이번에는 1,2층이 아니라 4층짜리 건물 전체를 사용하고 있었다. 그날 이후 천근의 부모들은 천근이 닷근에게 형이라고 부르는 것을 보고 신기하게 생각했다.

미안하다, 사랑한다, 용서해다오

"따르릉 따르릉." 이 소리는 아버지가 퇴근했다는 신호였다. 어머니께서 맨발로 밖으로 뛰어나가는 출발 신호이기도 했다. 어머니는 옷을 받아들었다.

"식사는 했능교?"

"묵었다."

이것이 대화의 전부였다.

동생과 나는 아버지와 얘기해 본 것이 손에 꼽을 정도였다. 아버지가 우리에게 말하는 것이라곤 "공부 잘하나?" "엄마 말 잘 듣나?" 이런 말이 고작이었다. 내게 용돈을 준 적도 나를 안아 준 것도 내 기억에는 없다. 초등학교 어린 시절, 나는 커서 아버지처럼 되지 않기로 다짐했다. 커서 절대 공무원은 되지 않을 것이라고 생각했다. 군청에 다니시는 아버지는 낡은 양복을 입고, 낡은 자전거를 타고 10리나 되는 군청까지 출근하는 아저씨였다. 아버지는 어린 나에게 무능한 아버지였다.

내가 대학교 1학년 때 아버지의 연세는 쉰여덟, 가끔씩 고향집에 들릴 때면 아버지께서 늙으셨다는 것을 느꼈다. 하지만 내가 커갈수록 느껴지는 왠지 모를 숙연함이 느껴졌다. 대학 공부를 한답시고 내 딴에는 바쁘게 살다가 어느 날 문득 느껴지는 아버지의 모습은 초췌하지만 위엄스러움이 느껴졌다. 그렇지만 그 당시 모든 아버지들이 갖고 있는 엄격함에서 오는 위엄으로만 생각했지 그 이상은 느끼지 못했다.

그러던 어느 날, 어머니는 내게 아버지가 무슨 약을 잡숫는다는 말씀을 하셨다. 무슨 약인지 알아보라고 하셨지만 큰 신경을 쓰지 않았다. 워낙 말씀이 없으신 당신께서 말해주시지도 않을 것이라는 것을 알고 있었기 때문이다. 어쩌면 그때까지도 아버지에 대한 은근한 반항기가 있었는지도 모른다. 그것이 남자끼리의 껄끄러움인지, 엄숙함 때문인지 알 수 없는 일이었다. 그 연세에도 아버지의 교통수단은 낡은 자전거 한 대와 아주 낡은 자전거 한 대 그것뿐이었다.

대학 1학년을 마칠 때쯤 노동자들의 대변인인 것처럼 많은 노동 관련 서적을 읽었고, 노동자들의 삶을 이해하는 것처럼 느껴졌다. 나만큼 그들의 삶을 이해하는 사람은 없을 것이라는 생각도 들었다. 많은 사람들이 자신의 권리를 인정받지 못하고 값싼 노동으로 노동 착취를 당한다는 생각으로 그들의 마음을 이해하려 들었다. 깊이 파고들면 파고들수록 떠오르는 아버지의 얼굴, 노동자를 이해하면 이해할수록 말이 없으신 아버지의 엄숙함, 법을 따지면 따질수록 생각나는 아버지의 자전거, 한 집안의 가장으로 버티지 않으면 생계를 잇지 못하는 절박함을 느끼게 되었다. 30년 가까이 공무원 생활을 했지만 고작 자전거 두 대가 아버지 인생의 전부인 것처럼 느껴졌다. 그렇게 대학 1년을 다니는 동안 내 마음엔 어느새 아버지의 모습이 내 가슴에 자리 잡고 있었다.

1983년, 노동운동을 한답시고 고향으로 내려가지 않았다. 겨울방학, 하숙집으로 전화가 왔다. 빨리 내려오라는 어머니의 다급한 목소리였다. 기차를 타고 출발할 땐 제발 다시 살 수 있으시길, 찾지도 않던 하느님께 기도했다. 그리고 집이 가까워질수록 '제발 내가 갈 때까지만이라도……'라는 생각이 들었다. 마지막으로 내 말만이라도 듣고 가시기를 바라는 마음이었다. 서울과 고향집은 너무 먼 거리었다. 기차를 타고 버스를 내려 걸어가는 길은 왜 그렇게도 멀게 느껴지는지.

저만치 집이 보이기 시작할 무렵, 우리 집 부근엔 이미 불이 밝아 있었고, 동네 사람들이 서성이고 있었다. 사람의 직감은 나쁜 곳에만 들어맞는다고 했던가? 나는 집에 들어갈 수가 없었다. 볏짚가리 아래 주저앉아 있을 수밖에 없었다. 소리 없는 눈물만 흘러내리고 저만치 어머니의 곡소리만 들렸다. 나는 이렇게 소리 없이 울부짖었다. "한 번이라도 드리고 싶은 말이 있었는데…… 이제야 당신 맘을 이해하는 당신의 아들이 왔는데 그것마저 들어주지 않고 가시다니…… 또 한 번 죄를 짓게 하시는군요."

그렇게 3일장을 지내고 군청에서 유품이 왔다. 유품이라곤 똑같이 생긴 다이어리 23권과 필기도구, 내가 용돈을 모아 선물한 손목시계 상자였다. 다이어리는 공무원 생활을 하시면서 쓴 것이라 생각했다. 그래서 태우려고 마당으로 나갔다. 옷가지에 불을 붙이고 그래도 확인을 하려고 펼쳐 보았더니 그것은 짤막짤막하게 쓴 일기였다. 그나마 긴 것은 사연이 있는 날이었다.

1962년 6월 17일 흐림

아침부터 아내가 배가 조금씩 아프다고 한다. 그러면서 만삭인 아내는 아기가 나올 때가 된 것 같다고 했다. 일을 하면서 집일이 신경 쓰인다. 삼십 분마다 전화하는 내 모습을 보고 과장님께서 집으로 가라고 했다. 나는 직장에 다니는 공무원인데 일을 두고 간다는 것은 내 마음이 허락질 않았다. 장모님께 전화를 드렸다. 장모님께서 우리 집으로 오신다고 했다. 다행히 아이가 나오기 전에 장모님께서 오셨다. 퇴근하여 집에 와 보니 검붉은 핏덩이 같은 아기가 눈을 감고 자고 있었다. '정말 내 아이인가? 정말 내가 아빠란 말인가? 아기가 왜 까맣게 생겼지? 얼른 깨서 나를 쳐다봐 줬으면…… 한번 깨워볼까? 너무 작아 만지기가 겁난다. 그냥 두자.' 아버지께서 오셨다. 돌림자를 딴 이름도 지어 주셨다. '헌민국' '현명한 대한민국'이라고 하신다. 장모님께서 아내와 같이 주무신다고 하기에 나는 건넌방에서 혼자 자면서 '헌민국, 헌민국……' 아이의 이름을 불러 보았다. 부르면 부를수록 내가 아버지가 됐다는 것을 실감할 수 있었다. 헌민국이 있는 방을 들여다보고 싶지만 늦은 밤이라 갈 수가 없다. '민국아 잘 자, 내가 니 아빠야.'

1962년 6월 18일 맑음

　평소보다 조금 일찍 일어났다. 안방에서 혹시 일어났는지 기웃거려 봤지만 인기척이 없다. 세수를 하고 출근할 준비를 했다. 장모님께서 나오셨다. "자네 이렇게 빨리 출근하는가?" "아닙니다. 오늘 좀 빨리 깨서 잠이 안 오네요." "자네 애기 보고 싶어 그라지? 빨리 들가 보게!" 방에 들어갔다. 아내는 복스스한 얼굴로 누워 있었다. 미안하고 고마웠다. 하지만 말을 하지 못했다. 아기를 안고 싶어 아기가 깔고 있는 이불을 통째 들려고 했더니 "들지 마이소. 어묵이가 한번 들면 계속 들어 줘야 한다 카덩데!" 하고 아내가 말했다. 이불 밑으로 집어넣었던 손을 뺐다. 하루가 어떻게 갔는지도 몰랐다. 아기가 보고 싶었다. 낡은 자전거는 왜 그렇게 안 나가던지. 집에 와 보니 장모님도 안 계시고 아내는 밥을 챙기러 일어나려고 했지만 그냥 누워 있으라고 했다. 밥을 먹지 않아도 배가 고픈지 몰랐다. 그런데 아기가 울기 시작했다. 그래서 얼른 안아줬다. 우는 입이 커졌다 작아졌다 하는 모양이 아주 귀여웠다. 안아주니 울음을 멈췄었다. 오래 안고 있으니 팔이 아파 내려놓았다. 또다시 울기 시작했다. 이불 밑에 가시가 있나 싶어 찾아봤지만 아무것도 없었다. 다시 안아줬다. 그랬더니 아기는 빙그레 웃는 것이다. 너무 귀여워서 뽀뽀를 해줬다. 그리고 내려놓았다. 또다시 운다. 옆에 누워 있던 아내가 "큰일 났네, 이게 손 탄다는 말인가 봐요. 안아 죽지 말라 카던데…… 우야능교?" 밤이 늦도록 아기를 안았다 내려놨다 했다. 자는 줄 알고 내려놓으면 큰 소리로 운다. 밤 세 시, 땀이 삐질삐질 흐른다. 아내는 이제 이틀째인 산모, 팔다리, 허리, 졸음. 복모님이 생각났다. 나도 이랬을 것이다.

1983년 1월 28일 흐림

올해가 인생의 마지막인 것 같다. 사직서를 냈더니 과장님께서 "내가 자네 사정 다 아는데 이게 먼 짓이야!" 하시면서 집어 던졌다. 나는 아무 말을 못했다. 아내에게 알려질까 아프다는 것을 말씀드리지 않았더니 그 난리셨다. 몸의 힘은 점점 빠져가고 이젠 더 이상 자전거를 탈 수가 없다. 사람들은 자전거가 빵구 난다고 타지 말라고 한다. 날이 갈수록 점점 더 정신이 없어진다. 몸은 왜 이렇게 불어 오르는지…… 두 아들이 보고 싶다. 가지고 다니는 책들을 보면 노동운동을 하는 것 같다. 내 아들이 나보다 나은지도 모른다. 말하고 싶은 것은 마음대로 외칠 수 있으니까. 난 아들보고 사랑한다는 말조차 하지 못하는, 자전거 두 대뿐인 못난 아버지가 아닌가! 내가 아이들에게 정말 못난 짓을 한 것 같다. 한 번이라도 안아 줬어야 하는 건데…… 한 번이라도 손을 잡아 줬어야하는 건데…… 다시 한 번 그런 기회가 온다면 내가 먼저 손을 잡아 봐야지. 아들아 사랑한다. 내게 기회를 한 번이라도 주렴.

1983년 2월 19일 눈

눈이 너무 아름답다. 예전에 느껴보지 못한 아름다움이다. 마지막엔 모든 세상이 아름답다더니 그것을 느끼고 있는지도 모른다. 나는 나 자신도 챙기지 못하고 둘뿐인 아들에게 사랑한다는 말 한 번 해본 적이 없다. 그렇다고 아들에게 사랑한다는 말을 들어본 적도 없다. 아들은 나의 마음을 이해해 줄까? 이해 못할 것이다. 내가 아버지를 이해 못했듯이 그렇게 대를 이어가며 나중에야 알게 되겠지. 그것이 어쩌면 인생인지도 모른다. 한 번쯤 아들의 손을 잡고 싶었지만 기회를 잡지 못했다. 민국, 민성, 너희들을 사랑한다. 너희들을 끌어안아 보고 싶었다. 어릴 때부터 사랑한다고 말하고 싶었지만 나이가 들수록 점점 더 못 하게 됐다. 너희들이 다쳤을 때도 마음이 아프면서 입에서는 "남자가 그걸로 울어? 뚝, 그쳐!" 그 말밖에 나오지 않았단다. 그것이 아버지다운 말이었다고 생각한 내가 잘못이었다. 이것이 내가 쓰는 마지막 일기가 될 것 같다. 사랑하는 아들 민국, 민성아, 미안하다, 사랑한다, 용서해다오.

촌닭

난 요즘 고민이 생겼어.

툭하면 곰돌이가 나의 머리카락을 물고는 올라타는 거야.

하지만 곰돌이를 좋아하기 때문에 싫진 않았어.

말로는 그러지 말라고 하지만 난 행복해.

요즘은 툭하면 머리를 물고 등에 올라타.

그것을 보고 날돌이가 놀리는 거 있지?

"얼레리 꼴레리, 두 놈은 결혼했대요. 결혼했대요."

그렇게 놀리는 거야.

그럴 땐 곰돌이가 날돌이를 혼내줬어.

곰돌이는 평소에 조용하지만 그렇게 싸울 땐 정말 날렵하고 힘이 장사야.

힘껏 뛰어올라 날돌이의 벼슬을 향해 세차게 내리꽂더니 벼슬에 피가 나도록 물어뜯더라고.

그러면 날돌이는 잘못했다고 꽁무니를 뺐지.

처음에는 왜 그렇게 놀리고 싸우는지 알 수가 없었어.

곰돌이가 나중에 조용히 가르쳐 줬어.

"지순아, 우리는 이제 부부야."

"헉, 부부라고? 우린 친구잖아."

"아니야, 우린 이제 부부야. 곧 니네 할머니가 우리의 아기를 만들게 해 주실 거야."

"넌 그걸 어떻게 알았는데?"

"그건 건넛마을 삼순이와 칠득이도 그렇게 해서 애기 여덟 명을 가졌어. 나도 가족을 만들고 싶었어."

"아이 부끄러워라. 그럼, 우린 가족이야?"

"응, 사랑해, 지순아."

"헤헤, 나도 고백할 게 있어. 실은 나도 너를 좋아하거든."

그렇게 우리는 가족이 되었어.

하지만 우린 같이 살 순 없었어.

곰돌이는 자기 형제들하고 자야 하거든.

곰돌이가 같이 자려고 우리 집에 있으면 할아버지가 소죽을 주다가 곰돌이를 보고 쫓아내거나 곰돌이의 주인아주머니가 곰돌이를 끌고 갔어.

우린 같이 살고 싶은데 주인들은 이해를 못 하는가 봐.

그런데 이상한 일이 생겼어.

매일 내가 알을 낳으면 가져가던 주인할머니가 알 15개를 둥지에 넣어 두셨어.

아무리 생각해 봐도 이해가 가지 않았어.

'내가 낳은 알을 왜 되려 갖다 놓은 거지?'

고민을 한참 하고 있는데 곰돌이가 왔어.

"곰돌아, 저게 뭐지?"

"아휴, 바보. 저것은 우리의 아이를 만들라는 거야. 우리 엄마도 주인 아주머니가 저렇게 해놓으면 21일 동안 앉아서 동생들을 만들었어."

"잉? 21일 동안이나? 힘들겠다."

"힘들어. 그래서 엄마가 되는 것은 쉽지 않다는 거야."

"그래, 남들 다 하는데 나라고 못 하겠어? 우리 아이들을 만드는 건데 21일이 문제야?"

"그래, 지순아, 고마워!"

"고맙긴 나도 이제 엄마가 될 거야."

나는 천천히 둥지로 걸어 들어갔어.

내가 낳은 알들…….

이젠 나의 아기를 만드는 거야.

내 몸에서 나온 나의 알들을 따뜻하게 품어줘야지.

헉! 그런데 이쪽을 가슴으로 품으면 저쪽이 식어가고, 저쪽을 품으면 이쪽이 온도가 내려가고, 계속 번갈아 가며 안아 주려니 둥지의 짚이 몸에 배기고, 몇 시간을 쪼그려 앉아 있으니, 아휴 어깨도 아프고, 다리도 아프고 너무 힘들어.

곰돌이는 내가 심심할까 봐 내 곁을 떠나지 않았어. 밤이 되면 자기 집으로 가야 하지만 낮에는 항상 내 곁에 있어 줬어.

첫날은 정말 길었어.

그래서 '어떻게 21일을 버텨야 하나?'라는 생각도 많이 했어.

너무 힘들고 지루한 날이었어.

낮엔 곰돌이가 있어서 그나마 괜찮지만 밤이면 혼자 앉아 있어야 돼.

어느 날, 날돌이가 찾아와서 "지순아, 너 어디 아프니?" 묻더라고.

그런데 옆에 있던 곰돌이가 "애들은 몰라도 돼!" 그러는 거야.

평소 곰돌이 같지 않게 말이야.

그래서 내가 말해줬지.

"으응, 우리 아기를 품고 있는 거야." 그랬더니

날돌이 하는 말 "그런 귀찮은 일을 왜 하니? 난 애들이 귀찮아서 가지지 않을 거야." 이러는 거 있지?

애들이 귀찮대.

난 힘들지만 애들과 같이 행복하게 사는 게 좋아.

난 아이들이 사랑스럽거든.

그런데 이놈의 날짜는 왜 이렇게 안 가는 거야.

날짜는 기다리면 더 안 가는 거 알지?

소풍 가는 날은 정말 천천히 오고, 방학은 정말 빨리 끝나잖아.

닭이 앉아 있는 것이 얼마나 힘든 줄 너는 아니?

닭은 어떤 모습으로 자는지 너는 아니? 잘 모르면 아빠한테 여쭤 봐.

우린 한 발로 서서 자거든.

우리들의 잠자리는 어떻게 생겼는지 아니?

너의 침대만 생각하지 말고 우리들이 어떻게 사는지도 알아 봐!

그렇게 해 주면 우리도 신 나서 알을 많이 낳지.

너희들도 너희들에게 관심 가져주면 기분이 좋지?

그런 우리가 아기를 갖기 위해 21일 동안 앉아 있는 것은 너희들이 21일 동안 한 발로 서 있는 것과 같은 느낌일지도 몰라.

나는 그런 고통도 참아가며 아기를 갖고 싶었어.

하루 이틀이 지나니까 2주일이 금방 지나갔어.

힘들 땐 정말 아무 생각하지 말고 해 봐.

힘든 것도 모르고 지나가거든.

그동안 가끔씩 둥지 밖으로 나와 모이도 먹고, 물도 마시고, 다리가 아파서 운동도 조금씩 하면서 앞으로 태어날 예쁜 아기만 생각했지.

곰돌이는 가끔 나를 안쓰러운 눈으로 쳐다보곤 했어.

오늘도 물을 먹기 위해 밖으로 나왔는데 곰돌이가 갑자기 이런 말을 했어.

"지순아, 빨리 와봐, 알이 움직였어!"

나는 무슨 말인지 이해가 가지 않았어.

한순간 '알이 어떻게 움직이지?'라는 생각이 들었어.

그래서 달려가 보니 정말 알이 움직이는 거야.

그래서 다시 알들을 품었어.

알의 움직임이 가슴으로 전달되어 아기의 심장 소리가 들리는 것 같았어.

나의 가슴도 콩닥거렸지.

곰돌이는 신기한 듯이 옆에서 기다리다가 졸다가 하는 거야.

그런데 시간이 지날수록 여러 알이 움직이기 시작했어.

처음엔 마음이 콩닥거렸는데 점점 그런 마음은 없어졌어.

또 하루가 지나니까 한 놈이 껍질을 톡톡 건드리는 것 같았어.

하지만 껍질은 깨지지 않았어.

껍질 속에 든 아기의 힘이 약한가 봐.

또 얼마 있다가 톡! 톡! 톡! 두드리는 거야.

그러더니 어느 순간 껍질에 금이 가기 시작했어.

한순간 에고, 나의 새끼발가락 발톱보다 작은 노란 부리가 톡 튀어나오는 거야.

부리가 깨진 껍질에 턱 걸려 있더니 한참 후 쏙 들어가서 다시 껍질을 두드리기 시작하는 거야.

아기는 정말 힘들어 보였어.

내가 도와주고 싶었지만 잘못하면 다칠 것 같아 도와주지 못했어.

한참 그러더니 껍질을 깨고 나오는 거야.

아휴! 처음 봤을 때 작고 털이 땀에 흠뻑 젖어 닭인지 오리인지 구분할 수가 없었어.

게다가 눈도 못 뜨고, 머리를 바닥에 처박고 있는 거야.

그래서 살짝 옆으로 밀어냈어.

동생들을 위해 다시 품어야 하니까 말이야.

옆에서 유심히 보고 있던 곰돌이가 이런 말을 했어.

"정말 못생겼다. 지순아 너 닮았나 봐!" 이러는 거야.

그 말을 듣고 나는 속상했어.

옆으로 살짝 밀어놓았던 첫째 놈이 시간이 지날수록 털이 마르면서 병아리의 모습이 갖춰지는 거야.

노란색 털이 말랐지만 뭉쳐 있었어.

그래서 나는 부리로 아기의 노란 털을 빗겨줬어.

털이 뽀송뽀송해지더니 갑자기 눈을 똥그랗게 뜨는 거야.

한참 정신없이 보고 있는데 일어서려고 안간힘을 쓰는 거야.

다리가 후들거리는 걸 보면서 나도 안간힘을 썼어.

바들바들 거리며 일어나는 아기를 보고 도와주고 싶었지만 도와줄 수가 없었어.

혼자 일어나는 법도 배워야 하니까.

아장아장 걸어서 내 곁으로 걸어오는 아기를 보고 눈물이 나왔어.

내가 엄마라고 내 곁으로 오는 거야.

너무 예뻐서 꼭 끌어안아주고 싶은데 나의 배 밑으로 기어 들어오는 거야.

곰돌이가 옆에 있다가 "아! 너무 이쁘다." 그러는 거야.

우린 눈이 마주치는 순간 곰돌이가 눈물이 글썽거리는 것을 보았어.

나는 분위기 없게 이렇게 말했어.

"나 닮아서 못생겼다며?"

그랬더니 곰돌이 말

"아니 미안, 나 닮아서 잘생겼다." 꽈당!

너희 엄마 아빠도 가끔 도와주지 않을 때도 있을 거야.

매번 너희들을 도와주면 나중에 아무것도 못 하거든.

설마 아무것도 하지 못하는 바보가 되고 싶진 않겠지?

조금 있으려니, 둘째가 나오고, 셋째가 나오고, 정신없이 나오는 거야.

그렇게 일곱째까지 나왔어.

그런데 그다음 날이 되어도 나머지 알들은 움직이지 않았어.

너무 속상했어.

열다섯 알 중에 겨우 일곱 마리만 태어났어.

21일이 되자, 할머니가 와서 둥지를 깨끗이 청소했어.

곰돌이와 나는 아기들의 이름을 지어줬지.

하늘, 땅, 강, 산, 바다, 개울, 노을이라고 지었어.

예쁜 이름이지?

아이들이 정말 귀엽고 사랑스러워.

애들끼리 어디 나가면 나는 너무 불안해.

그래서 애들을 모두 데리고 다녀.

나가기 전에 이렇게 한 번 더 당부하지.

"애들아, 밖에 나가면 꼭 내 곁에 붙어 다녀야 한다. 그렇지 않으면 못된 사람들이 잡아가요! 무슨 말인지 알지?"

그러면 아이들은 "네! 삐악삐악." 이렇게 대답해.

난 그 대답을 들을 때 아이들이 너무 고마워.

아이들이 말을 잘 들을 때 나는 삶의 보람을 느껴.

그런데 둘째, 땅이란 녀석은 빈정거리지.

"엄마는 또 잔소리하네. 한 말 또 하고, 또 하고……. 아이, 재미없어."

그러면 난 그러지.

"너, 뭐라 그랬어?"

그러면 땅은 "아뇨, 엄마 말이 맞다구요!"

다른 아이들이 깔깔대고 웃어.

이젠 나도 땅한테 단련이 됐나 봐.

그런 말엔 신경도 안 써.

아이들이 태어난 지 벌써 한 달이 지난 어느 날이었어.

우리는 평화롭게 들길을 걷고 있었어.

저 멀리 한 무리의 아이들이 오고 있더라고.

초등학교 2학년은 된 것 같았어.

가까이 오는 걸 보니 이웃 마을 아이들이었어.

저학년들은 자기 마음대로 걷잖아.

호기심도 많고.

그래서 우리 아이들에게 주의를 줬지.

혹시 밟힐지도 모르니까 말이야.

"얘들아, 저 아이들이 지나갈 때까지 내 곁에 꼭 붙어 있어야 한다?
알았지? 꼭! 꼭! 꼭!"

"네, 삐악삐악."

아이들이 우리 옆을 지나가다가 한 아이가 소리쳤어.

"얘들아, 여기 봐, 병아리도 있어!"

그러면서 우리 아이들에게 손을 뻗는 거야.

그래서 내가 주의를 주려고 부리로 콕콕 쪼아줬어.

그랬더니 그 아이가 "아얏! 이 자식이!" 그러더니 가방을 휙 던지는
거야.

둘째 땅이 먼저 줄행랑을 치니까, 몇몇 아이들이 덩달아 달아났어.

개울과 노을이 가방에 깔려 버렸어.

그때 다른 초등학생들이 합세하여 하늘이랑 바다를 잡아 달아났어.

가방을 던진 녀석은 내가 대들었더니 가방을 다시 들고 도망갔어.

가방에 깔린 막내 노을은 목이 부러져 이미 죽어 있었어.

그리고 개울은 다리가 부러졌어.

나는 너무 슬퍼서 울부짖었어.

"꾹! 꼬꼬, 꾹 꼬꼬……."

그랬더니 땅, 강, 산이 다시 왔어.

한참 울고 있는데 아이 아빠가 왔어.

그 이야기를 했더니 이웃 마을로 날개를 퍼덕이며 날다시피 뛰어

갔어.

잡혀간 하늘과 바다를 찾으러 말이야.

나는 너무 힘들었어.

죽은 막내 노을은 아직도 몸이 따뜻했어.

내가 넋을 놓고 울고 있으니까, 땅이 "엄마, 울지 말아요. 이젠 저도

엄마 말 잘 들을게요."라면서 우는 거야.

개울은 다리가 아파 우는 건지, 막내가 죽어 슬퍼 우는 건지 모르지

만 개울도 울고 있었어.

강과 산은 시무룩한 얼굴을 하고 있었지.

한참 동안 정신을 차릴 수 없었어.

그래도 난 엄마잖아.

힘을 내야 했어.

길옆에 있는 흙을 두 다리로 팠어.

노을을 묻어 주려고 말이야.

땅을 파는데 벌레들이 나왔어.

산과 강은 그 와중에도 먹을 게 생겼다고 삐악삐악 하면서 쪼아 먹더라고.

그런데 땅은 먹지 않았어.

그래서 내가 물어 봤지.

"넌 왜 안 먹니?"

"엄마, 지금은 노을이 죽어 너무 슬퍼요. 이젠 귀여운 노을을 볼 수 없겠죠?"라는 거야.

난 가슴이 찡했어.

툭하면 야단맞던 땅이 이렇게 어른스러울 줄은 몰랐거든.

그 순간 얼마나 미안한지 땅을 꼭 끌어안아줬지.

내가 땅의 마음을 너무 몰라 줬다는 걸 느꼈어.

노을을 묻어 주고 집으로 돌아왔어.

한참 후 아이 아빠가 시무룩한 얼굴로 혼자 돌아왔어.

나의 마음도 그때까지 진정되지 않았는데 무슨 일이 일어난 것 같은 예감이 들었어.

언제나 불길한 예감은 잘 맞지.

아니나 다를까. 곰돌이의 말은 너무나 충격적이었어.

곰돌이가 마을에 도착하자 할머니들이 어느 다가구 집 앞에 모여 웅

성거리고 있더래.

가까이 가 보니, 한 할머니가 초등학생들을 야단치고 있더래.

그런데 땅바닥을 보니 내장이 터진 우리 아이들이 널려 있었다는 거야.

할머니는 초등학생들을 보고 "야 이놈들아, 병아리를 옥상에서 던지면 어떻게 해!" 하고 야단을 치더래.

그런데 야단맞던 아이들의 대답이 가관이 아니었대.

뭐랬냐면 "저희들은 병아리가 날개가 있어서 날아보라고 던졌어요." 라고 말하더래.

그 이야기를 듣고 곰돌이는 초등학생들의 다리를 물어뜯어 버렸대.

그 이야기를 듣고 난 지금 너무 힘들어.

도대체 아이들을 어떻게 키워야 할지 모르겠어.

그렇게 많이 가르쳤는데 왜 이런 일이 발생하는 거야?

왜 내게만 이런 일이 일어나는 거지?

내가 뭘 잘못했다고.

아이들에게 준 건 사랑밖에 없는데 말이야.

현실은 왜 이런 거야?

그 답을 너는 아니?

햇살이 따스한 봄날이었어.

날돌이가 이상한 곳을 알고 있다고 자랑하는 거야.

그곳에는 많은 친구들이 있는데 자기도 거기서 살고 싶대.

날돌이는 항상 배가 고프다고 했어.

왜냐하면 윗집 아주머니 혼자 남매를 키우면서 사시는 분이거든.

가끔씩 날돌이에게 밥을 못 챙겨 주나 봐.

그래서 우리는 날돌이와 가끔씩 밥을 나눠 먹거든.

그런데 그곳에는 굶는 일이 없다고 거기서 살고 싶대.

시멘트로 된 검은 지붕에서 많은 친구들이 재미있게 살고 있다고 빨리 가 보자는 거야.

친구들이 많아서 항상 재미있을 것 같다는 거야.

나는 무슨 이야긴지 이해가 되지 않았어.

많은 친구들이 왜 모여 있을까?

설레는 마음으로 삼총사가 출발을 했지.

가는 길은 그렇게 멀지 않았어.

오솔길을 따라 조금 올라가는데 아휴, 똥 냄새가 굉장히 많이 났어.

나도 똥을 누지만 정말 그렇게 심한 것은 처음이야.

점점 더 가까워질수록 친구들의 합창 소리가 더 크게 들렸어.

어찌나 많은 아이들이 같이 모여 있는지 입이 벌어질 정도였어.

벽에 작은 구멍이 있기에 안을 들여다봤어.

정말 많은 친구들이 한 줄씩 한 줄씩, 그리고 층층이 쌓여 있었어.

한 아이를 불렀지.

"얘! 너희들 그 안에서 뭐 해?"라고 물었어.

그랬더니 "어? 너희들은 왜 밖에 있어? 그런데 너희들은 왜 털색이 달라?" 그러는 거야.

"너희들은 무슨 색인데? 여기서 잘 안 보여서 그래."

"우린 깨끗한데 너희들은 때가 꼬질꼬질하잖아. 촌닭 같으니라고."

"뭐? 촌닭?"

그 말에 정신을 차릴 수 있어야지.

나도 화가 나서 이렇게 말했어.

"그래, 나는 촌닭인데 너는 그 안에서 뭐 하나?"

"응, 우리는 교양 있는 닭들이야. 모이도 일정한 시간에 먹고, 일정한 시간에 물을 마시고, 나만의 공간에서 남에게 피해를 주지 않는 그런 규칙을 지키면서 살고 있지. 넌 그런 거 아니?"

"몰라. 규칙이 뭔데?"

"그래서 촌닭이라는 거야. 규칙도 모르고, 교양도 모르지?"

"그런데 거기 있으면 좋아?"라고 물었더니

"우리 반장 아줌마가 공부 가르칠 때 밖에 나가면 위험하다던데? 차도 있고, 경운기도 있어서 치어 죽을 수도 있다던데? 그렇게 위험한데 왜 나가 있어?"

"어? 위험하다고? 우린 그런 사고 한 번도 안 났는데?"

"하지만 사고는 언제 날지 모르는 거야. 우린 여기서 규칙 외우기와 계란만 낳아 주면 돼. 그러면 아주 편안하게 먹고 살거든." 이러더라고.

"계란을 못 낳는 아이들은 어떻게 해?"라고 물었더니

"계란을 못 낳는 아이들도 있어? 여긴 없는데? 남자아이들 이야기는 들었지만 남자아이들은 장난꾸러기라 같이 놀면 안 된대." 이러는 거야.

도대체 이해가 되지 않았어.

그래서 곰돌이와 날돌이를 소개시켜 줬지.

"곰돌이는 내 남자 친구야. 아주 착해. 여기는 날돌이야. 니 말대로 장난은 좀 치지만 놀면 재미있어. 넌 이상한 생각을 참 많이 하는구나?"라고 말했어.

그랬더니 "어떤 생각이 이상한데?" 그러는 거야.

나는 "밖에 나오면 죽는 줄 알고, 남자 친구랑 사귀면 절대 안 되는 줄 알고 있잖아."라고 말했어.

"난 배우는 대로 지키는 것뿐이야. 그래야 교양 있고 착하단 말을 듣거든." 이러는 거야. 그래서 이렇게 물었지.

"그럼, 넌 니 생각대로 하는 건 뭔데?" 그랬더니

"생각을 왜 해야 돼? 시키는 대로만 하면 아무런 탈이 없는데." 이러는 거 있지.

난 그 애 얘기를 들으면서 정신이 없었어.

도대체 뭐가 뭔지 모르겠어.

나보고 교양이 어쩌고 규칙이 어쩌고 하는데 도대체 이해가 가지 않아.

그게 그렇게 중요한 건가?

자기들은 똑같은 색깔의 털과 똑같은 음식을 먹으면서 교양과 규칙을 따져.

다르면 규칙도 안 지키고 교양도 없는 줄 아나 봐!

난 그런 것을 지키지 않아도 살아가는 데 문제가 없는데 말이야.

돌아오는 길에 곰돌이에게 물어봤어.

"곰돌아, 넌 저런 데서 살 수 있겠어?"

"나도 이해가 안 가. 어떻게 저런 감옥 같은 곳에 살면서 잘난 척 하냐?"

"날돌아, 넌 그래도 저런 곳에 살 수 있어?"

"응, 난 밥만 많이 준다면 충분히 살 수 있을 거야."

아휴, 날돌이는 역시 먹는 것밖에 몰라.

"날돌아, 그런데 어떡하니? 거기엔 남자들은 없다던데?" 하면서 우리는 깔깔 웃었지.

그날따라 따스한 햇살은 나를 기분 좋게 해줬어.

난 정말 그들이 말하는 촌닭일까?

대신 나를

    내가 서울에서 이 산골 연운리로 들어온 지 10년이 지났다. 처음 연운리로 발령을 신청했을 때 주위의 동료 교사와 부모님은 나를 이상한 사람으로 생각했다. 어떻게 보면 내가 미쳤을지도 모른다. 결혼도 하지 않고 아이들이 좋아, 낙후된 농촌의 아이들에게 밝은 미래를 만들어 주기 위해 새로운 생각을 열어줘야 한다는 것이 나의 교사로서의 임무처럼 생각했다. 어쩌면 그것은 다른 사람에게 젊은이의 어설픈 열정으로 보였을 것이다. 하지만 서울에서 나의 교육관을 알아주는 교사도, 학부모도 없었다. 그래서 이 산골 연운리로 들어오게 되었다.

    처음 이 학교로 전근해 왔을 땐 전교생 9명, 여름이면 운동장에 나가 잡초 뽑기에 바빴고, 겨울이면 덩치 큰 건물의 바람을 막기 위해 창문 틈과 문틈을 막기 바빴다. 모든 일은 교장 선생님을 포함해 세 사람이 해 나가려니 여간 힘들지 않았다. 한 해가 지나고 나니 요령도 생기고 계획도 세울 수 있게 되었다. 서울에선 가정방문 대신 학부모들이 찾아오곤 했지만 여기선 가정방문을 하지 않으면 운동회나 입학식 때밖에 학부모들을 볼 수가 없었다. 필요한 것을 아이들에게 적어 보내도, 집안 환경을 위해 협조문을 띄워도 소용이 없었다. 차라리 필요할 때 가정방문을 하는 것이 편했다. 전교생은 9명이지만 가정방문이 시작되면 일주일 내내 다녀야 했다. 집과 집 사이가 멀어 그런 것도 있지만, 산골이라 집집마다 닭이며, 소, 염소 등 가축을 키우는 집이 많았고, 아이들이 학교에 다니는 시기가 되면 학부모들은 농사철과 겹쳤기 때문에 매번 집에 없는 경우가 많았다. 그럴 때 아이를 자전거에 태우고 고추밭으로 가기도 하고, 농약을 치는 줄을 잡아주며 이야기하기가 일쑤였다. 그렇게 5~6년이 지나자 집집마다 모르는 것이 없었다.

처음 서울에서 내려오던 가을, 동네에서는 잔치가 벌어졌다. 몇 년 만에 있는 동네 결혼식이었다. 동네 사람들은 가족의 결혼식처럼 좋아했다. 신부는 중국 처녀지만 사람들은 텔레비전에서만 보던 국제결혼이란 것과 다른 나라 말을 하는 사람을 처음 본다는 호기심으로 가득차 있었다. 아이들은 신부가 말하면 따라 하곤 했다. 신랑은 부모도 없이 자란 고아였지만 성실하여 학교의 일거리를 담당하는 소사 일도 하고, 몇 마지기 되진 않지만 농사도 짓고 있었다. 산골 마을로 시집을 신부를 찾지 못하고 있었기 때문에 교장 선생님의 제의로 중국 조선족 처녀와 결혼식을 올리게 된 것이었다.

그리고 1년 뒤 아들 석현이가 태어났다. 마을 사람들은 학교 학생이 늘어난다고 좋아하고, 잔치도 열었다. 할머니들은 아이를 보려고 밤이면 석현이네 집에 모여 도란도란 이야기를 나누었다. 마을 사람들은 이제 마을에도 사람들이 모여들 것이라고 좋아했다. 석현이의 가족은 석현이의 첫 번째 생일에 맞춰 중국 외갓집에 다녀왔다.

그런데 얼마 후 동네에 낯선 사람들이 드나들더니 석현이의 어머니가 사라졌다. 할머니들은 석현이 엄마가 도망갔다고 말하기 시작했다. 그리고 얼마의 시간이 지나자 석현의 아버지 또한 보이지 않았다. 마을 사람들은 부모가 없는 석현을 보고 고아는 고아를 낳는다는 말을 하곤 했다.

초등학생이 된 석현이가 내 옆에서 자고 있다. 석현은 나를 아빠라고 부른다. 학교에서 나보다 빨리 집으로 돌아왔다. 학교의 잡무를 마치고 자전거를 타고 집에 오면 석현은 언제나 집안청소, 빨래, 그리고 밥을 지어 놓았다. 어릴 때부터 석현에게 고기를 잡아주기보다 낚시하는 법을 가르치고 싶었고, 내가 싫은 것은 다른 사람도 싫어한다는 것을 느끼게 해 주었다. 내가 힘들면 다른 사람에게도 힘든 일이라는 것을 가르치고 싶었다. 그러다 보니 모든 것을 스스로 해 나갔다. 석현이가 힘들어 할 때는 안쓰럽게 생각되지만 그럴 땐 석현이의 아버지를 생각하곤 했다. 동네 할머니들은 석현을 친손자처럼 대해 주었다. 처음 세살 때 나와 같이 살면서 매일 학교에 가는 것이 일과였고, 석현은 학교가 놀이터처럼 생각하며 자랐다.

학교에 다니며 공부를 시작하면서 혼자 집으로 돌아올 땐 동네 할머니들이 석현이의 밥을 챙겨 주었다. 그것도 2학년이 되면서 할머니들의 도움도 필요 없었다. 혼자 밥을 챙겨먹고 숙제도 하기 시작했다. 이제 그렇게 자란 석현이가 중학교를 가려고 한다. 지금까지 석현은 나를 아버지로 생각하며 자랐다. 동네 사람들은 나를 총각아빠라고 불렀다.

"아빠, 아빠는 왜 동네 사람들이 총각아빠라고 해?"라고 석현이가 물었다.

"그럼 홀아비아빠라고 하면 좋겠어?"

"하하하." 석현이 웃었다.

나는 지금 망설이고 있다. 내가 아빠가 아니라고 말해야 좋을지 아니면 스스로 알 때까지 말하지 말아야 할지 판단을 내리지 못하고 있었다. 아들은 지금 아무것도 모르고 있다.

2년 전, 11월, 교장 선생님께서 나를 불렀다.

"김 선생, 인천에 있는 성모병원에서 연락이 왔네. 석현이 아빠가 위독한데 연락할 곳이 없어서 이리로 연락했나 보네. 자네가 인천을 잘 아니까, 한번 올라가 보게나."

"그런데 김 씨가 무슨 병이랍니까?"

"간호사가 자세한 것은 말을 안 하고, 폐가 안 좋다고 했네."

"네, 그럼 내일 올라가 보겠습니다."

"내일 아이들은 내가 가르치겠네."

나는 이튿 날 마을에 두 번밖에 들어오지 않는 버스를 타기 위해 6시에 일어나 시내로 나가 고속버스를 타고 인천으로 향했다.

입원실에는 새까만 얼굴에 살점이라곤 찾아볼 수 없는 깡마른 얼굴의 김 씨가 누워 있었다. 김 씨는 나를 보고 눈물을 글썽이고 있었다. 눈물도 산 자만이 흘릴 수 있는 특권이었다. 눈꺼풀조차 움직일 힘도 없어 보였다. 건강하고 성실해 보이던 그 얼굴은 찾아 볼 수가 없었다. 인생을 포기한 사람의 얼굴, '건강을 회복하고 아들을 만나야지!'라고 말하고 싶었지만 그것은 사치에 불과한 생각이었다.

　나는 그의 손을 잡아 주었다. 내가 올 때까지 기다렸을까? 손을 잡는 순간 꼭 쥐고 있던 손이 풀어지면서 무엇인가 잡히는 것이 있었다. 그것은 꼬깃꼬깃 접힌 편지지였다. 그것을 꺼내 펼쳐 보았다.

김 선생님!

석현이를 부탁합니다.

석현이 엄마를 찾지 못했습니다.

제가 무슨 낯으로 부탁할 수 있겠습니까만 달리 부탁드릴 곳도 없습니다.

객지를 돌아다니다가 이 몸으로 석현이를 만나는 것은 아이에게 두 번 고통을 줄 것 같아 학교로 돌아가지 못했습니다. 항상 먼발치로 석현이를 보면서 돌아올 수밖에 없었습니다. 저라고 아이를 안아 보고 싶지 않았겠습니까? 제가 고아로 자랐기 때문에 아이에게는 고아로 자라는 것을 바라지 않았지만 선생님께서 아이를 데리고 있다는 것을 알고 얼마나 좋아했는지 모릅니다. 선생님이라면 제가 맡길 수 있겠다고 믿었기에 저도 편안한 마음으로 준비했습니다. 제가 일그러진 고통을 느끼면서 죽더라도 그것은 저의 고통이 아닙니다. 석현이를 버린 천벌이라고 믿고 가겠습니다. 얼마 되지 않지만 저의 돈을 받아 주십시오. 석현이는 분명 대학을 갈 것으로 믿기 때문에 학비로 써 주세요.

저의 몸은 화장하기로 되어 있습니다. 석현이가 나중에라도 알게 되면 아빠가 너무나 사랑했다고 말해 주세요.

김 선생님, 아들을 끝까지 부탁드린다는 말씀은 못 올리겠습니다. 부디 결혼하시기 전까지 아들을 보살펴 주세요.

고맙습니다.

염치없는 사람이

편지를 다 읽었을 때 '이 남자가 무슨 죄를 지었을까? 누가 이 사나이를 잘못했다고 말할 수 있을까?'라는 생각이 들었다. 누구의 아들인지도 모르는 고아로 태어나 아들에게 고아라는 굴레를 벗겨 주려고 안간힘을 썼지만 세상은 그의 맘대로 되지 않았다. 누구를 탓할 수도 누굴 원망할 수도 없는 일이 아닌가? 자신이 고아로 살면서 피할 수 없는 눈치를 보다가 자신의 기를 펴 보지도 못하고 다시 쭈그러드는 한 사나이의 마음을 나조차도 이해하지 못하고 힘들 땐 석현의 아버지를 원망하지 않았던가?

그 후로 석현은 나의 마음을 파고드는 사랑하는 아들이 되었다. 나의 어떤 것도 석현이보다 우선시되진 않았다. 고열로 석현이 힘들어 할 땐 한밤중에 읍내까지 자전거를 타고 달렸고, 친구들과 잠시 사람들의 눈에서 사라질 땐 허둥거리며 아들을 찾기에 바빴다.

그런 석현이 이젠 내가 아버지가 아니라는 것을 알아갈 나이가 되어 가고 있었다. 이 사실을 알게 되면 아이의 충격은 얼마나 클지 나 자신도 알 수가 없다. 먼저 말을 해 줘야 할지 스스로 알게 그냥 두고 봐야 할지 결정을 내리지 못하고 있었다. 지금까지 동네 사람들과 학교 선생님들의 입막음을 하긴 쉬웠지만 이제 읍내의 중학교로 가야 한다. 지금까지 말썽은커녕 내가 바쁠 땐 아이들의 시험지 채점과 후배들의 공부를 봐 주며 학교에 다녔다. 일일이 학교를 쫓아다닐 수도 없고 모든 서류는 석현의 손을 통해 제출할 수밖에 없었다.

석현이의 중학교 입학식 날이 되었다. 나는 교장 선생님께 수업을 부탁드렸다. 입학식에 맞춰 읍내의 중학교로 향했다. 생각보다 적은 수의 학부모들이 나와 있었다. 입학식을 마치고 나오는 아들을 불렀다.

"아빠, 웬일이야? 못 온다고 했잖아요."

"우리 아들 처음으로 중학교 가는데 걱정이 돼서 수업을 할 수 있어야지?"

"언제 아빠가 제 걱정을 다 했어요? 학교 애들만 신경 쓰시더니?"

"뭐야? 이놈이?"

"하하하! 근데 아빠 진짜로 무슨 일이에요?"

"걱정 돼서 왔다니깐?"

"아빠, 그런데 왜 꽃 같은 건 없어요?"

"꽃? 나보다 꽃이 더 좋다 이거지?"

"돈 아까워서 못 사왔다는 말은 절대 안 하시는 우리 아빠! 그래서 더 얄미운 우리 아빠! 그렇기 때문에 오늘 저녁은 굶어야 하는 우리 아빠!"

"그래서 외식을 하는 우리 부자!"

"우와! 외식이라는 것도 우리 사전에 있었구나? 그거 몇 페이지에 있었지? 오늘은 식돌이 면하겠네?"

"알았다! 이 말썽쟁이야! 가자!"

그렇게 우리는 학교 운동장을 떠났다. 나는 밥을 먹는 동안 밥맛을 느끼지 못했다. 쓸데없이 주머니로 손이 갔다. 아직도 말을 해야 할지 말아야 할지 망설이고 있었다.

"아빠, 왜 그래요? 얼굴이 멍해 보여요. 무슨 일 있어요?"

"아니다. 밥 먹어."

몇 번이고 똑같은 얘기를 들었다.

'아니야, 오늘 말해야 돼. 다음엔 늦어.'

"석현아, 할 말이 있다."

"아빠가 할 말이 없었던 적이 있었어요?"

"아니야, 이젠 너도 알아야 할 것 같아서……." 그 말을 듣고 아들은 눈을 동그랗게 떴다.

"무슨 말인데요?" 석현의 질문에 나는 다시 주머니를 더듬었다. 나의 얼굴 표정도 감춰지진 않는가 보다. 싸늘하게 식어버린 분위기.

"석현아! 미안하다. 아빠가 미안하다."

"무슨 말씀인데요?" 답답하다는 듯 석현의 목소리가 높아졌다. 말이 나오지 않을 것 같아 편지를 건넸다.

"이것을 좀 읽어봐!"

점점 굳어지는 석현의 얼굴이 눈에 들어왔다.

"아빠⋯⋯. 이건 또 다른 아빠의⋯⋯ 편지?"

"으⋯⋯음. 너의 친아빠야⋯⋯."

"친⋯⋯ 아빠? 그런데 이걸 왜 보여 주세요?"

"⋯⋯."

"아빠, 난 알고 있었어요. 차라리 보여 주지 말지 그랬어요. 영원히 말하지 말지 그랬어요."

"난 니가 알 때가 된 것 같아서⋯⋯."

"아빠! 나도 알아요. 아빠가 시연이 아줌마랑 결혼하지 않았을 때 날 위해 결혼하지 않았다는 것을 느낄 수 있었어요. 아빠⋯⋯. 난 그때 4학년 때 그 아줌마랑 결혼하지 않기를 빌었어요. 나를 위해 아빠가 결혼 못하게 해 달라고 하나님께 빌었어요."

"아냐, 너 때문에 안 한 거 아냐! 사랑이 아니라고 느꼈기 때문이야."

"나도 알아요. 이젠 저도 혼자 읍내에서 살 수 있어요. 그 아줌마랑 결혼하세요. 하지만 아빠는 나의 아빠예요."

나는 아무 말을 할 수가 없었다. 그런 말을 하고 있는 석현에게 미안했다. '언제 저렇게 커버린 걸까? 혹시 내 눈치만 보다가 훌쩍 커버린 것은 아닐까? 나를 의식하느라고 그렇게 모든 것을 스스로 알아서 했단 말인가? 불쌍한 자식⋯⋯. 미안하다 아들아⋯⋯.'

식당을 나와 집으로 돌아오기까지 우리 부자는 아무 말도 하지 않았다. 돌아오는 길은 왜 그렇게 멀게 느껴지는지. 그날 밤 자면서 아들을 꼭 끌어안고 뽀뽀를 해 주었다. 서먹서먹한 어색함을 없애기 위해 한 행동이었지만 석현이 이렇게 말했다.

"아빠, 난 아빠의 아들이에요."라고 조용한 아들의 목소리가 들렸다. 그리고 나는 이렇게 말하고 싶었다. '난 너의 아버지다. 난 널 위해 살련다. 내가 너의 편안한 인생의 버팀목은 되지 못할지라도 니가 하늘을 날 수 있는 발판은 마련해 줄 것이다.'

"그걸 이제 알았어?"

"아휴! 역시 우리 아빠야!"

지금 그 아들이 병원 침대에 누워 자고 있다. 아들은 폐가 좋지 않아 마지막 숨을 헐떡이고 있다. 의사라는 놈이 자신의 몸 하나 관리하지 못하고 병원 침대에 누워 있다. 아들놈에게 고맙다고 철마다 농사를 지은 과일과 곡식을 보내는 사람들이 얼마나 많은데 자신의 몸 하나 관리하지 못하고 저렇게 죽어가고 있다. 내 나이 일흔여섯, 내 인생의 모든 정성을 쏟아 부은 아들이 손자, 손녀, 며느리가 보는 앞에서 숨을 헐떡이며 누워 있다. 나의 인생은 아들에 의한 희망이었고, 아들에 의해 행복했었다. 그 희망이 사라져 가고 있다. 내가 아들을 위해 무엇을 할 수 있을까? 또 다시 손자들을? 이젠 힘이 부친다. 아들을 따라 가고 싶다. 아들을 대신할 수만 있다면. 아들 없는 이 세상을 내가 살아갈 수 있을까?

생의 과업

　온몸이 땀으로 흠뻑 젖고, 얼굴이 따가워 눈을 떴다. 해는 머리 위에서 나를 노려보고 있었다. 태양은 이 더운 여름날에도 가난한 나를 공평하게 비춰주었다. 새벽녘, 포근하게 감싸주던 볏짚이 일어나 보니 땀에 흠뻑 젖어 있었다. 끈적거리는 몸은 움직이기조차 귀찮게 만들었다.

　평소 습관대로 해를 똑바로 누워 째려보았다. 내가 이기나 네가 이기나, 두고 보자는 심정으로 바라보았다. 내가 이긴 적은 손에 꼽을 정도다. 바람이 스산하게 불던 날, 해는 자신이 질 것 같으면, 나의 눈을 피해 달아났다. 그리고 구름이 나를 가렸다고 변명을 했다. 비겁한 놈이었다. '나는 그래도 너처럼 살진 않았다. 나는 차라리 눈을 감았다고 말하지.'

　땀에 젖은 몸은 이미 내 몸이 아니었다. 몸을 일으켜 세우려 하자 힘이 없다. 다시 엉덩이를 땅에 내려놓았다. '그래, 좀 쉬었다 가자. 그런데 금방 일어난 사람이 왜 쉬지?' 웃음이 나왔다. '더 더워지기 전에 마을로 가자. 착한 김 씨 아저씨네 집에 가 보자. 오늘은 김 씨 아저씨 칠순이잖아.' 그 생각을 하니 힘이 절로 솟았다. 보따리를 챙겼다.

개울을 건너려다 미끄러져 물에 빠졌다. 무더위 탓인지 기분이 나쁘지 않았다. 조금 놀란 것뿐이었다. '내가 물에 왜 빠졌지? 목욕하라는 것인가? 그래, 잔칫날 그냥 갈 수 없지. 목욕을 해야지.'

개울에 들어가 몸을 씻었다. 오랜만에 닦아보는 내 몸이다. 물로는 잘 닦이지 않았다. 모래를 몸에 묻혔다. 비비려니 따가웠다. 고운 진흙을 묻혔다. 얼굴에도 묻히고, 다리에도 묻히고, 몸에도 묻혔다. 보따리를 풀어 거울을 봤다. 진흙 속의 거머리가 얼굴에 붙어 있었다. 온몸이 검게 보였다. 머리를 깎지 않은데다 진흙을 바른 얼굴은 도깨비처럼 보였다. 그래서 문지르다 말고 씻어버렸다.

개울가 자갈 위에 앉았다. 물을 말리려고 벌거벗은 몸으로 물끄러미 앉아 있으려니 심심했다. 거룽거룽 내려가는 물소리에 냇물 속을 들여다보았다. 목욕할 땐 보이지 않던 큼지막한 우렁이가 보였다. 물살에 밀려가지 않으려고 발버둥치는 듯했다. 우렁이는 빠른 물살에도 밀려나지 않았다. 나는 기분이 좋았다. 목욕 때문인지 우렁이가 견뎌낸 것 때문인지 알 수가 없었다.

동네 쪽을 바라보니 김 씨 아저씨 댁은 이미 하얀 천막이 쳐져 있었고, 사람들이 들락날락거리고 있었다. 옷을 주워 입었다. 마을을 향해 걸어갔다. 마을 어귀에 접어들자 아이들이 내가 오는 것을 환영하기 위해 우르르 몰려왔다.

"거지야, 니 밥 뭇나?" 여덟 살 정민이 말했다.

"안 먹었다."

"어, 거지가 깨끗하데이!" 정민이보다 한 학년 위의 찬서가 말했다.

나는 웃어 주었다.

"거지는 깨끗하몬 안 되나?"하고 맞장구쳤다.

"니가 그렁 거 첨 본다 아이가."

"그래, 나도 첨 본다. 히히히."라고 대꾸했다.

"거지야, 아영이 누나네 잔칫날이데이. 같이 가자." 정민이 나를 챙겼다.

"그래, 자, 같이 가자."

내 나이가 몇이던가? 서른하나까지 센 것 같은데, 쉰여섯일까? 일곱일까? 여섯이면 어떻고 일곱이면 어떠리. 어차피 거진데. 오늘따라 나이가 자꾸만 신경 쓰였다. 아이들과 우르르 잔칫집으로 갔다. 부침개 부치는 냄새가 코를 자극했다. 오랜만에 맡아보는 잔칫집 냄새였다. 나는 굴뚝 옆에 자리를 잡았다. 김 씨 부인이 밥상을 차려왔다. 꾸뻑 인사를 했다.

"어이, 자네 우리 집에 온다고 깨끗이 씻었구만. 고맙네. 많이 들게."

거지 밥상이 다른 사람들과 다르지 않았다. 기분이 좋았다. 나는 부침개와 과일은 봉지에 넣어 보따리로 가져갔다. 아이들은 내가 밥을 먹을 때 곁에 오지 않았다. 어른들이 거지 밥은 뺏어먹는 게 아니라고 일러주기 때문이다. 어떻게 생각하면, 그 말이 나쁜 것 같기도 하고, 어떻게 생각하면 기분 좋은 말인 것 같기도 했다. 이렇게 몰래 내일 먹을 것을 챙길 땐 그 말이 너무 좋은 말이었다.

배 터지게 먹고 나니, 아이들이 몰려들었다. 그래서 밥상을 정민이보고 갖다 주라고 했다. 다른 아이들은 밥상을 물리자 좀 더 주위로 모여 들었다. 조용히 내 얼굴을 쳐다보며 옹기종기 기다리고 있었다. 심부름 간 정민이가 돌아오자, 이제 시작하겠지 하고 아이들은 침을 꼴깍 삼켰다. 여느 때처럼 아이들에게 이야기를 시작했다.

"옛날에 아주 옛날에 부모 말 안 듣고, 책이라고는 거들떠보지 않는 아이가 있었대⋯⋯." 항상 이렇게 내 이야기는 시작되었다. 한참을 이야기하고 있는데 어느덧 어두컴컴해졌다. 아이들은 하나둘 돌아가고, 잔칫집은 몇몇 손님들만 남았다. 나도 일어나야겠다고 생각하고 있었다. 그런데 김 씨 아저씨께서 내게로 걸어오고 있었다.

"자네, 나를 따라 방으로 들어와 보게."

나는 한순간 멀뚱거렸다. 지금까지 김 씨 아저씨께 야단을 맞아 본 적도 없다. 야단은커녕 누구보다 잘 대해준 분이었다. 무슨 일인지 알 수 없었다. 우리는 방 안에 마주보고 앉았다.

"자네, 내 말 잘 듣게. 자넨 내가 누군지 모르지?"

"⋯⋯."

"내가 자네 외삼촌이라네."

"네?"

"미안허이. 하지만 할 수 없었네. 자네를 위해 참느라 나도 힘들었어. 할머니 부탁도 있었고."

"무슨 말씀이신지?"

"자넨 내게 격을 차릴 필요 없네. 외삼촌이라니까. 이리와 보게." 그리고 김 씨 아저씨는 나를 끌어안고 등을 두드리며 나지막하게 말했다.

"이 집이 자네 집이라네."

그리고 아저씨의 이야기는 밤늦도록 계속되었다.

이랑골 김 부자 댁에 아들이 넷이고, 막내딸이 하나 있었다. 김 부자는 막내딸을 너무나 예뻐했다. 막내딸이 버릇없이 굴어도 버릇없이 구는 것조차 귀여워 보였다. 딸은 오빠들처럼 부모에게 무뚝뚝하지 않았다. 오빠들도 막내를 귀여워하긴 마찬가지였다. 막내이고 여자아이다 보니 그러려니 하고 살았다. 아무런 허물없이 크던 막내가 열여섯 되던 해, 옆집 조광기와 눈이 맞아 가출을 했다. 집안은 난리가 났다. 아무리 찾아봐도 아무리 수소문해 봐도 찾을 수가 없었다.

동네 사람들은 조광기가 어디서 왔는지, 부모가 누군지 아는 사람이 없었다. 매일 술만 마시고 행패만 부리는 그를 피해 다녔을 뿐 건드리지 못했다. 건드려 봐야 해결될 일도 아니라고 생각했다. 사람들은 그를 보고 "똥이 무서워서 피하나? 더러워서 피하지!"라고 말했지만 보복이 두려웠다.

급기야 김 부자는 분한 마음에 병이 생겨 눕더니 죽고 말았다. 김 부자는 유언을 남겼다. 집은 꼭 불쌍한 막내에게 주라는 것이었다. 그리고 이듬해 부인마저 세상을 떠났다.

남겨진 네 아들은 그때부터 맏이가 아버지였고, 둘째는 엄마였다. 3년이 지난 어느 날, 막내가 아기를 안고 동네에 나타났다. 사 형제는 어처구니가 없었다. 막내를 받아주고 싶었지만, 조광기가 다시 돌아올지 모른다는 생각에 달가워하지 않았다. 오빠들은 동네 사람들을 통해 막내의 이야기를 들을 뿐 막내와 눈을 마주치려 하지 않았다. 막내 또한 집에 들어가지 못했다. 단지 이웃 마을에 살았다. 오빠들에게 미안했을 것이다.

그러던 중 조광기가 나타났다. 사 형제는 패죽이고 싶은 원수 같은 조광기지만 동생 때문에 모른 척했다. 조광기는 할 일 없이 빈둥거리며 술독에 빠져 있었다. 사 형제는 막내의 고생을 알지만, 모른 척할 뿐이었다.

막냇동생이 낳은 아이가 다섯 살 되던 해, 막냇동생을 집으로 데려왔다. 큰 병을 앓고 있다는 것을 소문으로 들었기 때문이다. 그러다 보니 조광기 또한 들락거리기 시작했다. 처음 들어올 때는 술을 먹지 않겠다고 형제들에게 약속을 했지만, 아무런 소용이 없었다. 아픈 동생을 때릴 때도 있었고, 아들조차 돌보지 않았다.

얼마 지나지 않아 막냇동생 또한 숨을 거두었다. 형제들은 속이 상했다. 그래서 아기를 두고 떠나라고 했다. 조광기는 아기를 주지 않으면, 나가지 않겠다고 대들었다. 그래서 아이 대신 돈을 쥐 보냈다. 하지만 한 달이 멀다 하고 다시 찾아들어 왔다. 그리고 돈을 요구하는 것이었다. 할 수 없이 형제들은 아이까지 보내 버렸다.

얼마 후, 읍내의 기차역 앞에는 아들을 데리고 다니는 거지가 나타났다. 사 형제는 가슴이 아팠지만 할 수 없는 일이었다. 그리고 얼마 후 아이가 혼자 역 앞에 나와 있었다. 맏형은 다시 아이를 집으로 데려왔다. 일곱 살이었다. 막냇동생에게 미안한 마음으로 아이를 돌봤다. 그런데 아이는 적응을 못한 것인지, 집을 나갔다. 몇 번이나 데려다 놓았지만, 아이는 적응하지 못했다.

그리고 그다음 이야기는 나의 기억이었다.

하지만 나의 기억에는 외삼촌 집으로 왔던 기억은 없다. 내 기억은

역에서부터 시작된다. 그날도 마지막 기차가 지나가기를 기다리고 있었다. 역사의 문이 잠기기를 기다리는 것이다. 역사의 문이 잠기면 당직 서는 아저씨께서 나를 부르기 때문이었다. 그런데 그날따라 문은 잠겼지만 아저씨는 나오지 않았다. 이상했다. 당직실 창문으로 갔다. 어떤 아주머니와 할머니 그리고 당직 아저씨, 셋이서 이야기를 나누고 있었다. 밖에서 오들오들 떨 수밖에 없었다. 한참 후 방문이 열리고 세 사람이 나왔다. 아주머니는 어디론가 가고, 할머니와 당직 아저씨가 나타났다. 당직 아저씨는 나에게 할머니를 따라가라고 말했다.

"인수야, 가자." 하며 할머니가 나의 손을 잡았다. 따뜻한 손이었다.

"할무이요, 인수가 뭔교?"

"니 이름이 조인수란다."

"제 이름이 조인수요?"

"그래. 이름도 몰랐어?"

"그런 거 몰랐어요."

"그럼, 다른 사람들이 널 뭐라고 불렀어?"

"야! 나 거지야! 똘마니라 카든데요."

"니 이름은 조인수란다. 앞으로 다른 이름을 부르면 아무 대답 하지 마라. 알았지?"

"예."

할머니는 고랑골에 살고 있었다. 할머니는 우리 읍내에서 쓰는 말씨가 아니었다. 가끔 기차를 타고 오는 사람들이 사용하는 말씨였다.

그렇게 흉악한 아버지도 돈을 얻기 위해 나를 데리고 역 앞에 앉아 있을 때의 일이었다. 사람들을 너무 많이 괴롭혔다는 아버지의 티끌만한 양심 때문인지 자신이 부잣집 딸을 죽게 만들었다는 죄책감인지 모르지만 내가 아는 기억 속에는 우리가 이랑골에 간 적이 없었다. 아버지가 고개를 숙이며 손을 벌리고 있을 때, 나는 포대기를 뒤집어쓰고 앉아 있었다.

"너, 몇 살이니? 춥겠다. 여기 돈 천 원 가지고 뭐 사 먹어라." 내가 어떤 대답을 할 사이도 없이 아주머니는 아이와 손을 잡고 가까이 다가와 돈을 주고 갈 길을 갔다. 그 순간 아버지는 벌떡 일어나 돈을 낚아채고 뛰었다. 돈을 감출 사이도 없었다. "여기서 기다려."라고 저만치 가더니 소리를 질렀다. 그리고 그날 밤새도록 오지 않았다. 나는 그날 아버지가 그 돈으로 소주를 사 먹었을 것이라고 생각했다. 그 이후로 아버지를 본 적이 없었다. 할머니는 그 아주머니와 같은 말씨였다.

할머니는 고랑골에 혼자 살고 있었다. 당직 아저씨는 추운 밤 방에 들어와 자라고 말했지만, 할머니는 밥도 해 주었다. 그리고 목욕을 하라고 따뜻한 물을 데워 주었다. 몇 번 목욕할 때는 좋았다. 그런데 시간이 지나면서 귀찮아졌다. 이렇게 자주 목욕을 해 본 적이 없던 내겐 일주일에 한 번씩 목욕하는 것은 곤욕이었다. 목욕이 싫어 종종 집을 나가기도 했지만, 할머니는 항상 나를 찾아냈다. 그런 일이 반복될수록 할머니가 찾기 쉬운 곳에 가 있었다. 그때 집을 나가지 않으면 되는 것을 찾기 쉬운 곳에 가 있는 것이 할머니를 도와주는 것이라고 생각했는지도 모른다.

이젠 개를 무서워하지 않아도 됐다. 밥을 얻으러 가면 개도 주인을 닮았다. 밥을 주지 않는 집의 개는 사납게 짖어댔다. 인심 좋은 집은 개도 꼬리를 흔들었다. 할머니는 옷도 사 주었다. 새 옷에서 나는 냄새는 향기로웠다. 내가 새 옷을 입을 때는 나보다 할머니가 더 좋아했다.

"인수가 애비를 잘못 만나 이렇게 됐구나! 불쌍한 녀석." 하면서 나를 안고 눈물을 훔치곤 했다. 그럴 때마다 물끄러미 할머니만 쳐다봤다. 할머니의 품은 따스했다.

제일 힘든 것은 신발 신는 일이었다. 큰 고무신에 발을 맞추기 위해 양말을 겹겹이 껴 신고 다닐 땐 겨울 내내 발을 본 적이 없었다. 양말 하나 신고 구두를 신으려니 발뒤꿈치가 까지기 시작했다. 할머니께 예전에 신던 고무신을 신고 싶다고 말했다. 할머니는 고무신을 태워버렸다고 하셨다.

그때 처음으로 아까운 것이 무엇인지 느꼈다. 아니 그것은 아까운 것이 아니라 그리움인지 모른다. 어느 핸가 점점 추워지던 가을날, 아버지는 담벼락에 나를 두고 신발가게 집 담장을 넘은 적이 있었다. 개 짖는 소리가 나고 아버지가 헐레벌떡 뛰어오더니 나를 끌고 뛰기 시작했다. 숨 가쁘게 뜀박질을 한 다음 그 고무신을 꺼내보였다. 아버지의 다리엔 피가 흐르고 있었다. 그때 나는 처음으로 고무신을 신었다. 그전에는 신발을 신어 본 기억이 없었다.

이듬해, 할머니가 나의 손을 잡고, 시장을 지나면서 손수건을 사 가슴에 달아주더니, 초등학교로 갔다. 아이들은 내가 누군지 알아보지 못했다. 철물점 아줌마도, 정육점 아줌마도 눈치채지 못했다. 이상한 일이었다.

"어디서 많이 보던 앤데…… 기억이 안나네."라며 고개를 갸우뚱거렸다.

"인수야, 이 아줌마 아니?"라고 말하며 눈을 깜빡이며 할머니는 물었다. 나는 고개만 좌우로 흔들었다.

"고놈 참, 귀엽게 생긴네."라며 엿장수 아주머니는 다른 곳으로 갔다. 왠지 불안하기도 하고 재미도 있었다.

나의 초등학교 시절은 그렇게 시작되었다.

시간이 지나자 매일 똑같은 시간, 똑같은 교실, 똑같은 신발, 똑같은 가방을 메고 학교에 다니는 것도 싫증이 났다. '아버지랑 밥 얻으러 다니는 게 더 재미있었는데.' 선생님은 숙제라는 것을 내준다. 똑같은 것을 적어오란다. '그걸 왜 내가 적지? 지가 쓰면 되지. 안 써 가면 청소 시키고, 그리고 청소도 잘못한다고 야단치고. 뭐 이런 데가 다 있지?' 어린 나는 그렇게 생각했다. 학교라는 곳은 사람을 괴롭히는 곳이라고 생각했다.

"인수야, 할머니 방에 와 봐라." 할머니가 나를 불렀다. 나는 그때 학교에 갔다 와 내 방에 벌렁 누워 있었다.

"할머니, 불렀나?"

"그래, 앉아바라. 인수야. 요새 학교 다니기 싫지?"

"……."

"그래도 학교에 다녀야 된다. 여기 있는 글 읽을 줄 아냐?"

"모른다. 어에 아노!"

"인수야, 글을 모르면 평생 거지로 산다."

"할매요, 난 거지가 조씸더."

한참 생각하던 할머니가 이렇게 말했다.

"인수야, 아버지랑, 추운 겨울날 어디서 잤어?"

"역 근처나 굴뚝 옆에서 잤지!"

"그때 안 추웠어?"

"추웠지."

"인수야, 추운 겨울에 굴뚝 옆에서 자고 싶어?"

"아니요."

"안 그럴려면, 글은 알아야 한다."

"할매, 글만 알면 굴뚝 옆에서 안 자도 되나?"

"그렇지, 글만 알면 안 자도 되지."

"그럼, 우리 아버지도 글을 몰라서 굴뚝 옆에서 잤나?"

"그건 아니지만 니네 아버지는 게을러서 그렇다."

"게으른 게 먼데?"

"인수야, 게으른 건 늦게 학교 가고, 숙제도 안 하고, 목욕도 안 하는 걸 게으르다고 하는 거다."

"할매, 그라머 나도 게으른 거네? 그라모 나도 커서 굴뚝 옆에서 자야 되나?"

"게으르고, 글 모르면 그래야지."

"그라모, 글은 어예 배우는데?"

"선생님한테 물어 봐. 선생님이 잘 가르쳐 주실 거야."

그날 밤 나는 악몽에 시달렸다. 비바람이 쌩쌩 부는 겨울밤 보따리를 끼고 굴뚝 옆에서 자고 있는 꿈을 꿨다. 그런데 그 굴뚝 자리도 힘 센 거지한테 빼앗기고 말았다. 그래서 그날 오줌을 쌌다. 그날 아침, 할머니가 나를 깨웠지만, 할머니는 아무 말이 없었다.

학교에 가자마자 교무실로 달려가 선생님을 찾았다. 교무실은 넓었다. 예전에 자전거를 타고 다니던 아저씨도 교무실에 있었다. 아버지는 그분을 자전거 선생님이라고 불렀다. 하지만 나를 알아보지 못했다. 담임선생님께 인사를 했다.

"어, 인수야, 니가 웬일이고?"

"선상님요, 나도 글 배울랍니더. 갈키 주소!"

"그래? 이따가 반에서 갈키 주께 이따 보자!"

'선상님이 글을 가르쳐 주기 싫은가?'라는 생각에 나는 그 자리에 서 있었다.

"니 왜 안 가노?"

"지금 갈키 주소!"라고 나는 소리를 질렀다. 교무실이 웃음바다가 됐다.

"이 선생님, 지금 갈키 달라 안 카는교! 교무회의 참석 안 하셔도 데이카네 버떡 갈키 주소. 아, 숨 넘어가겠구만. 허허허." 뒤쪽에 앉아 있던 나이 든 선생님이 말했다. 담임선생님은 할 수 없다는 듯 나를 데리고 양호실로 갔다.

"니 글 배우고 싶나?"

"야아."

"와 갑자기 배울라 카는데?"

"굴뚝 옆에서 자기 싫심더."

"굴뚝?"

"아! 아임니더."

"너, 이름 쓸 줄 아나?"

"모르이 배울라 앙 캄니꺼!"

"그래, 네모 칸 공책 가져와 봐라." 하시더니 윗줄에 뭔가 쓰기 시작했다.

"선상님요, 내보고 글 갈키 달라   지, 언제 선상님보고 쓰라 캤능교?" 선생님은 글자를 쓸 뿐 아무런 대꾸가 없었다.

"이 밑에 꺼는 니가 다 써라. 읽을 줄은 아나?"

"모르는데요."

"오늘은 위에 글씨 그대로 따라 써 봐라. 그리고, 수업할 때마다 단디 들어래이."

"야!"

"그리고 배울 때마다 맨 위에 한 줄 쓰고 밑에 껀 다 니가 써라."

"야! 근데 글은 언제 갈키 줍니꺼?"

"이놈아야, 이걸 읽고 쓸 줄 아는 걸 글 배운다 카는 기다."

"그라머 이걸 읽고 쓰는 것만 하면 되능교?"

"그래! 인제 알아듣나? 읽고 쓰는 걸 계속하다 보마, 아무 책이나 다 읽을 수 있다."

"아, 그라머 언제 다하는 건데요?"

"글은 다한다 카는 게 아이고, 글은 죽을 때까지 읽고 써야 한다. 그러다 보면 인생이 만들어진다."

그때 떠오른 생각이 있었다. '그거 참 귀찮은 거네. 이걸 죽을 때까지 해야 한다꼬?' 하지만 말은 하지 못했다.

"뭔 말인지 모르겠심더."

"책을 많이 읽으면 안다."

"책은 언제 읽는데요?"

"교과서도 책이고 동화책도 책이다. 학교 도서관 봤지?"

"못 봤는데요."

"그라머 나중에 강당에 한번 가 봐라. 저게 저 건물이 강당이다."

"야, 근데 이건 어떻게 읽어요?"

"조인수다."

"글자가 안 맞는데요. 조인수다, 조인수다 하고도 한 개가 남는데요."

"미치겠네. 그게 아이라, 조인수, 조인수, 조인수, 이거다."

나는 공책을 들고 나왔다. 나는 인생을 만들어준다는 선생님의 말을 '글을 알면 커서 굴뚝에 자지 않아도 될 것이다.'라는 말로 알아들었다. 그리고 그날 수업을 마친 후 강당으로 갔다. 책이 있는 곳은 2층이었다. 하지만 들어갈 엄두가 나지 않았다. 글을 모르니 도서관에 들어갈 용기가 나지 않았다. 그 교실은 할머니 방보다 더 크고 책이 가득차 있었다. 거기에 집배원 아저씨 아들이 있었기 때문에 더욱 들어갈수가 없었다.

그때부터 선생님은 나를 '땡까이'라고 불렀고, 다른 선생님들도 모두 그렇게 불렀다. 한 번 질문하면 막무가내 끝없이 물어보는 것 때문이었다.

"땡까이, 일로 와 바라. 교무실에 가면, 우리 반 까만 출석부 있다. 그 거 가져 온나!"라며 담임선생님은 심부름을 시켰다.

"땡까이, 심부름 왔나?" 교무실에 들어서면 다른 선생님들도 그렇게 놀렸다.

"아이고, 인수야 벌써 다 썼어? 인수가 정말 열심이네! 아이고 귀여운 내 새끼."라며 할머니는 네모 칸 노트를 다 쓸 때마다 등을 두드려 주었다.

"벌써 다 썼냐!" 할머니는 한 달이 걸려도 두 달이 걸려도 그렇게 말했다. 오래 걸렸을 땐 할머니의 칭찬이 나 자신을 쑥스럽게 만들었다.

친구들과 어울려 노는 것도 처음에는 적응이 되지 않았다. 옆집에 사는 희연은 종종 우리 집에 놀러왔다. 희연은 나보다 먼저 할머니와 알고 지낸 모양이었다.

어느 날 희연이 내게 "인수야, 니 어데서 왔노?"라고 물었다.

"니 날 본 적 없나?"라고 나는 되물었다.

"내가 어예 아노?"

"난 기차역에서 왔다."라고 말했다.

"우리 기차 타고 왔다." 어느새 할머니가 끼어들었다. 처음에 그러는 할머니를 물끄러미 쳐다보았다. 할머니는 의도적으로 말을 막았다.

학교는 서서히 적응했지만, 초등학교를 졸업할 때까지 도서관에 가 본 적이 없었다.

'놀 때는 열심히 놀아야 한다.'가 할머니의 지론이었다. 그 말 때문에 노는 것만은 대장이었다. 그래서 초등학교의 추억은 친구들과 동태(굴렁쇠) 굴리기, 자치기, 오징어, 댕까도시(네 개의 흙구덩이를 파고 구슬이나 돌을 굴려 넣는 게임), 연날리기, 물고기 잡기, 바둑, 장기 등등 그런 추억으로 가득 찼다.

중학교 3학년이던 해 할머니는 중풍에 걸렸다. 그때까지 중풍이라는 말도 처음으로 의사선생님께 들었다. 병원에서 보던 바퀴 달린 침대와 휠체어가 들어왔다. 할머니는 입이 돌아가고 한쪽 다리를 쓰지 못했다. 할머니는 희연의 엄마를 찾았다. 그리고 희연의 엄마에게 부탁한 모양이었다. 그다음 날부터 희연의 엄마가 우리 집안일을 돌봤다. 할머니가 기력이 조금 회복되실 때쯤 나를 부르셨다.

"인수야, 휠체어에 나를 태워줄래?"

"야!" 할머니를 휠체어에 옮기는 일도 여간 힘든 일이 아니었다.

"동의다리로 가자."

동의다리는 큰길에서 마을로 들어오는 다린데, 할머니는 가끔 거기서 나를 마중 나온 적이 있었다. 휠체어를 밀고 다리로 갔다.

"인수야, 내가 여기 가끔씩 왜 나오는지 아냐?"

"할매는 날 마중 나오는 거 아임니꺼?"

"인수야, 아버지 생각나?" 할머니의 인자한 목소리는 언제나 부드러웠다.

"그건 와 묻심니꺼? 요샌 아부지 기억도 안 남니더."

"그래, 잊자 잊어버리자."

그 말은 조금 이상하게 들렸다. 멀뚱하게 할머니를 쳐다보았다.

"이상하게 들리냐?"

"야!"

"인수야, 내가 누군지 아니?"

"할매 아잉교."

"할매는 맞는데, 내가 니 친할미다."

나는 지금까지 친할머닌지 아닌지를 생각한 적이 없었다. 혈육이라는 의미를 모르고 살았다. 할머니라니까 할머니였지 친할머니라는 개념 자체가 없었다. 할머니의 말이 무엇을 의미하는지 와 닿지 않았다.

"친할머니가 할매 아이가!"

"내가 죄 많은 니 애비 엄마다."라는 말을 듣고 나니 혈육이라는 개념이 어렴풋이 느껴졌다. '거지인 아버지도 나를 이렇게 챙겼는데 할머니는 아버지를 왜 챙기지 않았을까?'라는 생각도 들었다. 그때부터 할머니의 이야기가 시작되었다.

할머니는 중매로 서울에서 영주로 시집을 왔다. 서울에서 영주까지 가마를 타고 오는 거리는 열일곱 살 난 처녀에게 엄청 힘들었을 것이다. 가마꾼은 가고, 부자라던 시댁은 그야말로 시골 부자였다. 그런데 남편이라는 사람은 허구한 날 술타령이었다. 게다가 시어머니는 애를 못 낳는다고 구박이 심했다. 첫아들을 시집온 지 12년 만에 낳았다. 그사이 남편은 숫한 여자를 데리고 들락거렸다.

술병으로 남편이 죽고, 시부모님도 돌아가셨다. 그리고 혼자 아들을 키웠다고 한다. 할머니는 아들을 남부럽지 않게 키우기 위해, 아들에게 온갖 정성을 쏟았지만, 아이는 점점 더 비뚤어졌고, 급기야 가출까지 하게 되었다. 애비 없는 자식이란 소리를 듣지 않게 하려고 그렇게 열심히 가르쳤지만, 결국 아들은 버릇없는 아이로 자랐다. 그때 할머니는 '피는 못 속이는구나!'라고 생각했다.

할머니는 그때부터 남은 농사를 직접 지었다. 그 당시만 해도 여자가 시장에 나가 물건을 파는 것은 엄두도 나지 않았다. 그렇지만 할머니는 수건을 덮어쓰고, 시장에 나가 농사지은 것을 팔았고, 한두 번 나가다 보니 아예 수건도 필요 없었다. 남자들밖에 없던 장터에서 여자가 장사를 하니 처음에는 흥정을 않던 사람들이 할머니가 파는 무, 배추, 콩, 감자를 서로 사 가려고 했다. 물론 그 일은 쉽지 않았을 것이다. 조금 늦을 땐 남자들이 지나가면 무서웠다. 하지만 자식을 위해 일을 해야만 했다.

"인수야, 그 아들이 니 애비다. 난 니 애비가 올 때를 기다리는 거란다. 오늘 올지 내일 올지 기다리던 시간이 벌써 20년이란다. 이젠 기다릴 힘도 없다." 입이 조금 비뚤어진 할머니의 말이지만 나는 충분히 알아들을 수 있었다.

"할매요, 기다리지 마이소. 난 아부지 기다려 본 적 없심더. 할매하고 살람니더."

"인수야, 부모 마음은 그게 아니란다. 나도 안다. 기다릴 필요 없다는 걸. 하지만 아들은 항상 이 다리에서 돈 안 주면 뛰어내린다고 했던 말이 자꾸 떠올라서 나온다."

"뛰어내리라 카지 그랬능교."

"난 그때 진짜 뛰어내리면 어쩌지? 라고 걱정했단다."

"아부지가 그래 속상케 했는지 몰랐심더."

"그건 애비 탓이 아니다. 애비도 착한 사람이었다."

"할매요, 착한 거하고, 뭘 모르는 거는 다르다 아임니꺼. 아부지는 진짜 나쁜 사람 맞심더. 내 돈까지 뺏어 도망간 거 아잉교."

"그래도 애비다. 욕하는 건 더 나쁘다. 알았지!"

"야."

"인수야, 니 내 소원 들어 줄래?"

"할매가 아죽도 소원이 있심니꺼?"

"야 이놈아, 늙으면 소원도 없냐? 호호호, 고얀 놈."

"뭔데. 말해 보이소."

"인수야, 난 조씨 집안에 시집와 시부모 복도, 남편 복도, 아들 복도 못 받았다. 이렇게 박복한 인생도 없을 거다. 그래서 손자인 니한테 소원을 빈다. 난 니가 지금부터 공부를 좀 했으면 좋겠다. 공부해서 대학 가는 게 소원이다. 그렇게 할 수 있어?"

"……."

"못 한다는 거냐?"

"그게 아이고, 내가 한다꼬 꼭 대학 간다는 보장을 우예 합니꺼."

"그럼, 한번 해 보긴 해 보겠다는 소리야? 알았다. 그럼 내가 그렇게 알고 있을 테니 공부해 봐라. 힘든 거 있으면 할미한테 다 말하거라."

"할매가 편찮은데 멀 한다 카능교. 내가 알아서 다 할낍니더. 공부하는 거야 뭐 어렵심니꺼." 나는 큰소리를 쳤다.

"할매, 난 굴뚝 옆에는 자기 싫심더."

"흐흐흐, 굴뚝 옆에는 자면 안 된다." 할머니는 조심스레 한숨을 쉬셨다. 그나마 손자가 말을 알아듣는 것이 다행이라는 한숨이었을 것이다.

몇 달이 지난 겨울밤, 할머니의 침대 옆에서 밥상을 펴고 공부를 하고 있었다.

"인수야, 이거 받아라."

"야, 그런데 이게 뭔데요?" 조그만 수첩 가방이었다.

"자크를 열어봐라."

그 속에는 도장과 통장이 들어 있었다.

"그 통장의 돈은 니가 공부하면서 필요한 돈을 찾아 써라."

나는 호기심이 생겨 얼마가 들어 있는지 보았다.

"일, 십, 백, 천, 만, 십만, 백만, 천만, 억, 일억 원? 헉! 할매, 뭔 돈이 이루꾸 많노?"

"많나? 아껴 써라. 그리고 거기에 주소 있지? 통장 뒤를 봐라."

"야, 있심더."

"나중에 대학교 졸업하면 찾아가 봐라. 니 이름 얘기하면 알아볼 거다."

"할매, 근데 와 이런 거 내한테 주노. 할매가 가지고 있어라. 겁난다. 너무 많아서."

"내가 요즘 정신이 오락가락해서 그런다."

"어데 아프나?"

"내가 아픈 줄 몰랐냐?"

"아이, 그건 아니지만."

그날 밤 할머니께서는 손자가 못내 불쌍했던지 꿈에 나타나셨다.

"인수야, 할미는 멀리 간다."라는 말을 남기고 떠났다.

그날 아침 할머니 방으로 갔다. 할머니는 편안한 얼굴로 누워 있었다. 나는 할머니의 손을 잡았지만 눈물이 나지 않았다. 또다시 혼자라는 생각이 들었다. 슬픔과 두려움이 한꺼번에 몰려왔다. 할머니가 고무신을 태워버렸을 때보다 훨씬 강한 그리움이 몰려왔지만 눈물이 나오지 않았다. 멍할 뿐이었다.

그날 희연의 엄마가 오셨다. 밖에서 할머니를 불렀지만 대꾸가 없자 들어온 모양이었다. 그리고 상황을 파악하고 희연의 아버지를 불렀다. 그다음 날 나는 상복을 입고 손님을 맞았다. 모든 돈은 희연의 엄마가 썼다. 알고 보니, 모두 할머니의 준비된 일이었다.

삼일 째 밤, 집안 정리가 끝났다. 북적거리던 사람들도 모두 떠났다. 누가 다녀갔는지 누가 부주를 했는지, 아무런 생각이 나지 않았다. 단지 봉투의 이름과 금액을 적어 놓은 책자만 있었다. 돈을 세어 볼 엄두도 나지 않았다. 그래서 장롱에 집어넣었다. 큰일을 치러 본 적이 없는 나에겐 너무 힘든 일이었다.

그리고 며칠 후 마음이 조용해졌다. 할머니 생각이 났다. 텅 빈 방, 할머니의 침대, 조용한 적막감이 나를 힘들게 했다. 또 다시 혼자였다. 또 다시 그리운 사람이 나를 떠났다. 며칠 동안 침대에서 할머니를 그리워하다가 문득 생각이 났다. 공부하라던 할머니의 말씀. 중학교 3학년 겨울방학은 공부만 했다. 교과서만 읽었다. 1, 2, 3학년 교과서를 일곱 번은 읽었을 것이다. 외로움을 쫓기 위해, 할머니 생각을 덜 하기 위해, 눈만 뜨면 교과서를 읽었다. 할머니를 생각할 때마다 눈물이 났기 때문이다. 그러다 허리가 아플 땐 청소와 빨래를 했다.

시내 고등학교에서 시험을 봤다. 성적이 발표 나던 날 바람은 불지 않았다. 〈조인수 석차 340명 중 17등〉이었다. 나는 그것을 보고 할머니를 찾았다.

"할매, 봤나? 나도 공부했다 아이가."

기쁨의 눈물이 이런 것인가? 친구들은 부모와 기쁨을 함께했지만, 내겐 할머니도 계시지 않았다. 혼자 핑! 하고 흘러나오는 눈물을 감추려는데, 누군가 내 등을 툭! 하고 쳤다.

"인수야, 니 어예 공부했노? 17등 했데! 억수로 잘했다. 축하한데이."

희연의 엄마도 옆에 있었다.

"니 울고 있었나? 할매, 생각나재?"

나는 입술을 파르르 떨 뿐이었다. 어떻게 알고 왔는지 물어봐야 하는데 말을 못 했다.

"인수야, 이따가 울 집에 밥 먹으러 온나. 알았지?"

"야, 고맙심더."

"고맙긴, 우리 희연이도 붙었다 아이가. 꽁지로."

"그게 어딥니꺼. 축하한다. 희연아." 나는 겨우 목소리를 가다듬고 말했다.

"꽁지도 축하하모, 니는 우예야 되노?"

"하하하, 미안타!"

"그루꾸 미안으머 니 공부하는 법 좀 갈키 조라."

"공부하는 법? 난 교과서만 억수로 마이 봤다."

"그게 뭔 말이고, 교과서만 읽었다꼬?"

"글타카이. 니도 그래 바라."

그날 저녁 산에서 돌아온 후, 오랜만에 희연이네 식구들이랑 밥을 먹었다.

"인수야, 밥하기 귀찮으면 내가 해 주까?"

"아입니더, 어무이, 혼자 할 수 있심더."

"개안타, 내가 니를 모르나, 낼부터는 내가 밥 해 주께!"

그날 밤 집으로 돌아와 장롱에 넣어둔 할머니의 부조금과 봉투를 정리했다. 돈은 220만 원이었다. 등록금은 16만 원, 교복 3만 원, 가방, 도시락, 모두 합쳐도 20만 원이면 충분했다.

개학 때까지 시간이 많았다. 혼자 집에 있는 것이 답답했다. 그때 영주 시내를 돌아보기로 했다. 오랜만에 홀가분한 마음으로 조그만 가방을 메고 버스에 올랐다. 오라는 곳도 없고, 갈 곳도 없지만 추운 겨울의 따뜻한 한가함이 나를 찾아왔다. 모두들 뭐가 그리 바쁜 것일까? 나를 눈여겨 봐 주는 사람도 없었다. 바쁘게 돌아가는 틈바구니 속에서 즐기는 여유의 기쁨인지, 터널을 지나온 힘든 과정의 극복으로 생겨난 기쁨인지 알 수가 없었다. 무엇이든 해 보고 싶은 욕망이 생겼다. 무엇이든 할 수 있을 것 같았다.

'바다에 한번 가 볼까? 그래, 동해 바다를 향해 떠나보자!' 혼자의 여행, 대화 상대도 없다. 몇 사람 타지 않은 버스조차 정겹게 느껴졌다. 처음 본 겨울 바다도 나를 향해 환호를 보냈다. 모래사장은 나 혼자만을 위해 거기 있었다. 모든 것이 아름다웠다.

고등학교의 생활은 거침이 없었다. 일등을 한 적은 없지만 항상 5등 안에 들었고, 쉬는 시간이면 농구 골대에서 놀았다. 친구들이 주말이면 가끔씩 집에 와 혼자 사는 나를 보고 부러워했다. 나의 생각은 정반대였다. 친구들은 혼자 사니까, 놀면서 공부를 해도 아무도 잔소리할 사람이 없으니 부럽다고 했다. 내가 보기에 오히려 친구들이 놀면서 공부하는 것 같았다.

혼자 살면 공부할 수밖에 없는 외로움과 모든 것을 해결해야 한다는 것을 친구들은 모르고 있었다. 무엇보다 신기해하는 것은 내가 학원을 안 다닌다는 사실이었다. 그리고 많은 책을 보고 놀랐다. 친구들은 시험 기간에 책을 읽는 내 모습을 보고 신기해했다. 나는 오히려 당일치기를 하는 친구들이 더 이상했다. 그때 내가 생각한 것은 '저렇게 공부해서 뭐가 남지?'라는 것이었다. 내겐 오히려 시험 기간이 한가했다.

대학은 내가 원하는 국문학을 전공했다. 대학을 졸업하던 날, 할머니께서 남기신 주소로 찾아 갔다. 정릉에 있는 일본식 집이었다. 문을 두드리자 안에서 열어주었다.

"조인수라고 합니다. 할머니 성함이 오자, 성자, 숙자 되십니다."

꼿꼿하게 생기신 아주머니가 갑자기 찾아온 나를 보고 멍하니 계셨다.

"잠시만 기다리세요. 할아버지께 여쭤보겠습니다."

갑자기 미닫이문이 열리면서 근엄하신 할아버지가 후다닥 뛰어나왔다.

"아이고, 도련님, 안으로 드시지요."

너무나 황당했다. 무슨 조화인가? 도련님이라니. 노인의 공손한 말에 나도 모르게 허리를 더 굽실거리며 안으로 들어갔다.

"예, 여기가 아랫목입니다. 앉으시지요."

"예, 전 너무 당황스럽습니다."

"물론, 그러시겠지요. 제가 모든 설명을 올리겠습니다."

"며늘아가, 여기 마실 거 좀 다오."

"네, 아버님."

할아버지의 말씀은 이렇다.

할머니는 원래 평양에서 내려온 검사 집 무남독녀였다. 그런데 대대로 내려오던 선비 집안이지만 항상 가난했다고 한다. 할머니의 아버지 역시 검사지만, 월급으로만 살아가려니 항상 가난했다. 그러던 중 중매가 들어왔는데, 농부지만 풍족하다는 이야기를 듣고 조씨 집안에 시집을 가셨고, 거기서 12년 만에 아들을 낳으셨다는 것이다. 거기부터 아는 이야기였다.

"나머지 부분은 제가 알고 있습니다만 할머니하고 어떻게 되시는지요?"라고 물었다. "예, 저는 할머니께서 어리실 때 그 댁의 하인 아들입니다. 할머니께서 저를 귀여워해주셨습니다."

"아 예, 그러면 할머니께서는 왜 저를 여기로 보내셨습니까?"

"예, 그것을 지금 말씀 올리겠습니다."

"성숙이 누님은 불쌍했지요. 귀하게 자라 시부모 등쌀, 남편 술주정, 아들 하나 있는 것이 가출해서 돌아오지 않는다고 항상 힘들어했습니다. 그러다가 청상과부가 되었을 때 친정 부모님들이 올라오라고 했지만, 아들을 기다려야 한다고 서울로 올라오지 않으셨습니다. 그러더니 얼마 후부터 돈을 몇 달에 한 번씩 부모님께 부쳤습니다. 제가 그 심부름을 했지요. 친정 부모님은 그때 처음으로 그 돈으로 땅이라는 걸 사두셨습니다. 돈이 올라오는 대로 친정 부모님들은 무조건 땅을 사셨지요. 성숙이 누님이 물론 시키셨지요. 그런데 8년 전인가, 아무튼 누님이 돌아가시기 전에 그 땅을 도련님 앞으로 모두 이전하셨습니다. 이 집도 도련님 집입니다. 제게 관리를 맡기셔서 지금까지 편하게 살았습니다. 도련님, 누님께서는 도련님이 도착하시면 윗방에서 머물게 하라고 하셨습니다."

"윗방을요?" 나는 건물이 복층이라는 것을 몰랐다.

"예, 거실 끝에 가면 계단이 있습니다. 거기는 누님이 올라오실 때마다 거처하시던 곳입니다."

그리고 차가 나왔다. 신맛이 나기도 하고 단맛이 나기도 하고 맛이 야릇했다. 색깔은 할머니가 드시던 것과는 달리 붉은색이었다. 그리고 위층으로 올라갔다.

윗방에는 아무것도 없다는 말이 맞을 것이다. 가구는 모두 벽 속에 들어가 있었고, 병풍과 병풍 앞에 있는 조그마한 책상뿐이었다. 옆방으로 갔다. 온 사방이 책으로 둘러싸여 있었고, 중간에는 넓고 검은 책상이 놓여 있었다. 책들은 모두 몇 십 년 된 책이었다. 그리고 깨끗하게 정리돼 있었다.

내려오라는 할아버지의 말에 방으로 돌아와 앉았다. 잠시 후 저녁상이 들어왔다. 나는 그런 상을 받아 본 적이 없었다. 지금 생각해 보면 그런 밥상은 어느 요릿집에서나 볼 수 있는 밥상이었다.

"도련님, 어떤 계획이라도 있으십니까?" 밥을 먹으며 할아버지가 물었다.

"무슨 계획요?"

"앞으로 무엇을 하실 건지요. 모든 땅을 어떻게 하실려는지요."

"전 그런 생각을 안 해봤습니다."

"제가 성급했네요. 오늘 말씀드리고 그걸 묻다니. 그건 차차 생각하면 되고 거처는 어떻게 하시겠습니까?"

"저야 시골에도 집이 있고, 하숙집도 있는데 거처라니요?"

"그러면 도련님 여기서 사세요. 우린 그동안 다른 집을 구했습니다. 우리도 누님 덕분에 부자가 됐습니다."

"제가 이 큰 집에 어떻게 살아요."

"누님이 제게 화내실 겁니다. 저승 가서 누님한테 무슨 야단을 맞으라고……. 꼭 여기서 사세요. 그리고 서류는 변호사가 올 것입니다."

할아버지의 부탁으로 정릉에서 자게 되었다. 그날 밤은 한숨도 잘 수가 없었다. 도대체 도깨비에 홀린 기분이었다. 돌아가신 할머니께서 어떻게 10년 후를 계획하셨을까? 할머니는 어떻게 돈을 모으셨을까? 도무지 모를 일이었다. 그리고 책상 밑에 있는 서랍을 열어보았다. 거기엔 여자아이가 쓰던 물건 같은 잡동사니가 들어 있었다. 분명 할머니의 물건으로 짐작되었다. 할머니의 손때가 묻었을 것이고, 할머니의 친정 부모님께서 딸이 그리울 때 만져보던 물건이었을 것이다. 그것을 만지면서 '할머니, 제가 왔습니다. 인수가 여기까지 왔습니다.'라고 중얼거렸다.

다음 날, 변호사가 도착했다. 서류 가방은 정신이 없었다. 아니 내가 정신이 없었다. 땅은 온 사방에 흩어져 있었다.

"저도 심부름입니다. 자당께서 갖다드리고 설명을 해 드리랍니다. 자당께서는 노환 중이시라서요."

열일곱 뭉치의 서류를 받았다. 변호사는 땅을 먼저 돌아보고 무엇을 할 것인지 결정하라고 일러주고 돌아갔다. 다시 보니 땅은 서울 시내에 온통 흩어져 있었다. 잠을 못 잔 탓인지, 정신이 없었다. 대충 동네만 봤다. 일단 가방을 올려놓고 밤에 못 잔 탓에 잠이 들었다. 저녁 6시까지 잤다.

할아버지가 저녁을 먹으면서 내일은 한방병원에 가자고 했다. 젊은 사람이 무슨 한의원이냐고 했더니, 할아버지는 가 봐야 한다고 막무가내였다. 간이 좋지 않은 것이 집안 내력이니 할 수 없다는 것이었다.

다음 날, 그것이 할머니의 당부였다기에 할 수 없이 따라갔다. 한의사는 젊은 분이었다. 나는 한의원이 진맥만 한다는 것으로 알고 있었지만, 이런저런 이야기까지 총 한 시간 반이 걸렸다. 의사는 결국 괜찮다고 말했다. 내심 조마조마했다. 왜냐하면 지금까지 병원에 한 번이라도 종합진단을 받아 본 적이 없었기 때문이었다. 다행이었다.

"아이고, 벌써 이렇게 됐네요. 오늘 바쁜데."

"할아버지, 그럼 일 보세요. 전 집으로 가겠습니다."

"도련님, 도련님하고 같이 가야 해요."

"어딜요?"

"다른 데는 몰라도 어른 분들께 절은 올려야지요."

"아, 예."

그곳은 남양주에 있는 외증조부, 증조모의 산소였다. 남양주를 다녀오니 밤 10시였다. 허겁지겁 밥을 먹고 누웠다. 어떻게 살라는 것인가? 할머니는 왜 나를 영주에 살게 하셨을까? 내게 재산이 무슨 의미일까? 살았을 때 왜 말하지 않았을까? 도대체 아무런 생각이 떠오르지 않았다. 잠도 오지 않았다. 벌써 두부장수 소리가 들렸다. 아래층에서는 벌써 덜거덕거리는 소리가 들렸다. 갑자기 잠이 몰려왔다.

어릴 때 역 앞에서 쪼그리고 앉아있던 꿈을 꿨다. 꿈은 아버지 옆에 멀뚱거리고 앉아 있는 모습이었다. 그러다가 할아버지가 깨우는 소리에 일어났다. 그 꿈은 편안했다. 어제 일처럼 생생했다.

"도련님, 옛날 꿈을 꾸셨나 봐요?"

"예? 어떻게 그걸?"

"잠꼬대를 하시던데요?"

"뭐라고 하던가요?"

"아부지요, 춥심더. 그러던데요?"

"예, 할아버지. 그런데 그게 너무 편안했어요."

"도련님, 그 생각은 잊어버리세요. 이젠 할 일을 생각해 보세요. 어떻게 정리할지를 생각해 보세요."

"생각이 안 나요. 어떻게 해야 할지."

"조급하게 생각진 마세요. 혹시 위층에 누님이 쓰시던 책은 보셨어요?"

"아뇨, 아직⋯⋯."

"누님이 쓰신 책도 있을 겁니다. 책이라기보다는 생각난 대로 적은 건데 한번 보세요." "아 네. 그런데 오늘은 영주에 다녀오겠습니다."

"영주는 왜요?"

"집을 비운 지 몇 개월 돼서요."

"빈집일 텐데, 봄에 가세요. 봄에 저랑 같이 가요. 도련님."

"그러면 친구 좀 만나고 오겠습니다."

"친구 분을 오시라고 하세요. 밖에서 만나면 마땅히 갈 곳도 없잖아요."

"아니에요. 그 친구는 여기가 어딘지도 몰라요."

"고향 친구신가 봐요?"

"예."

"남자분이신가요?"

"그건 아니지만⋯⋯."

"여자분요? 도련님 꼭 모시고 오세요." 화들짝 놀라는 할아버지의 얼굴엔 밝은 미소가 번졌다.

"그런 거 아니에요."

"아니니까 데려오세요."

"시골 옆집에 살던 친구예요."

"아! 누님 병간호하시던 댁요?"

"어떻게 그걸?"

"도련님, 저도 그때 옆에 있었습니다. 누님이 워낙 비밀로 하라고 해서 제가 얼굴을 뵙지 못했습니다."

"헉! 그랬어요?"

"예, 도련님, 누님은 그저 당신 생각대로만 했습니다."

"생각?"

"예, 저는 누님이 신사임당인 줄 알았습니다."

"신사임당? 그건 또 무슨 말씀이세요?"

"그만큼 철저하게 잘했다는 거지요. 근데 그 처자는 언제 데려오시겠어요?"

"그냥, 옆집 친굽니다. 신경 안 쓰셔도 됩니다."

"돈은 있으세요?"

"네, 있습니다."

"도련님, 이 지갑을 가지고 다니세요. 제가 어제 장만했습니다."

"전 이렇게 좋은 지갑 필요 없어요."

"앞으로 필요합니다. 들고 다니세요. 그리고 내일은 저와 같이 옷 맞추러 가요."

"옷요? 옷은 필요 없어요. 전 이게 편해요."

"안 됩니다. 이젠 양복을 입어야 합니다."

"전 그런 옷 안 맞아요, 할아버지."

"도련님, 누님께서 그러셨어요. 옷을 입는 것이 아니라, 입으니까 옷이 된대요. 아무리 좋은 옷도 입지 않으면 옷이 아니고, 아무리 누더기라도 입으면 옷이 된대요. 옷은 많이는 필요 없지만, 필요하면 입어야 된대요. 도련님은 지금 그 옷을 입어야 해요."

할머니가 하신 말씀이라니까 맞는 것 같았다. 나는 아무 대꾸도 하지 않았다.

그때까지 나는 지갑조차 가져 본 적이 없었다. 지갑을 들고 다닐 만한 일도 없었고, 그럴 필요도 없었다. 학교를 다니면서 돈은 항상 책가방 안쪽 검은 천으로 된 부분을 잘라 4개월 동안 쓸 돈을 넣고 다녔다. 4개월 용돈을 넣고 다니지만 항상 남았다. 방학을 마치고 서울로 올라오면 먼저 하숙비 4개월치를 내고 나면 특별히 쓸 데가 없었다. 그래서 한 학기를 마치면 꼭 돈이 남아 있었다. 비상금을 포함한 돈이지만, 비상금의 두 배 정도 남아 있었다. 내가 돈을 쓰지 않아서 그런 것인지, 아니면 허름한 옷만 입고 다녀서 그런지 하숙비가 없어 쩔쩔매는 친구들조차 내게 돈을 빌려달라는 말을 하지 않았다. 하지만 거지 아이들을 만날 때면 꼭 100원씩 줬다.

그리고 희연을 만나러 흑석동으로 갔다. 그리고 그동안 있었던 이야기를 희연에게 말했다. 희연이도 못 믿겠다는 투였지만, 할머니는 충분히 그럴 수 있다는 것이었다. 희연의 어머니는 할머니에 대한 이야기를 종종 했는데, 할머니는 서울을 자주 왕래했었다는 것이다. 희연이 신기하다는 듯 다시 내 얼굴을 쳐다보았다.

"야! 니 부자네. 오늘부터 밥값 다 니가 내. 알았나!"

"야, 말은 잘한다. 니가 언제 냈따꼬."

"아이고 부자 되시더니 노랭이 다됐네. 더러버서. 하하하."

한바탕 희연과 사투리로 농담을 주고받았다. 나는 그 농담에 미소를 지었다.

"니는 참 우끼능게, 항상 하는 말이지만, 어예 농담을 해도 웃는 게 그따위냐? 사내 자슥이 돼가지고 쯔쯔."

나는 농담을 잘 못하지만, 희연은 항상 장난 투로 말을 했다. 그것이 싫지 않았다. 오랜만에 우리끼리 쓰는 사투리는 기분을 한결 가볍게 해 줬다.

저녁을 먹고 다시 정릉으로 돌아왔다. 인사를 드리고 위층으로 올라가 책을 뒤지기 시작했다. 책꽂이에는 할머니가 썼다는 책이 없었다. 책상 밑을 뒤졌다. 노트가 많았다. 할머니의 글씨체가 아니었다. 십자수가 놓인 지퍼로 채워진 두툼한 책을 꺼냈다. 그리고 지퍼를 열었다. 두 권이 들어 있었다. 거기엔 이렇게 적혀 있었다. 〈아이를 이렇게 키워라.1〉 그 노트는 아버지의 육아일기처럼 보였다. 뒤로 갈수록 할머니의 후회스러운 내용이었다. 두 번째 노트를 꺼냈다. 그 책은 나에 관한 이야기였다. 마지막에는 이렇게 적혀 있었다. 〈내가 원하는 아이로 커주길 바랄 뿐이다.〉 마지막 책장을 덮을 땐 한기를 느꼈다. 온몸에 소름이 돋는 것 같았다. 어떻게 이렇게 평정심을 잃지 않을 수 있었을까? 무엇이 그토록 그렇게 한 사람의 마음을 고정시켜 놓을 수 있었을까? 이렇게 할 수 있는 사람이 얼마나 될까? 의문투성이였다.

머리가 복잡했다. 아이를 키우는 방법을 알았지만 내가 그렇게 키워졌다지만, 말이 되지 않았다. 다시 큰방으로 왔다. 퍼진 이불 위에 벌렁 드러누웠다. 풀 먹인 빳빳한 이불의 감촉은 멍해 있는 나를 깨웠다. 할머니의 이야기는 아이의 성장에서 두뇌는 문제가 되지 않는다는 것이었다. 그런데 당신의 아들은 왜 실패했단 말인가? 그 해답은 떠오르지 않았다. 다시 일어나 한 번 더 읽었다. 노트에는 답이 없었다.

다음 날, 할아버지는 책을 봤냐고 물어보았다.

"예."

"내용을 아세요?"

"모르겠습니다."

"도련님, 그것도 천천히 생각하세요. 누님은 결코 서두르지 않는 분이었어요."

"예, 그건 느낄 수 있었습니다."

그날 옷을 맞추고, 백화점에 들러 필요한 물건들을 사러 분주하게 다녔지만, 정신은 온통 그 책에 가 있었다. 갑자기 멍한 바보가 된 기분이었다. 나는 멍청히, 할아버지를 따라 다녔다. 시간이 지날수록 알 수 없는 생각으로 머리가 복잡했다. 다시 집으로 돌아와 할아버지께 말했다.

"할아버지, 저 바람 좀 쐬러 다녀와야겠습니다."

"어디로 가시게요?"

"영주요."

"거긴 봄에 가기로 하셨잖아요."

"얼마나 있을지 모르지만, 영주에 가 있는 것이 좋을 것 같아서요. 이상하게 안정이 안 돼요."

"그럼 나도 조만간 내려갈 테니 먼저 내려가세요."

"예."

집은 깨끗하게 정리되어 있었다. 희연이 어머니께서 항상 우리 집을 정리해 놓았다. 해마다 방학 때 집에 내려오면 정리돼 있었다. 희연이 집에 들락거렸지만, 나는 아무런 신경도 쓰지 않았다. 할머니가 돌아가실 때도 이겨냈는데, 내가 왜 이러는지 모를 일이었다. 책을 읽어도, 산책을 해도, 운동조차 아무런 도움이 되지 않았다. 희연은 일을 하지 않아서 그렇다고 말했다. 하지만 그것은 아니었다,

　하루는 희연이 내게 와서 이런 말을 했다.

"니 미쳤지? 미치지 않고는 그 정도로 멍청할 수가 없어."

"내가 미쳤다고?"

"대학 졸업하고 왜 그렇게 빈둥대? 돈 있으면 아무 일도 안 하나? 니 대학교 왜 갔는데?" 갑자기 그 말에 '내가 미쳤나?'라는 생각이 들었다. 미친 것 같지는 않았다. 대학을 갈 때는 소설가가 되겠다는 꿈이 있었다. 그런데 지금 그것조차 잊어버리고 있었다.

　봄이 되자 정릉 할아버지가 내려왔다. 할아버지는 집부터 고치자고 했다. 그때 시골집들이 통나무로 바뀌어가고 있었다. 나는 통나무 집이 예뻐 보인다고 말했지만 할아버지는 몰라서 그렇다고 하며 집을 고치는 일은 모두 할아버지가 알아서 하겠다는 것이었다. 나는 그동안 희연이네 건넌방에서 기거했다. 할아버지는 정릉에 있던 집과 구조를 똑같이 하고 구멍 뚫린 붉은 벽돌로 지었다. 그리고 정릉에 있던 할머니의 가구들을 모두 옮겼다. 처음으로 내가 부자가 됐다는 기분이 들었다.

　집으로 들어가는 날, 할아버지는 잔치를 벌였다. 희연이 어머니도 이젠 나이가 든 것 같았다. 부엌일을 주관하지만, 직접 일은 하지 못하고

형님 소리를 들으며, 이것저것 아주머니들께 주문했다. 나는 고사를 지내고 할아버지는 축문을 읽었다. 그날 저녁 손님들이 돌아간 후 할아버지와 마주 앉았다.

"도련님, 제가 할 일은 모두 끝났습니다. 저도 이젠 힘에 부쳐서 애들 덕을 봐야 합니다. 할 일은 생각해 보셨습니까?"

"아직 생각이 안 납니다. 뭘 해야 할지 모르겠습니다."

"그럼 여행을 다녀오세요. 집 안에만 있으면 아무 생각이 안 납니다. 가능하면 멀리 가 보세요. 해외는 어떠세요?"

"해외요? 가 본 적이 없는데 어떻게 가요?"

"누구는 처음부터 갔겠습니까? 다 처음엔 서툴겠지요."

"예, 생각해 볼게요."

"그리고 정릉 집은 겨울 동안 비우겠습니다. 저도 제 집으로 들어가야지요."

"할아버지 집요?"

"예, 자식들은 이미 거기에 살고 있습니다. 정릉 집을 전세로 주는 게 어떠세요?"

"할아버지 생각대로 하세요."

"전세금은 통장으로 보내드리겠습니다."

"그건 그동안 수고하셨는데 할아버지께서 쓰세요."

"도련님, 그건 안 됩니다. 한두 푼도 아니고 그 돈은 누님 재산입니다. 제가 그걸 썼다간 저승 가서 무슨 낯으로 누님 얼굴을 뵈라고, 말도 안 됩니다. 그리고 돈을 함부로 쓰면 안 됩니다. 쓸 데는 꼭 써야 되지만……. 무슨 말인지 알지요?"

"네, 그런데 할아버지께 드리는 게 함부로는 아닌 듯……."

"함부로 맞습니다."라고 할아버지는 말을 잘랐다.

"할아버지 댁은 어디신데요? 주소를 좀 적어 주세요."

"예, 여기 명함이 있습니다."

나는 눈이 휘둥그레졌다. 그 명함에는 그 당시만 해도 가장 잘나가는 건설회사 회장님 명함이었다.

"할아버지, 이 명함을 왜 할아버지가?"

"제 명함 맞습니다. 저도 누님의 덕을 많이 봤지요. 도련님, 누님의 땅값은 저의 회사보다 몇 배 더 나갑니다. 땅을 거래할 땐 꼭 제게 말씀하시고, 힘들 땐 꼭 전화주세요. 자꾸만 힘에 부치지만 도련님이 부르시면 언제든지 오겠습니다. 대신 아무에게도 말하면 안 됩니다."

"예."

"그리고 오늘 밤에 올라가겠습니다."

"기차가 없을 텐데요?"

"아닙니다. 차가 와 있을 겁니다."

밖으로 나갔다. 이미 차가 와 있었다. 나는 할아버지가 차를 타는 것을 본 적이 없었다. 서울에 있을 때도 걸어 다니거나 택시였다. 그렇게 할아버지는 떠났다.

그때까지도 통장에 돈이 삼천만 원 정도 남아 있었다. 돈이 돈을 낳는다고 했던가? 학교를 다닐 때 돈을 찾아 썼지만, 찾을 때마다 이자가 붙어 돈은 그대로 있는 기분이었다. 그리고 장롱에서 할머니 상중에

받은 봉투를 꺼내 봤다. 거기에 이씨 이름이 의외로 많았다. 조씨가 많은 것은 이해가 가지만 이씨가 이렇게 많은지 이해가 되지 않았다. 비슷한 이름들, 같은 돌림의 이름들……. 그날은 별 다른 생각 없이 그렇게 잠이 들었다.

다음 날부터 여행 준비를 했다. 그런데 해외여행은 어떻게 준비해야 하는지 알 수가 없었다. 희연이도 모르고 있었다.

"니 해외여행 갈라꼬?"

"한번 가 봐야 안 되나? 니가 말하는 남잔데."

"우와, 니 대포 크데이. 돈 많타 카더마, 돈 많으머 간도 붓나?"

"희연아, 니는 요새 머 하노?"

"나야 머 우리 아부지 시다바리 아이가."

"안죽도 아부지 사무실에 있나?"

"그머 우야노, 이놈의 세상 잘못 만나가주고, 여자 신세가 이게 뭐꼬? 내가 남자로 태어났다면 세상 다 휘저서 나쁠낀데. 요 모양 요 꼴로 산다 아이가. 니 내 대신 잘 갔다 온나."

언제나 희연은 활기찼다.

다음 날, 할아버지께 전화를 했다. 할아버지는 준비를 해서 사람을 보내겠다고 했다. 어학학원도 다니며 6개월이나 걸려 모든 준비를 하고 김포공항을 통해 영국으로 갔다. 영국에서 공항 수속을 밟고 나왔지만 마땅히 갈 때도 없었고 불안했다. 무조건 택시를 타고 싼 호텔로 가자고 했다. 다행히 기사는 동양인의 어눌한 말을 알아들었다. 신통한 일이었다. 호텔로 들어가 한 달을 예약했다. 그런데 이게 무슨 일인가?

가져간 경비의 반이 한 달 방 값으로 날아갔다. 무식하면 통도 크다고 했던가? 다시 말하기도 뭣해서 그냥 줘버렸다.

짐을 푸려니 간단한 저녁식사가 나왔다. 식사라고 해 봐야 이상한 소시지와 계란 프라이, 커피, 샐러드 조금, 조그만 빵 하나, 삶은 건지 구운 건지 모르는 토마토가 전부였다. 이걸 저녁밥이라고 주는 건지……. 그런데 먹고 나니 배가 불렀다.

할아버지께 전화를 하려는데 말로 하기가 겁이 났다. 그래서 전화번호를 적고 카운터로 내려갔다. 카운터에서 어느 나라냐고 물었다. 전화가 연결되었다. 할아버지는 반가워했다. 돈 이야기를 했더니 돈 걱정은 말라며 지갑에 신용카드가 있다는 것을 가르쳐 주셨다.

그리고 밖으로 나가 봤다. 겨울로 접어드는 영국의 날씨는 사람 사는 동네가 못 되었다. 적어도 동양인의 눈에는 그렇게 보였다. 비는 추적추적 내리고, 바람은 음산하게 불었다. 폭풍의 언덕이 연상되었다. 왠지 사람들도 그런 기분이었다. 동양인이라는 인상 때문인지, 날씨 탓인지 사람들의 얼굴은 일그러져 있었다. 신사의 나라라더니 우리나라 시골 동네 사람들보다 못했다. 비가 오는데 우산은 쓰지 않고, 옷에 달린 모자나 천을 뒤집어쓰고 다녔다. 속으로 '백인도 저렇게 하고 다니는 구나!'라는 생각이 들었다.

지금 생각해 보면 그것은 당시의 영화가 만들어 놓은 나의 고정관념이었을 것이다. 그런데 가만히 비를 보니 굵은 안개비 정도였다. 그 빗속에도 웬 개들을 끌고 다니는지 이해가 되지 않았다. 런던은 조그마한 공터마다 잔디밭이었다. 잔디는 우리나라의 잔디가 아니었다. 사람도 다르게 생겼지만 잔디도 달랐다. 건물은 그림에나 나오는 뾰족집들이지만 겨울비 탓인지 을씨년스럽게 느껴졌다.

독일문학을 강의하던 교수의 말은 모두 거짓말 같았다. 그 교수는 아름다운 런던 거리, 파리의 센 강, 그렇게 환상을 불어넣어줬는데 이건 도대체 무슨 조화인가? 나의 감각이 이렇게 둔할 줄은 몰랐다. 춥기도 하고 음산한 기분에 다시 안으로 들어왔다. 침대에 누웠다. 이놈의 침대는 왜 그렇게 삐거덕거리는지, 또한 왜 그렇게 매트리가 폭신한지 엎드려 있으려니 허리가 아팠다.

할머니와 같이 살 때나 혼자 살 때도 집에는 텔레비전을 둔 적이 없었다. 희연이네 집에는 텔레비전이 있었지만, 텔레비전을 살 생각조차 하지 않았다. 나는 텔레비전이 없는 것이 익숙한 모양이었다. 라디오만 있어도 충분했다. 무엇이든지 경험하지 않으면 모른다던 할머니 말씀이 떠올랐다. 나는 텔레비전을 켤 줄 몰랐다. 아니 겁이 났다.

그래서 벨을 눌렀다. 룸서비스가 도착했다. 텔레비전을 켜 달라고 부탁했더니 이상한 눈으로 쳐다보았다. 그놈의 텔레비전은 왜 그렇게 시끄럽고 벌거벗은 여자들이 나오는지, 모르는 말로 쫑알대고 있었다. 그때만 해도 우리나라에선 그런 꼴의 여자들을 본 적이 없었다. 브라를 착용하고 다리가 드러내놓고 걸어 다니는 여자들은 젊은 나를 자극했다.

다음 날, 영국 시간에 맞춰 시계를 조정했다. 그리고 거리로 나갔다. 비 오던 날씨는 어디로 가고 해가 떴다. 11월의 날씨에도 사람들은 코트를 입고 다녔다. 코트를 사기 위해 옷가게로 들어갔다. 옷이 한 벌에 120파운드였다. 기절하는 줄 알았다. 외국 돈에 대한 개념도 없던 나에게 한국 돈으로 환산하여 셈을 하다 보니 모든 물가가 다 비싸 보였다.

어젯밤과 달리 사람들은 밝고 친절했다. 공원에는 할아버지 할머니들이 개를 끌고 나와 벤치에 앉아 있었다. 아이들은 우리나라 아이들과 달리 차분해 보였다. 거지들도 노랑머리의 백인이었다. 냄새는 왜 그렇게 나는지 이해가 되지 않았다. 전철을 탈 엄두가 나지 않아 걸어 다녔다. 그렇게 하루하루 런던에 적응해갔다. 할아버지가 돈을 보내주고, 프랑스, 독일, 스위스를 돌아다녔다. 어쩌다 정신병에 걸릴 정도로 집에 가고 싶었지만, 2년은 빨리 지난 것 같았다. 한국 사람들을 만날 때면 하루 종일 이야기하고 싶은데, 그분들은 바빠 보였다. 간호사로 온 사람도 있었고, 광부로 온 사람도 만났다. 스위스에도 한국인들이 있을 줄은 몰랐다.

그렇게 돌아다니면서 느낀 것은 유럽도 사람 사는 동네라는 것이었다. 거지는 어디 가나 다 있었다. 또 하나는 아이들이 바보스러울 정도로 순진했다. 처음에는 날씨 탓과 저녁에 일찍 해가 지고 집으로 빨리 돌아가는 것 때문에 그런 줄 알았다. 그런데 그게 아니라는 것을 알았다. 아이들의 그런 순진함은 부모들이 아이들을 차분하게 다루는 것으로부터 형성된 것이었다. 텔레비전이 아무리 요란하게 떠들어도 아이들은 동요하지 않았다. 오히려 내가 더 혼란스럽게 느껴졌다.

그렇게 2년의 방랑을 끝내고 귀국했다. 공항에는 할아버지가 마중 나왔다.

"고생 많으셨습니다."

"돈 보내느라 할아버지께서 고생하셨지요. 제가 무슨 고생을요."

"뒤로 오르세요."

차는 곧바로 할아버지 댁으로 갔다. 이태원은 검은 철제 대문이 즐비했다. 차에서 내려 정원을 지나 집으로 들어갔다. 자제분들을 소개하셨다. 그런데 대학 동창인 창대가 거기 있었다. 창대는 같은 과에 다니던 동창 놈이다. 휴학을 밥 먹듯이 한 녀석이었다. 졸업하는 데 학교생활만 6년 걸렸다.

"너, 창대잖아?"

"창대 맞다. 그동안 비밀로 해서 미안하다. 아버지가 말하지 말라고 해서 한 번도 널 아는 척 안 했어."

"난 니가 날 싫어하는 줄 알았어."

"그래 미워하기도 했지. 네놈은 내 장학금을 가로채 갔잖아. 그때마다 아버지께서 얼마나 약을 올리시던지! 넌 4년 동안 내 원수였다. 허허허. 고생 많았지?"

"고생은 무슨."

"할 일을 찾으러 여행한다더니 할 일은 찾았냐?"

"아니 못 찾았어."

"우리 아버지 얼굴에 니한테 반말한다고 걱정하신다."

"할아버지 괜찮아요. 창대는 동창인데."

"아니지요. 제가 도련님께 존댓말 쓰는데 버릇없는 것이……."

그날 밤 창대와 나는 다시 대학생이 된 기분이었다. 창대는 이미 아버지의 회사에 다니고 있었다. 문과 출신이라 아버지의 일은 배우기 힘들다고 말했다. 지금 2년째 현장 일을 하느라 전국을 누빈다고 했다. 오늘도 부산에서 급하게 올라왔다고 한다. 창대는 어릴 때부터 돈을 벌어서 썼다고 했다. 휴학을 한 것도 돈이 없어서 그렇게 했다는 것이다. 그리고 자신이 어릴 때 아버지는 항상 머슴살이를 하는 것으로 알았단다. 이렇게 부자인 줄은 졸업하고 알았단다. 창대의 이야기를 들을수록 떠오르는 느낌이 있었다. 창대의 성장 배경을 들으면서 그 무엇인가가 어렴풋이 떠올랐다.

밝은 얼굴로 할아버지 방문을 두드렸다. 할아버지께 큰절을 올렸다.

"아이고, 도련님 왜 이러세요?"

기쁨에 할아버지의 손을 잡았다.

"도련님, 느끼셨군요? 고맙습니다. 제가 이제야 누님을 볼 면목이 생기는군요. 저도 누님한테 배웠습니다. 저같이 무식한 놈이 어떻게 알았겠습니까? 고생 많으셨습니다, 도련님" 고개를 숙이고 있는 나의 등을 두드려 주었다. 할아버지의 눈에는 눈물이 흘러 내렸다.

"이젠 마음이 시키는 대로 하세요. 그것이 도련님의 인생입니다."

"예, 고맙습니다."

"무엇을 하실지는 꼭 제게 말씀하세요. 어떤 일이든지요."

"예, 그럼 창대도 그렇게 키우셨어요?"

"예, 창대는 그렇게 키웠는데, 형들은 그렇게 못 키웠습니다. 그땐 저도 여건이 안 돼서, 아니 제가 철이 없었지요. 창대는 형들과 나이 터울이 많습니다."

"예, 알겠습니다."

그리고 나는 영주의 고랑골로 내려왔다. 이듬해 할아버지가 돌아가시고, 나는 그해 가을 희연과 결혼을 하고, 아이를 낳았다. 마누라는 뭐가 그리 바쁜지 일찍 저승으로 갔다. 아이가 세 살 때 일을 시작했다. 창대를 불러 내가 생각한 건물을 지어 달라고 부탁했다. 창대는 아들과 둘이 살면서 무슨 이렇게 큰 건물을 짓느냐고 물었다. 교육 사업이라고만 말했다.

그때부터 나는 거지 행세를 하고 다녔다. 그래야만 아이들이 거리낌없이 다가서기 때문이었다. 그리고 가난한 아이들을 집으로 데려왔다. 6세 이상은 받지 않았다. 그 당시만 해도 거지도 꽤 있었다. 그렇게 열세 명의 아이들을 길렀다. 처음에는 보모를 뒀지만, 맏이가 열 살이 넘으면서 보모마저 두지 않았다. 돈이 모자란다는 핑계였다. 세 살 이전의 아이가 있을 때만 보모를 뒀다. 모든 것을 아이들에게 맡겼다. 나는 항상 거지 차림이었고, 아이들에게는 동냥하러 다닌다고 말했다. 나는 할머니가 아버지를 키울 때와는 반대로 했다. 부모가 가난하면 아이들은 어떻게 성장할까? 그것을 알아보기 위한 것이었다. 아이들은 내 몰골만 봐도 고생한다는 것을 알고 자랐다. 항상 식량을 빠듯하게 사 놓았지만, 끊어지진 않았다. 일주일치의 돈을 통장에 넣어 두었다. 맏이는 항상 그 돈으로 모든 것을 해 나갔다.

처음 새로운 아이가 들어오면 먼저 들어 온 아이들을 보고 자신의 일은 당연히 자신이 알아서 하는 것으로 알며 자라는 아이들이 대견했다. 가끔 장모님이 오셔서 외손자를 데리고 가겠다고 했지만, 아들

녀석조차 고생하는 아버지하고 산다고 말했다. 그런 말을 들을 땐 할머니가 생각나 코끝이 시큰거렸다.

그렇게 지금까지 22년을 살았다. 나는 항상 맏이에게 미안했다. 맏이는 대학을 가지 못했다. 맏이는 자기가 안 간 것이라고 말하지만, 나를 돕기 위한 선택이었다. 해 준 것도 없는데 잘 따라주는 맏이가 고마웠다. 막내가 고등학생이 되었을 때, 맏이를 위해 빵 가게를 차렸다. 맏이는 빵 가게를 운영하는 와중에도 막내를 위해 아침밥을 챙겼다. 다른 아이들은 모두 대학을 졸업하고, 자기 갈 길을 가고 있다. 맏이는 나보다 활기차게 일을 했다. 남은 빵을 노숙자들에게 나눠주는 맏이를 보면서, 가끔 노숙자들 줄에 서 보기도 했다.

"아빠는 빵 없어요. 노는 사람에겐 빵을 줄 수 없어요."라고 맏이는 내게 농담을 했다. 노숙자들이 우리의 대화를 듣고 웃곤 했다. 아이들은 내 말은 듣지 않아도 맏이의 한마디에 해외에 나가 살던 아이들까지 움직였다. 그런 맏이가 사랑스럽다. 열세 명의 아이가 북적대던 집은 이제 연말에나 북적거렸다.

몇 달 동안 이랑골에 와 기웃거리는 것은 혈육에 대한 그리움이었을까? 김 씨 아저씨는 내가 누군지 이미 알고 있었다. 기차역에서 할머니와 아주머니 그리고 당직 아저씨께서 이야기하던 날 밤, 다녀간 아주머니가 김 씨 아저씨의 부인 즉 외숙모였다. 외숙부께서 극구 집문서를 받으라는 것이다.

"외숙부님, 전 이런 것 필요 없습니다. 제가 이 마을을 찾은 건 어머니의 산소와 아버지의 이야기를 듣고 싶어 왔습니다."

"찾을 필요 없네, 알고 있으니까. 자네 조모가 며느리와 아들을 뒷산에 묻어 줬네. 그리고 이 집문서는 받게, 외조부의 유언은 유언일세. 나의 의지는 아니라는 이야길세."

"전, 돈이 있어도 쓸 줄 모릅니다. 할머니 재산도 어떻게 해야 좋을지 생각하는 중입니다." 그놈의 생각을 30년 가까이 하고 있다.

"그놈의 고집은 어째 지 어미랑 똑같은고!" 외숙부님은 혀를 찼다. 나는 대꾸를 하지 않았다. 오빠들과 부모의 만류도 뿌리치고 가출을 한 엄마의 고집을 모르는 것이 아니었기 때문이다.

"조카, 애들은 어떡할 건가?" 외숙부님은 말을 이었다.

"애들은 왜요?"

"다 끌어안고 살 수는 없잖은가?" 외숙부님은 기가 막힌다는 듯 말했다.

"다 알아서 잘 크니 걱정하지 않으셔도 돼요."

"아이들도 아이들이지만 자네 이젠 그만하게! 나이가 이젠 객사할 나일세! 그런데 왜 그렇게 사는가? 돈 때문도 아니고!"

외숙부님은 내가 걱정스러운 모양이었다. 하지만 나도 어쩔 수 없는 일이었다. 많은 문학 서적과 교육학 그리고 할머니의 책 사이에 무엇이 옳은지 그리고 연결 고리를 찾기 위해 자료를 모으고 분석하는 중이었다. 언제 끝날지 모르지만 그것이 나의 인생의 과업처럼 느껴졌다. 할머니가 완성하지 못한 인간 성장의 비밀을 풀어야 내 삶의 목적을 이루었다고 눈을 감을 수 있을 것 같았다.

〈인간의 성격 형성에 유전이 있을까? 인성에는 유전이 있을까? 무엇이 인간의 성공과 실패를 좌우할까? 고통과 슬픔이 왜 성장에 도움이 될까? 인간에게 학교가 필요할까? 방치한 아이와 떠받들어 키운 아이 중 누가 더 잘 살까? 실패 없는 인생이 있을까?)

브레인 디자이너

아, 잘 잤다! 이불을 뒤적이며 침대에 앉았다.

'잠은 잘 잤는데…… 알람이 왜 안 울렸지? 아, 방학이지!' 16살, 중3, 오늘부터 겨울방학이다. 고1부터 수능대비 공부를 해야 한다고 야단인 엄마와 수능 보기 전에 미리 놀아야 한다고 말하는 나와의 전쟁이 시작된 것이다. 65만 수능생 중 1등급을 맞아야 서울에 있는 좋은 대학에 갈 수 있단다. 1등급이면 4%, 최소한 2만 6천 등 안에 들어야 우리 엄마가 원하는 대학에 갈 수 있다. 하지만 나의 내신은 딱 중간인 5등급이다. 엄마는 내게 별을 따 달라는 것이다. 이제까지 반에서 1등은커녕 10등 안에도 들어가 본 적이 없는 내게 2년만 열심히 하면 1등급을 맞을 수 있다고 거짓말을 한다.

공부보다 건강이 최고라는 우리 아빠. 남자는 덩치도 있어야 하고, 키도 커야 되고, 운동도 잘해야 한다고 말한다. 그런 우리 아버지 키는 169, 몸무게 80. 나를 보고 무슨 키를 따지실까! 그리고 시험만 치면 몇 점이냐고 왜 물어 보실까! 이제는 학원비, 과외비, 뭐든 다 대줄 테니 성적만 올리란다. 난 게임이 좋은데. 생각만 해도 머리가 아프다.

"양준혁, 나와서 밥 먹자! 아빠 나오셨다." 엄마의 목소리였다.

"네, 가요! 세수하고 있어요." 얼른 일어나 물을 묻히고 밖으로 나갔다.

"아줌마! 준혁이 밥하고 국 좀 주세요!"

"네! 사모님!"

"넌 방학인데 머리 감을 시간이 없는 거냐 아니면 게으른 거냐?" 아버지의 한마디에 서늘함이 느껴졌다. 아버지는 성적을 물어보는 것을 제외하고 나와 놀아준 적도 살갑게 말 한마디 한 적도 없었다. 내가 놀건, 공부하건 일절 간여를 하지 않았다. 내게 매를 든 적도 잔소리를 하는 것도 아닌데 아버지의 말 한마디에 왠지 주눅이 들었다.

"늦잠 잤어요. 방학이라……." 나의 대답의 끝은 꼬리를 내리고 있었다.

"양준혁! 이제 1년 남았다. 1년 이내에 전교 10등 안에 들지 못하면 짐 싼다. 알아들었지?" 아버지의 목소리는 나지막하고 무거웠다.

"네." 다른 대답을 찾을 수가 없었다. 물론 대책도 없었다. 몇 해 동안 반복해 온 아버지의 경고였다. 중학생이 된 이후 성적표를 받을 때마다 들었던 아버지의 경고, 그것이 무엇인지 알 수 없지만 그 말을 할 땐 아버지의 눈이 매서웠다. 그때까지 짐을 싼다는 것은 기껏해야 학교에서 가는 캠프나 가족 여행이 고작이었다. 무슨 짐을 싼다는 것인지 나로서는 이해도 가지 않았지만 애써 무시했다. '설마, 수능이 가까워 오는데……'라는 생각이 들었다.

"애, 체하겠어요! 준혁아, 밥 먹어." 엄마는 항상 내 편이었다.

밥을 먹고 방으로 들어와 책상에 앉았다. 인터넷 강의를 듣기 위해 컴퓨터를 켰다. 그리고 교재를 책상 앞에 놓았다. '방학 첫날부터 공부를 해야 돼? 게임이나 한판 하고……' 하면서 얼마 전에 나온 롤이라는 게임에 마우스를 올리려는 순간 엄마가 들어왔다. '휴!' 속으로 아찔했다. 엄마는 "우리 준혁이 웬일로 인강을 다 듣네!" 하면서 책상에 우유를 한 잔 올려놓고 나갔다.

"엄마는 날 뭐로 보고……."

'이제 안 오겠지!' 게임을 열고 인터넷 강의를 열었다. 다시 게임을 화면에 띄웠다. 한 시간 반 동안 게임을 하다가 화장실을 가려고 인강을 화면에 띄웠다. 그리고 이어폰을 스피커에서 빼고 볼륨을 올렸다. 문을 열고 나가면서 기지개를 켰다.

"아이고, 우리 준혁이 공부하느라 힘들지?" 텔레비전을 보던 엄마가 나를 보고 말했다.

"아줌마, 배 좀 깎아줘요." 엄마의 목소리가 들렸다. 나는 화장실로 갔다가 다시 방으로 들어왔다. 엄마가 곧 배를 들고 들어올 것 같아 인강 교재를 읽으며 아무 곳이나 줄을 그었다.

엄마는 "자, 배 먹으면서 좀 쉬엄쉬엄 해." 하고는 배를 책상 위에 놓고 나갔다. 낮에는 그렇게 게임을 했지만 밤에는 더 쉬웠다. 아버지가 늦게 들어올 때를 제외하고 11시만 되면 부모님은 잠자리에 들었다. 11시까지 눈치를 보며 공부를 하기도 하고 게임을 하기도 하지만 11시 이후에는 문을 잠그고 마음대로 게임을 했다. 그러다 보니 아침에 일어나는 시간이 점점 느려졌다.

"준혁아, 공부도 시간을 정해놓고 공부를 해야 능률이 올라. 아침에 못 일어날 정도로 늦게까지 하면 낮에 정신이 없어서 공부가 안 돼!"라고 아버지가 밥을 먹으며 말했다.

"방학 때는 그냥 지 컨디션에 맞춰 하라고 하세요. 방학인데 그런 것까지……." 엄마가 대신 대답해 주었다. 그런 말을 할 땐 처음에는 죄송했지만 시간이 지날수록 그런 죄책감도 사라졌다. 차츰 아침에 일어나지도 못하고 아예 아침을 먹지 않았다. 엄마는 방학인데 머리도 식힐 겸 캠프라도 가지 않겠느냐고 물었지만 나는 반대했다. 쓸데없이 그런 곳에 왜 가냐고 하며 돈을 아끼자고 말했다. 엄마는 돈을 아끼자는 말조차 대견한 모양이었다. 가족이 함께 외식을 할 때도 공부를 해야 한다고 빠졌다.

그렇게 겨울방학을 보내고 고1이 되었다. 아침에 일어나는 것이 곤혹스러웠다. 가끔 학교에 가기 싫어 피시방에 들렀다가 점심시간에 학교에 갔다. 선생님이 왜 이렇게 늦었느냐고 물으면 감기 때문에 병원에 들러 왔다고 핑계를 댔다. 처음에는 별 문제가 없었다. 수업시간에는 쏟아지는 졸음을 참을 수가 없었다. 수업시간에는 자고 집에서는 게임을 하는 것이 반복되었다.

"아니, 성적이 이게 뭐야? 도대체 공부하는 게 맞아?" 엄마가 갑자기 난리가 났다. 중간고사 성적이 인터넷에 뜬 모양이었다. 성적이 24등이었다.

"양준혁, 성적이 왜 이래? 24등이라니?" 대답이 없자 엄마가 다시 다그쳤다. 나는 할 말이 없었다. 하지만 잔소리도 듣기 싫었다.

"해도 안 되는데 어떡해?" 하고 소리를 지르고 방으로 들어가 문을 잠가버렸다. 저녁이 되자 아버지가 들어왔다.

"양준혁, 이리 나와! 안 나오면 문 따고 들어간다."

나는 할 수 없이 응접실로 나갔다. 엄마는 소파 깊숙이 몸을 기대고 앉아 힘없이 한숨을 내쉬고 있었다.

"이리로 와서 앉아!" 아버지가 화났을 때 나오는 특유의 음이 나오고 있었다. 나는 조용히 엄마의 맞은편 소파에 앉았다.

"너 게임하지?"라는 아빠의 말을 들었을 때 소름이 돋았다.

"아뇨." 나는 단호하게 대답했다.

"여보, 닥터 컴퓨터 불러!" 아버지는 엄마를 보고 말했다.

"뭔 갑자기 닥터 컴퓨터예요?" 엄마는 그럴 리가 없다는 듯 대꾸했다.

"부르라니깐! 그리고 너 게임했으면 컴퓨터 몰수야! 빨리 안 부르고 뭐 해!"라고 다시 아버지가 소리를 질렀다. 아버지도 화가 단단히 난 모양이었다. 나는 조마조마했다. 엄마가 전화기를 들었다.

"했어요."라고 작은 목소리가 내 입에서 흘러나왔다. 그 순간 나는 별을 보았다. 아버지의 거친 손이 얼굴로 날아왔다. 엄마는 화난 아버지를 말렸지만 당해낼 수는 없었다.

"너, 이 개새끼 이리와! 거짓말로 끝끝내 버팅기다가 전화한다니깐 말해? 이런 놈을 자식 놈이라고 믿고 있어! 너 오늘 나한테 죽어봐!" 하면서 골프채를 꺼냈다.

그렇게 호되게 당하고 나는 컴퓨터를 빼앗겼다. 며칠 동안 게임을 못 하니 정신이 없었다. 그리고 공부를 하겠다고 학원에 보내달라고 엄마에게 말했다. 엄마가 학원을 알아봤지만 학원도 시험을 보고 들어가는 수준별 학습이었다. 학원이 명문학원이 있다는 것을 처음 알았다. 엄마는 웃돈을 주고 3개월씩 한꺼번에 납부한 후에 등록하게 되었다. 그런데 막상 들어가 보니 대부분 나 같은 아이들이었다. 엄마는 나를 명문학원에 넣었다고 뿌듯한 모양이었다. 학원 아이들은 대부분 자거나 스마트 폰으로 놀다가 버스를 타고 집으로 갔다. 나는 집이 가까워 걸어 다녔다.

학원에 다니면서 친구들에게 정보를 들었다. 부모들은 학원에서 공부할 때 배가 고프니 돈을 달라고 말하면 얼른 준다는 것이었다. 그리고 명절을 기준으로 말을 잘 들으면 용돈이 두둑하다는 것도 알았다. 그래도 돈이 없으면 어린 아이들에게 삥을 뜯으라는 것이다. 그리고 피시방 갈 시간을 만들려면 조금씩, 조금씩 집에 도착하는 시간을 늘려야 한다는 것도 알았다.

그렇게 아이들에게 삥을 뜯고 피시방을 다니다가 또다시 엄마에게 걸렸다. 엄마는 동네에서 창피하다고 차라리 집에서 공부하라고 하면서 다시 컴퓨터를 사 주었다. 그러다가 학교도 빼먹기 시작했다. 가끔 엄마한테 소리를 지르거나 물건을 던지면 엄마는 모든 것을 포기하고 졸업장이라도 받으려면 학교라도 다니라고 울면서 말했다. 처음에는 엄마의 울음에 마음이 안 좋았지만 시간이 지나자 야릇한 희열이 느껴졌다.

그러던 어느 날, 그날도 밤늦게까지 컴퓨터 게임을 하고 늦잠을 자고 있었다.

"너, 양준혁이지? 일어나!" 지금까지 한 번도 들어본 적이 없는 서늘한 목소리였다. 자다가 깜짝 놀라 몸을 웅크렸다. 뭔가 낌새가 이상했다.

'우리 집이 아닌가? 분명 집에서 잤는데! 이불도 내 이불인데?'

"양준혁! 안 일어나면 이대로 들고 나간다!" 하더니 이불을 걷어 젖혔다. 팬티만 입은 알몸이 드러났다. 나는 묵직한 목소리에 눌려 귀찮다는 듯이 일어나려는 순간 얼굴로 무엇인가 날아왔다.

"이거 입어! 학생 놈이 11시까지 자빠져 잔다고?" 그의 목소리는 날카롭고 차가웠다.

"왜 이러는지 알지? 반항하면 너만 추해 보여! 조용히 따라 와! 허튼 짓하면 그땐 죽는다!" 이번에는 나직하면서도 무게가 느껴졌다. 허리를 휘면서 느리게 눈꺼풀을 열었다. 깜짝 놀랐지만 놀란 표정을 짓지 않았다. 세 명의 건장한 형들이 나를 노려보고 있었다. 그중에 눈이 날카롭게 생긴 형이 내게 말하고 있었다. 세 명 모두 나보다 서너 살은 많아 보였다. '여긴 분명히 우리 집인데?' 이상한 생각이 들었다. '엄마는 이럴 때 어디 간 거야?'라고 생각하면서 트레이닝복을 주섬주섬 입었다. 그리고 형들을 따라 방문 밖으로 나왔다.

"엄마가 니 편 들어줄 것 같지? 따라 와!"

'헉, 어떻게 알았지?' 뭐가 뭔지 알 수가 없었다. 내 방을 나오자 거실 쪽에 엄마가 아무 말 없이 무표정한 얼굴로 물끄러미 나를 바라보고 있었다.

"엄마! 나 안 가!" 하고 획 돌아서 엄마가 있는 곳으로 가려는 순간 누군가에 의해 우악스럽게 나의 머리채가 잡혔다. 고개가 뒤로 젖혀졌다. 그리고 옆구리를 가격당하며 끌려 나왔다. 양쪽에 팔짱을 끼고 한 명은 뒤에서 트레이닝복 바지의 허리춤을 거머쥐었다. 욱! 하는 소리와 함께 반항도 할 수가 없었다. 엄마를 향해 돌아볼 엄두조차 나지 않았다.

"가방 챙겨서 나갈 테니까 차 타고 있어!" 키가 작은 50대 초반의 아저씨가 엄마와 이야기를 하다가 우리를 향해 말했다.

"네!" 세 명의 덩치들이 동시에 대답했다.

'드디어 끌려가는 구나! 짐을 싼다는 것이 이것이었구나!' 순간 후회스럽기도 하고 허탈하기도 했다. 반항을 포기할 수밖에 없었다. 승강기에 올라타니 친하게 지내진 않았지만 가끔씩 마주쳤던 15층 아주머니와 18층 아저씨가 나를 쳐다보고 있었다. 두 분 모두 끌려가는 나를 보고 아무 말도 하지 않았다.

"공부는 안 하고 사고만 쳐서 끌려가는 거예요." 눈이 날카롭게 생긴 형이 걱정스러운 눈으로 쳐다보는 사람들에게 대답하는 것 같았다.

"준혁이, 착하다더니 그게 아니었나 보네?" 15층 아주머니가 빈정거렸다.

'미친년! 뭐래!' 하면서 평소에는 한바탕 퍼부었을 텐데 잡혀가는 중이라 말이 나오지 않았다. 오히려 나 자신이 멍하게 느껴졌다.

"엄마가 대단하시네! 못 보낸다고 하시더니……. 이놈아! 그러게 있을 때 잘하지!" 엄마와 친한 18층 세탁소 집 민정이네 아버지가 말했다.

'니 자식이나 잘하라 그래! 미친놈아!' 멍한 상태에서도 욕이 떠올랐다. 승강기를 타고 내려오자 이젠 경비 아저씨가 끌려가는 내 모습을 보려고 뛰어나왔다.

"야, 이놈아! 그러게 좀 일찍 일찍 다니고 공부도 좀 하라고 했지!"

'저건 또 뭐래! 미쳐! 씨발! 아니 나만 몰랐어? 저 쭈구렁탱이도 알고 있었어? 씨발 쪽팔려서! 엄마가 나를 속였다 이거네! 어디 두고 보자!' 하고 식식거리고 있는데 갑자기 픽! 하는 충격이 왔다.

"똑바로 걸어 새끼야!" 허리 부분을 잡고 있던 날카롭게 생긴 형의 둔탁한 주먹이 날아온 것이었다. 눈만 쳐다봐도 무서움에 떨 정도였다.

"네!" 나는 완전히 낙동강 오리알 같았다. 세상의 모든 것이 나의 적이었다. 여기가 우리 집 아파트 단지라는 것조차 느낄 수가 없었다. 여기는 내 세상인데 내 구역이라고 생각하고 살았는데 게임처럼 순식간에 적들의 진지로 바뀌어 있었다. 내가 슬리퍼를 신고, 트레이닝복을 입고, 세 사람에게 끌려가고 있다는 것조차 느껴지지 않았다. 도움을 청할 수도 달아날 수도 없는 적들이 하자는 대로 해야 하는 그런 처지였다. 아무런 생각도 없이 멍할 뿐이었다.

형들에게 떠밀려 봉고차에 올라탔다. 가장 뒷좌석의 중간에 앉았다. 양옆으로 형들이 앉고 앞에는 보기에도 서늘한 형이 앉았다. 아무런 말이 없었다. 그런데 조수석에 누군가 의자 깊숙이 누워 있다가 꿈틀거리며 허리를 세웠다. 머리카락이 반백이었다.

"니가 준혁이지?" 조수석에 앉아 정면을 쳐다보며 말하니 목소리가 조그맣게 들렸다. 난 귀찮기도 해서 대답을 하지 않았다. 또다시 픽! 하고 고개를 숙이고 있던 내게 주먹이 날아왔다.

"안 들리는 척하지 마, 새끼야! 이게 쇼도 할 줄 아네!"

"네! 준혁입니다!" 어느새 나의 목소리가 커져 있었다.

"왕쌤이 부르시면 대답 잘해! 안 그러면 너 내 손에 죽어!" 그렇지 않아도 매서운 눈매의 얼굴 근육이 살아 움직였다. 힘이 들어간 얼굴은 깔리는 목소리와 함께 나의 뇌를 긴장시켜 몸이 경직되게 만들었다. 머리가 반백인 노인은 허리를 세우더니 뒤로 돌아 앉았다. 얼굴은 어디서 본 듯한 얼굴인데 기억이 나지 않았다.

"양준혁! 엄마가 경고했지! 공부하라고! 아빠도 말했을 텐데?"

나는 노인이 대답을 하라는 것인지 자신이 더 말하려는 것인지 순간 헛갈렸다. 말끝이 흐렸기 때문이었다. 하지만 분위기상 왠지 대답을 해야 할 것 같았다.

"네! 엄마는 성적을 올리라고 경고했고, 아빠는 공부 안 하면 짐 싼다고 말했습니다!" 긴장한 탓에 큰 소리로 대답했다. 그러는 사이 뒷문이 열리며 눈에 익은 트렁크가 차의 중간 좌석에 놓였다. 그리고 운동화와 슬리퍼도 차 안으로 들어왔다. 운전석에 앉은 사람은 내가 집에서 끌려나올 때 엄마와 거실에서 이야기하던 사람이었다.

'우리 엄마가 미리 준비해놨단 말이지! 씨발년! 어디 두고 보자!'

차는 서울 시내를 빠져나와 강변도로를 달리고 있었다. 아무도 말을 하지 않았다. 오른쪽에 앉아 있던 뚱뚱한 형은 졸고 있었다. 나도 역시 멍한 상태로 자다가 말다가 눈을 뜬 상태였다. 압도된 분위기에 반항은 엄두도 나지 않았지만 포기하니 마음은 오히려 편했다. 올 것이 왔다는 심정이었다. 오히려 엄마를 헐뜯고 싸우던 때보다 마음이 편했다.

'저건 고등학교 교과선데?' 눈이 매서운 형이 고3 수학 교과서를 뚫어져라 쳐다보고 있었다. 왼쪽의 덩치가 작은 형은 이어폰을 귀에 꽂고 있었다. 주머니를 뒤적거렸지만 휴대폰을 챙기지 못했다는 것을 알 았다. 하는 수 없이 다시 눈을 감았다. 하지만 잠이 오지 않았다.

얼마나 시간이 지났을까? 차는 덜컹거리며 양쪽으로 파란 벼가 군데 군데 노랗게 변해가는 논 사이 길을 달리다가 산속으로 들어가기 시작 했다. 갑자기 바퀴에서 자르륵! 소리가 나더니 멈췄다.

"다 왔다, 내리자!"

머리가 반백인 노인이 먼저 문을 열고 내렸다. 나는 세 형들을 따라 내렸다. 현관문 앞에 내 또래로 보이는 아이들과 동생들이 여러 명 서 있었다. 좌우 뒤를 살펴봐도 근처에는 집이 없었다. 외딴집은 펜션처럼 생긴 아름다운 2층 건물이었다. 2층 베란다에는 빨래가 널려있었다. 마당 우측에는 나지막한 소나무가 둥근 공 모양을 하고 있었고 건물 주위로 난 화단에는 서울에서 보지 못한 꽃들이 심어져 있었다. 오른 쪽 잔디밭에 파라솔이 하나 놓여 있고 짚으로 엮은 동굴처럼 생긴 장 독대도 있었다.

아이들은 나를 보러 나온 것인지 선생님을 마중 나온 것인지 우르 르 현관문을 나와 인사를 하더니 둥그렇게 주위를 둘러싸고 형과 누나 로 보이는 여자가 내 짐을 내려 집 안으로 옮겼다.

"양준혁, 따라 와!"

엄마랑 상담을 하고 운전을 하던 사람이었다. 가만히 눈매를 보니 마 치 독사 같았다. 작은 눈에 구슬이 박혀 있는 것 같았다.

"네!"

집 안으로 들어가니 넓은 거실과 벽난로 그리고 안쪽에는 피아노가 놓여 있었다. 천장은 2층까지 뚫려 있고 벽의 사방으로 난간이 보였다. 방이 많은 것 같았다. 벽에 걸린 시계를 보니 4시였다.

"중학생들은 공부방으로 가고 고등학생들만 여기 앉아 봐! 그리고 양준혁 넌 여기 앉아!" 운전을 하던 사람이 말했다.

"네!" 하고 자리에 앉고 보니 창가에 소파가 있었고 거기에는 조수석에 있던 노인이 앉아 있었다. 그는 오른쪽 손바닥을 펴고 올리더니 싱긋 웃고는 다시 내렸다.

'뭐지? 저 늙은이는……. 난 긴장돼 죽겠는데 지는 놀고 있네!'

"양준혁 너 뭐 해! 이쪽으로 안 돌아! 이 새끼가 정신 못 차리네!"

돌아보니 이미 고등학생 6명이 빙 둘러 앉아 있었고 매서운 눈을 가진 형이 서서 나를 노려보고 있었다.

"너! 집에서 조용히 나가라고 했지!"

"네!" 나를 쳐다보는 다른 학생들 때문에 분위기가 이상하다는 생각이 들어 자세를 고쳐 무릎을 꿇었다.

"근데 엄마는 왜 불렀어!"

"……"

"대답 안 하지!" 한걸음 앞으로 다가오며 말했다. 나는 긴장하기 시작했다.

"끌려오기 싫어서요!"

"뭐? 끌려오기 싫어서? 너 끌려왔냐? 니가 오고 싶어 안달했잖아! 여기 오고 싶어 게임하고 공부도 안 하고 친구들하고 사고만 쳤다며? 학교도 안 가고!"

"공부 안 한다고 다 이런 데 끌려와야 돼요? 우리나라는 민주주의 사회인데요."라고 말했다. 그 말에 누군가 "미친놈!" 하고 한마디 하자 모두 웃기 시작했다. '왜 웃지? 내가 잘못 말했나?' 내가 바보가 된 것처럼 어안이 벙벙했다. '학교에선 통했는데'

"여기 개똥철학자 존슨 또 있네!" 노인네의 한마디에 또다시 웃어댔다.

"그래, 민주주의 사회! 좋지! 나도 민주주의 사회에 사니 내 맘대로 해도 되겠네! 지랄아! 몽둥이 가져와라!"라고 말하니 차 안에서 자고 있던 뚱뚱한 형이 일어나 현관문으로 나갔다. 운전을 하던 독사눈이 일어나며 하는 말이었다.

"민주주의 사회라 니 맘대로 게임하고 니 맘대로 학교도 빼먹고 엄마한테 지랄이나 하고 그랬다 이거지! 그럼 난 민주주의 사회니 내 맘대로 널 조지면 되겠네! 음! 민주주의 좋아!" 독사눈을 가진 아저씨는 입가에 미소를 띠고 말했다. 나는 속으로 '뭐 이딴 데가 다 있어!'라고 생각했다.

"그래도 사람을 때리면 안 되죠!"라고 다시 말했다.

"뭐? 뭐라고? 사람을 때리면 안 된다고?"

"네. 폭력이잖아요!" 나는 더 강하게 말했다.

"니가 아프면 폭력이고 너희 부모님이 너 때문에 가슴에 피멍이 들도록 아프게 한 건 뭐냐?" 독사눈으로 나를 노려보며 말했다.

"그건 부모니까요! 가족이잖아요!"

"그래? 가족이 뭔데?" 독사눈이 이번에는 건들거리며 말했다. 그때 밖으로 나갔던 지랄이라는 사람이 긴 각목을 들고 들어와 독사눈에게 건넸다.

"같이 살며 서로 챙겨주고 사랑하는 사람요." 나는 생각나는 대로 내뱉었다.

"그래? 좋았어! 넌 우리랑 같아 살아야 되고 챙겨줘야 되고 난 너를 사랑할 거니까 니 말대로 가족 맞지? 그럼, 패도 되겠네! 엎드려! 그놈의 개똥철학 언제까지 펼치나 두고 보자!" 하고 긴 각목으로 위치를 가리켰다.

'이건 또 무슨 개 같은 소리지? 요즘 세상에 사람을 패다니! 뭐 이런 개 같은 경우가 다 있어!'라는 생각이 들었다.

"난 못 엎드려요!" 집에서도 맞아 본 적이 없는데 내가 왜 맞아야 되는지 이해가 되지 않았다. 미칠 것만 같았다.

'우리 엄마, 아빠는 여기가 이런 곳인 줄도 모르고 보냈다 이거지! 어디 두고 보자! 나가면 다 죽었어!'

"뭐? 못 엎드려!"

"네! 우리 엄마한테 전화할래요!"

"왜! 이럴 땐 엄마 찾냐?"

"그게 아니라 우리 엄마도 여기가 이런 곳이란 걸 알아야 할 것 아니에요?"

"빙~신, 지랄하네!" 소파에 앉아 있던 노인이 한쪽 눈을 치켜뜨고 웃으며 한마디 했다. 그러자 갑자기 앉아 있던 사람들이 웃기 시작했다.

'이건 또 무슨 반응이 이래? 난 미치고 억울해 죽겠는데.'

"자! 여기 봐!" 독사눈을 치켜 뜬 사람이 종이 한 장을 펼쳐들었다.

나는 내 눈앞에 펼쳐진 종이 한 장을 보고 질려버렸다.

〈각서. 나는 양준혁의 부모로서 아이가 반항을 하거나 탈출을 시도할 때 또는 말을 듣지 않을 때 체벌과 손찌검으로 아이가 다치더라도 책임을 묻지 않겠습니다.〉 대충 그런 뜻의 내용이었다. 날짜와 부부의 사인이 들어가 있었다.

어떻게 내게 그래도 자식인데 이럴 수가 있단 말인가? 환장할 노릇이었다.

"그래도 난 못 맞아요!" 나는 오기가 발동했다.

"미친놈이 매가 무섭나 보네? 미친놈은 매가 약이야! 얘들아 붙잡아!"

노인의 한마디에 앉아 있던 사람들이 달려들기 시작했다. 나는 매를 맞아 본 적이 없었다. 그것은 공포의 대상이었다. 발버둥을 치자 덩치 큰 형들이 팔과 다리 그리고 목덜미가 잡혀 결국 거실 중앙에 패대기 쳐진 개구리처럼 대자로 엎드렸다. 그리고 매질이 시작되었다. 처음에는 아프더니 20대가 넘어가자 감각이 없어졌다. 정신이 몽롱해졌다. 갑자기 찬물이 얼굴에 확 뿌려지면서 정신을 차렸다.

"양준혁! 제대로 앉아!" 독사눈의 앙칼진 목소리가 들렸다. 나는 누가 시키지도 않았는데 무릎을 꿇고 자리에 앉았다.

"죄송합니다." 나도 모르게 그 말이 나왔다.

"양준혁, 왜 개똥철학, 또 펼쳐 봐!" 노인은 아까보다 더 강한 목소리로 말했다.

"니가 뭐가 죄송한데? 죄송한 걸 얘기해 봐!" 이번에는 웃으면서 말하고 있었다.

저 노인은 이 상황이 우스운가? 사이코패스 같았다.

"넌 내가 미쳐 보이지? 웃으니까! 그래 난 사이코패스고 넌 엄마한테 반항하는 미친놈이야! 넌 니 엄마한테 피해를 주지만 사이코패스는 가족에게 피해 안 줘! 이 미친놈아!" 노인은 핏대를 세우고 말했다.

처음에는 내 마음이 들킨 것 같다는 생각이 들었지만 갑자기 엄마에 대한 생각으로 울음이 터졌다. 그동안 엄마한테 잘못한 일들이 스쳐갔다. 욕하고 유리창을 부수고 휴대폰을 집어던졌던 모든 일들이 떠올랐다. 꿇어 앉아 있던 젖은 몸을 앞으로 엎드리며 두 팔이 물이 흥건한 바닥에 닿자 '척' 하는 소리가 났다. 고개를 푹 숙이고 엉엉 울기 시작했다. 한참을 그렇게 몸을 들썩이며 울었다. 울음이 그치자 주위가 너무 조용했다. 정신이 들기 시작했다.

'사람들이 옆에 있었는데……'라는 생각이 들었다. 그 순간 부끄럽다는 생각이 들었다. 고개를 들고 주위를 살폈다. 앉아 있던 사람들도 얼굴이 상기되어 있었다.

'날 때려놓고 저건 또 무슨 표정이지? 내 마음을 안다는 건가?'라는 생각도 들었지만 지금까지 한 번도 느껴보지 못한 이상야릇한 느낌이 싫진 않았다.

"양준혁! 넌 이제 스카이대 갈 때까지 여기서 절대 못 나가." 노인은 '절대'라는 말을 강하게 내뱉었다.

'이건 또 뭔 소리야! 성적이 바닥인데 뭔 스카이대? 내가 공부를 한다고? 어떻게? 왜! 여긴 대체 뭐야!'라는 생각에 무슨 소릴 하는지 이해가 되지 않았다.

"그리고 6개월 동안 절대 공부하지 마! 일도 하지 말고 저 방 안에서, 니가 하고 싶은 대로 해! 알았지? 그리고 저녁 준비하자. 해산!"

아니, 스카이대 가라면서 6개월 동안이나 놀라고? 일은 또 뭐고? 저 방에서 하고 싶은 대로 하라고? 노인의 말이 정리가 되지 않았다. 자리에서 일어나려는데 무릎은 물론 엉덩이 부분이 끈적거리며 쓰렸다.

"애들아! 다시 모여 봐!" 겨우 일어나 움직이려는데 노인의 쩌렁쩌렁한 목소리가 집 안에 울려 퍼졌다. 아이들이 우르르 모여들었다. 그리고 내게 아이들을 소개하고 오늘 있었던 일과 저녁식사에 대한 이야기를 주고받았다. 나의 귀에는 아무 소리도 들리지 않았다. 생전 처음 물을 뒤집어쓰고 맞았지만 오히려 속은 후련했다.

"나머지는 5시 50분 되면 밥 차리고 성민아, 넌 제 옷장하고 잠자리를 가르쳐 줘!"

"네! 왕쌤!"

성민은 나보다 한 학년 어린 중3이었다. 나는 성민을 따라 방으로 갔다. 성민이라는 아이는 한눈에 봐도 착하고 순진해 보였다. 방에는 이층침대 2개와 옷장이 4개 있었다. 나의 잠자리는 침대의 2층이었다.

"진짜 6개월 동안 내 맘대로 놀아도 돼?"라고 성민에게 물었다.

"웅! 티비하고 컴퓨터, 전화기만 빼고 형 맘대로 해도 돼!" 성민은 말도 예쁘게 했다.

"그거 빼면 뭐 있어?"

"그건 형이 생각해야지!"

성민의 말에 나는 망치로 한 대 맞은 것 같았다.

'아니 그것 빼고 뭘 생각하라는 거지, 그리고 그건 내가 생각해야 한다니 나보다 어린놈이?' 황당하기만 했다. '어떻게 저 나이에 저런 말을 하지?'

"알았어! 여기서 시내까지 머냐?" 몇 마디 말을 하다 보니 성민에게 익숙해졌다.

"형이 올 때 그 길로 거의 두 시간은 걸어 가야할걸? 그리고 형 옷 갈아입어. 다 젖었어!"

"근데 여기가 어디야?" 옷을 갈아입으며 말했다. 하지만 바지가 허벅지에 달라붙어 벗을 때 쓰렸다.

"근데, 그런 건 왜 자꾸 물어? 양평이야! 그리고 씻어야 하니까 얼른 나와!"라고 하면서 성민은 거실로 나갔다. 나는 옷을 갈아입고 밖으로 나갔다. 어린 중학생들이 밥상을 차리며 나를 힐끗힐끗 쳐다보았다.

"형! 여기 수건 챙겨서 들어가! 얼른 씻어. 밥 먹어야 되니까 빨리 하고 나와!"

말은 깔끔한데 듣는 나로서는 뭔가 기분이 좋지 않았다. 마치 자기가 엄마인 것처럼 말하고 있었다.

나는 그날 샤워를 하고 저녁을 먹은 후 또 다시 매타작을 당했다. 여기가 어딘지 시내로 나가려면 얼마나 가야 하는지 물어본 것이 화근이었다. 그것은 탈출하려는 의도라는 것이었다. 억울하지만 맞아야만 했다. 맞은 허벅지에 또 맞으니 처음 맞을 때보다 훨씬 더 아팠다. 그 이후 여기서는 아무 말도 하지 말아야겠다는 생각이 들었다.

다음 날, 아침 6시 30분에 일어났다. 밥을 먹는 것을 제외하고 혼자 침대에 등을 기대고 앉아 있었다. 처음에는 엄마의 잔소리가 없어 너무 좋았다. 앉아 있으니 허리도 아프고 졸리기 시작했다. 침대 2층으로 올라가 누웠다. 졸음이 쏟아졌다.

"양준혁! 점심 먹어!" 처음에는 엄마가 부르는 줄 알았다. 밖으로 나가 보니 다른 사람들은 이미 밥을 먹고 있었다. 금방 자고 일어나 먹으려니 밥이 들어가지 않았다. 주위를 둘러보니 나를 포함해 15명이었다. 모두다 밥그릇을 깨끗이 비우기에 나도 억지로 다 비웠다. 다 먹은 밥그릇을 부엌으로 갖다놓기에 나도 그렇게 했다. 이를 닦고 공부방으로 가는 사람, 거실에서 공부하는 사람, 각자가 자신의 위치로 가는 것 같아 나도 방으로 들어왔다. 또 다시 잠이 들었다. 할 일도 없을 뿐 아니라 마음이 편했다. 피시방이나 집에서 게임을 할 때보다 오히려 편했다. 담배도 피우고 싶었지만 없어서 못 피웠다. 그것을 빼고는 마음이 너무 편했다. 먹고 자고, 먹고 자고 며칠을 반복했다.

그러던 어느 날, 자는 것도 따분해져 방으로 들어가지 않고 거실의 벽난로 옆에 앉아 있었다. 다른 사람들은 뭐가 바쁜지 내가 앉아 있어도 눈길도 주지 않았다. 어디서 나타났는지 노인이 내 곁으로 다가왔다.

"왜 더 안 자고?"라고 말하며 거실 바닥에 앉았다.

"심심해서요."라고 대답했다.

"그럼, 주위를 둘러 봐! 공부방에도 가보고 2층에도 올라가 보고" 그렇게 말하고 노인은 자리에서 일어났다.

아이들이 들락거리는 문으로 나가보니 또 다른 문이 있었다. 그곳은 공부방이었다. 한쪽 벽면에는 많은 책들이 겹겹이 책꽂이에 꽂혀 있었다. 그리고 독서실 책상 15개가 방 주위를 둘러싸고 있었다. 방을 구경하고 다녀도 아무도 말을 건네지 않았다. 어떤 사람은 이어폰을 꽂고 앉아 있고, 어떤 사람은 책을 읽고, 어떤 사람은 공부를 하고 있었다. 나와는 차원이 다른 사람처럼 느껴졌다.

다시 방으로 돌아와 침대에 누웠다. 자려고 애를 써도 잠이 오지 않았다. 다시 일어나 노인을 찾았다. 옆방이었다. 문을 두드리고 안으로 들어갔다.

"저, 공부해도 돼요?" 어렵게 말을 꺼냈다.

"공부? 왜?" 노인은 눈을 동그랗게 뜨고 되물었다.

"심심해서요."

"공부가 심심풀이 땅콩이냐? 아직 일주일도 안 됐는데 무슨 공부야! 여섯 달은 니 하고 싶은 대로 마음대로 하라고 했잖아. 핸드폰. 게임, 전화기, 담배만 빼고 다 하라니깐! 6개월 후엔 못 해!"

"왜요? 그때 가서는 공부하라는 거잖아요! 난 공부에 취미는 없지만……."

"잘 아네! 그러니까 지금 놀아!"

"그럼, 지금부터 하면 더 효과적이잖아요."

"그 효과는 난 모르고 엄마한테 있을 때처럼 놀아! 뭘 그 어려운 공부를 할라고 그래!" 마치 돼지 살찌워 잡아먹으려는 것처럼 놀렸다가 공부 엄청 시키려는 것 같은 느낌이 들었다.

"난 공부할 리가 없어요. 지금까지 공부를 해 본 적이 없는데 뭔 공부를 해요?" 답답했다.

"그러니까 놀라고! 누가 공부하라고 했어? 빨리 꺼지세요!" 노인의 말은 농담을 하고 있는지 화를 내고 있는지 구분이 되지 않았다.

며칠이 지나자 이젠 방 안에 있는 것도 따분했다. 6시 30분이면 몇몇 사람은 밥을 차리고 나머지는 밖으로 나갔다. 나도 따라 나갔다. 줄넘기를 하는 사람, 배드민턴을 치는 사람, 산책을 하는 사람 제각각 무엇인가를 하고 있었다.

"형은 왜 아무것도 안 해?" 초등학교 6학년인 주화가 말을 걸었다. 주화는 잠을 잘 때 같은 방 2층에서 자는 아이다. 6학년인데 사고치는 형을 따라 여기에 왔다고 한다. 부모들이 이혼하고 형제가 같이 온 모양이었다.

"뭘 해야 할지 몰라서……." 갑자기 말을 걸어줘서 고맙다는 생각이 들었다.

"형이 하고 싶은 거 하면 돼! 할 거 없으면 줄넘기 해! 할 줄 몰라? 시간 없어. 일곱 시에 밥 먹어야 돼! 그 전에 세수도 해야 되고. 할 게 없으면 세수나 하든지!" 눈을 말똥말똥 거리며 말했다.

"그래! 알았어. 세수나 해야겠다." 안으로 들어와 세면장으로 갔다. 거기에도 이미 교복을 입은 한서와 대현이가 세수를 하고 있었다.

"형! 여기 오니까 힘들지? 나도 처음엔 그랬어! 금방 적응돼!"라고 말하는 대현을 보고 물어 볼 게 있었지만 말을 하지 않았다.

"아마 도망가고 싶을 걸?" 한서의 말에 마음이 들킨 것 같았지만 또

다시 말려드는 것 같아 아무런 반응을 하지 않았다. 그렇게 말하고 아이들이 세면장을 나갔다. 나도 세수를 하고 뒤따라 나왔다. 밖으로 나와 보니 밥은 이미 다 차려져 있었다.

"양준혁, 아침에 세수하는 거 첨 보네? 앉아서 밥 먹어!"

노인이 밥을 먹기 시작하자 모두 '잘 먹겠습니다!'라고 말하더니 밥을 먹고 또 다시 흩어졌다. 학교에 가는 아이들은 학교를 가고 나머지는 청소를 하거나 공부방으로 가거나 화장실을 갔다. 우왕좌왕하는 것 같은데 뭔가를 나름대로 하고 있었다. 누가 시키지도 않았는데 누가 뭘 하라고 말하지도 않았지만 멍하니 서 있거나 앉아 있는 사람은 나 혼자뿐이었다.

'여긴 딴 세상이야? 왜 시키지도 않은 일을 저렇게 하지? 내가 잘못된 건가? 아닌데 내가 아는 친구들은 다 그러는데……'

또다시 며칠이 지났다. 아침에 일어나 가을로 접어든 산길을 따라 산책도 하고 줄넘기도 하고 배드민턴을 치기도 했다. 아침을 먹고 나면 할 일이 없어 쌓여 있는 신문을 뒤적이기 시작했다. 그것도 며칠 못 가 아침마다 오는 신문을 통독해 보지만 한 시간짜리에 불과했다. 그래서 공부방의 책들을 뒤적이기 시작했다. 만화를 찾아 봤지만 한 권도 없었다. 할 수 없이 글줄 책을 집었다. 동화책은 너무 얇기도 했지만 자존심의 문제였다. 그래서 두꺼운 『죄와 벌』을 들고 방으로 왔다. 10분이 지나자 꾸벅꾸벅 졸고 있었다.

'난 역시 책이 수면제야! 엄마 말이 맞아! 난 책 냄새를 맡으면 취해!'라는 생각이 들었지만 오기로라도 읽어보겠다고 발버둥을 치지만 어느 새 자고 있었다.

다음 날, 다시 공부방으로 갔다. 공부방에 있는 사람들은 내가 들어오는지 나가는지 신경도 쓰지 않았다. 말이라도 걸어주면 좋겠는데 아무도 간섭하지 않았다. '뭔 사람들이 싸가지가 없어!' 짜증스러워 터벅터벅 책꽂이 쪽으로 갔다. 오늘은 동화책이라도 읽어야겠다는 생각으로 동화책을 고르기 시작했다. 몇 권을 빼 들고 돌아서려는데 왼쪽 구석에 앉아 책을 읽는 여자아이가 있었다. 그 아이는 『덕혜옹주』라는 두꺼운 책을 무릎으로 받치고 앉아 있었다. 나와 눈이 마주치자 손바닥을 편 다음 흔들면서 손가락을 앞뒤로 까닥거리고 있었다. 나도 손을 들어 답을 했다. 공부방이라 그렇게 인사를 하는 것 같았다.

방으로 돌아와 책을 읽기 시작했다. 여섯 권의 책을 한 시간도 안 돼 다 읽었다. 왠지 뭔가 설렘이 느껴졌다. 다시 공부방으로 갔다. 동화책을 보이는 대로 쌓아 가지고 방으로 왔다. 그렇게 몇 번을 반복하고 나니 동화책이 보이지 않았다. 책꽂이를 어지럽힌 것 같아 동화책을 정리했다. 내가 꺼낸 동화책만 한쪽에 꽂았더니 책꽂이의 다섯 칸이 채워졌다. 나도 모르는 이상한 뿌듯함이 느껴졌다. '이 기분은 뭐지? 동화책을 읽었다고 이런 기분이 드나? 게임을 해도 이런 기분은 아니었는데? 내가 미쳐가나? 엄마가 말하는 책 읽는 기쁨?'

다음 날에는 좀 더 두꺼운 애니메이션에 도전하고, 그다음 날은 어디선가 한 번쯤 들어 본 것 같은 제목을 가진 책에 도전했다. 그렇게 하고 나니 책 읽는 것이 두렵지 않았다. 아니 점점 더 읽고 싶어지고 어느새 책을 끼고 화장실을 가고 책을 들고 밥을 먹고 있었다.

"책 치워라! 니가 무슨 책을 읽는다고 밥상머리에서 책을 봐!" 하고 노인이 소리를 질렀다.

"네"라고 말하고는 얼른 밥을 먹고 밥그릇을 부엌에 갖다 놓은 다음 방으로 돌아와 책을 읽었다. 책을 읽고 싶은 조바심을 참을 수가 없었다.

그러던 9월 16일, 엄마로부터 택배가 도착했다. 양평에 적응하느라 신경을 곤두세우며 까맣게 잊었던 엄마로부터 택배가 왔다는 말만 듣고 눈물이 핑 돌았다. 박스를 열어 보니 가장 윗부분에 편지가 들어 있었다. 편지봉투는 연분홍색이었고 편지지는 엄마가 좋아하는 연한 자색의 고전 문양을 형상화한 무늬가 그려진 편지지였다.

사랑하는 우리 아들에게 아들! 아들이 간 지 벌써 석 달이 지났구나! 몸은 건강하지? 내가 제대로 키우지 못해 그곳에 보냈구나니 이 엄마가 미안하다. 난 그래도 우리 아들을 믿는다. 니가 내게 보여주었던 모든 일들을 나는 용서했다. 아들의 빈자리가 이토록 허전함을 이제야 알 것 같다. 네가 생각날 때마다 마음을 가라앉히려고 절에 가기도 했다. 아빠는 그럴 필요 없다고 하시지만 절을 오가며 마음이 편해진단다. 너희 아버지는 그곳을 전적으로 믿으셔서 걱정하지 말라고 하지만 이 엄마는 그래도 왜 불안한 마음이 드는지 모르겠다. 아들, 마지막 부탁이다. 제발 거기에서 꼭 견뎌내 내가 원하는 것이 이루어지기를 이 못난 엄마가 멀리서 널 응원한단다.

아들을 너무 그리워하는 엄마로부터.

편지를 한 줄씩 읽을 때마다 가슴이 조여 오고 얼굴에 있는 구멍이란 구멍은 모두 벌렁거렸다. 어금니 사이로 침이 고이고 눈물이 쏟아졌다. 이불을 뒤집어쓰고 "엄마!"라고 부르며 얼굴을 파묻었다. '엄마, 그동안 내가 잘못했어. 내가 미안해.'라고 말하고 싶었다. '엄마, 여기도 살 만해.'라고 통화를 하고 싶었다. '엄마, 이젠 난 그렇지 않아!'라고 편지를 쓰고 싶었다. 엄마한테 사고를 칠 때마다 책상 위에 올려져 있던 편지와 다를 바 없지만 이번 편지는 다르게 느껴졌다.

"형! 왜 그래? 어디 아파?" 학교에서 돌아온 주화가 옷을 갈아입으며 물었다. 나는 아무 말도 하지 못했다. 이불에서 얼굴을 떼기가 창피했다.

"형! 엄마한테 택배 받았어? 편지도 받았네. 음…… 슬프지? 사고 친 형들은 꼭 첫 편지, 첫 만남에서 그러더라. 우리 형도 그랬대. 엄마를 만나면 더 울던데. 난 이해가 안 가. 왜 그렇게 우는지. 난 엄마가 오면 좋기만 하던데." 주화는 내가 아무리 이야기를 해도 못 알아들을 것 같았다. 주화는 그렇게 말하고 밖으로 나갔다.

"니, 엄마한테 젤 죄송하지?" 경상도 말을 쓰는 덩치 큰 고2, 항민이 형이었다. 나는 아무 말도 하지 않았다.

"나도 그랬다 아이가. 난 학교 가는 게 젤 싫었다. 우리 엄마는 편지도 안 하고 여덟 달 뒤에 갑자기 오는 바람에 엄마 끌어안고 엉엉 울었다. 그때 쪽팔려 죽는 줄 알았데이. 니는 우째 그리 품위 있게 우노!" 형은 이불을 덮어쓰고 있는 내 등 뒤에 앉아 도란도란 이야기를 하고 있었다. 나는 갑자기 벌떡 허리를 세우고 형의 가슴을 껴안고 엉엉 울었다.

"그래! 처음에는 그렇게 우는 거다! 사나이는 사내답게 울어야지! 그게 크는 기다. 글고 나면 후련하다."라고 말하면서 등을 다독거렸다. 잠시 후 정신을 차렸다. 나 자신이 어린 애 같다는 생각이 들었다. 부끄럽기도 하고 이 순간을 어떻게 벗어나야 할지 그것이 더 신경 쓰였다.

"니 쪽팔리제? 그럴 필요 없다. 여기 있는 사람들 다 그런 거 겪었다. 니만 그런 거 아이다. 택배 온 거 정리하고 오늘 생각 그대로 엄마한테 답장 써라. 엄마가 진짜 좋아하실 끼다." 형이 여기 있는 사람들이 모두 겪은 일이라고 한 말이 와 닿았다. 여기 있는 사람들은 다른 세계에 살고 있는 사람처럼 느껴졌는데 나와 같은 일을 겪은 사람들이라는 것이 한편으로는 안심이 되었다.

'그럼, 나도 그렇게 열심히 공부를 할 수 있다는 얘기? 아니야, 난 성적도 좋지 않았고, 공부할 줄도 모르잖아! 내가 어떻게? 책이나 읽자!'

며칠이 지난 토요일, 나는 공부방을 어슬렁거리기 시작했다. 고등학생 중 수능 준비를 하는 형들이 공부하는 것을 엿보고 있었다. '다른 사람들은 어디 간 거지?'라는 생각이 들었다. 창밖을 내다보니 호미, 괭이, 삽자루를 들고 차에 오르고 있었다.

"양준혁, 너 수능 보게?" 어디서 나타났는지 왕쌤이 내 뒤에 서 있었다.

"헉! 네! 아뇨!" 당황했다.

"지랄하네! 무슨 대답이 고따위냐? 니가 무슨 공부! 고구마나 캐러 가자!"

"네……." 나는 아무 말도 하지 못했다.

밭에 도착했을 때 밭이 좁다는 생각이 들었다. 가을 햇볕은 따가웠지만 힘들 것 같진 않았다. 나를 포함하여 다섯 명이 두 고랑씩 캐고 나머지 세 명은 고구마 줄기를 따기로 했다. 방학 때 엄마랑 체험 활동으로 감자를 캐봤다. 그나마 감자라도 캐 본 경험이 있어 마음에 들었다. 먼저 고구마 줄기를 뽑아내고 삽으로 뿌리 주위를 조심스럽게 파기 시작했다. 한 뿌리, 두 뿌리 고구마를 캘 때마다 큰 게 나왔다고 여기저기서 소리를 지르기 시작했다. 반 고랑을 캤을까? 어느새 삽에서 괭이로 괭이에서 호미로 농기구를 바꿔가며 고구마를 캤다. 형들은 이미 한 고랑을 캤다고 그늘에 앉아 있었다.

잠시 후 왕쌤이 어디서 사왔는지 과자와 빵, 음료수를 가져왔다. 아이들은 "와!" 하고 소리를 지르고 형들은 자리를 만들기 시작했다.

"왕쌤, 여기 앉으세요. 올해는 작년보다 알도 굵고 양도 많아요. 겨우 내내 먹어도 다 못 먹을 것 같습니다." 전주에서 올라 온 지랖이 형이 말했다. 처음 왕쌤이라는 말을 들었을 땐 왕씨 성을 가져서 왕쌤인 줄 알았다. 하지만 나이가 많아 그렇게 부르는 것이었다. 지랖이 형은 처음 여기 왔을 때 무슨 일이든 참견이 많아 붙여진 별명이라고 한다. 오지랖에서 지랖만 남은 것이라고 초등학생인 주화가 자면서 알려줬다. 그런데 이상한 것은 그 이야기를 듣고 난 뒤 선생님을 위해 한 일조차도 오지랖을 떠는 것처럼 보였다.

"양준혁! 여기 와서 먹고 해!" 누군가 나를 불렀다. 하지만 자존심이 상했다. 나는 땀을 삐질삐질 흘리면서 엉뚱한 대답이 나왔다. "아뇨!

괜찮아요."라고 대답했다.

"그럼, 계속해! 우린 먹는다!" 왕쌤의 목소리였다. 그러자 나무 그늘에선 깔깔거리고 웃기 시작했다. 조금 더 고구마를 캐다가 짜증이 났다. '우씨! 한 번 더 부르면 안 돼?' 그러다가 슬그머니 나무 그늘로 갔다. "안 먹는다며?" 형들이 놀려댔다.

"왜 그래! 양준혁, 이거 마셔라." 왕쌤이 음료수를 따라 주었다. 그 음료수는 어디서도 먹어보지 못한 천상의 맛이었다. 음료수를 한 잔 마시고 나니 손가락에 물집이 잡혀 있었다. 물집이 잡힌 손가락을 만지작거렸다.

"내일이면 허리도 아프고 다리도 아플걸?" 왕쌤은 웃으며 말하고 있었다. 빵과 과자를 먹고 다시 일을 시작하려고 일어서는데 팔다리 허리 안 아픈 곳이 없었다.

'내일은 무슨, 지금도 아파 죽겠는데.' 나는 한 고랑도 다 캐지 못했다. 고랑은 캐면 캘수록 길어 보였다. 나중에는 형들이 도와줘 겨우 캤다. 고구마는 13포대가 나왔다. 한 시 반에 시작한 일이 저녁 7시에 끝났다. 집으로 돌아오니 자장면이 준비되어 있었다.

9시까지 씻고 각자 맡은 구역을 정리하고 자신의 이불을 들고 거실로 모였다. 토요일이라 영화를 보는 날이었다. 〈포레스트 검프〉였다. 한참 보다가 깔깔 웃어대는 소리에 깜짝 놀라 일어났다. 어느새 자고 있었다. 방으로 들어가 잠을 잤다. 다음 날 팔, 다리, 허리는 물론 손가락, 발가락, 골반까지 안 아픈 곳이 없었다.

양평에 온 지 4개월이 지난 어느 날, 아침밥을 먹고 있었다.

"선생님! 저 공부할래요!" 밥 먹던 사람들이 일제히 나를 향해 고개를 돌렸다.

"왜? 좀 더 놀지! 공부가 얼마나 어려운데, 니가 공부를 한다고?" 놀리는 것인지 빈정거리는지 알 수가 없었다. 아이들은 나와 선생님을 번갈아 가며 쳐다보았다.

"놀리셔도 안 돼요. 교과서하고 자습서를 사 주세요! 더 이상 못 미뤄요."

"왜?" 왕쌤은 마치 기다리고 있었다는 듯이 장난스럽게 말꼬리를 올려가며 되물었다.

"더 미루면 대학 문턱에도 못 갈 것 같아서요." 나는 생각나는 대로 대답했다.

"대학은 뭐 하러 가? 평생 인간 될 때까지 여기 살아!"

"안 돼요! 난 대학에 가야겠어요. 심리학을 공부할 거예요."

"심리학은 왜?"

"책을 읽다 보니 심리가 재미있어요."

"별, 미친놈 다 보겠네. 공부가 하고 싶다니. 공부는 아무나 하는 게 아니니까 설거지하면서 시간 나면 공부해! 월요일부터 재호한테 설거지나 배워! 재호는 준혁이 책상도 가르쳐 주고. 설거지 제대로 안 하면 책상 뺏는다. 알았지?" 밥 먹던 사람들이 소리 없이 웃고 있었다. 나는 공부를 할 수 있다는 행복감에 웃었다.

'엄마가 돈을 준다고 해도 안 하던 공부를 내가 좋아한다고? 미친놈 맞네! 그래도 좋다.'

설거지가 쉬운 일이 아니었다. 집에서 어릴 때 용돈을 타기 위해 하던 설거지가 아니었다. 선생님을 포함해 17명이 먹고 남은 그릇은 그야말로 산더미였다. 설거지하는 데 두 시간 반이나 걸렸는데 검사를 맞고 또다시 헹궈야 했다. 설거지가 끝나자 행주를 삶으면서 바닥을 닦고 냉장고를 정리하고 싱크대 밑 서랍을 정리했다. 설거지를 마친 때가 10시 30분이었다.

드디어 공부를 시작할 수 있구나! 독서실 책상이 나의 공간이라는 아늑함 안겨주었다. 책상에는 교과서와 자습서, 필통, PMP, 제도용 스탠드가 놓여 있었다. '교과서를 가지고 공부하라는 건가? 어떻게? 자습서를 읽으라는 건가? 문제집은 왜 없지? 새 노트들은 또 뭐야?' 책상에 앉아 이런저런 생각으로 머리가 어지럽게 돌아갔다.

"양준혁! 부엌으로 와!" 돌아보니 왕쌤이었다. '뭐가 잘못됐나?'라는 생각이 들었다. 그리고 부엌으로 갔다. 왕쌤은 말려 놓았던 고구마 줄기를 삶은 후 씻고 있었다.

"식용유하고 마늘, 파, 간장 가지고 와." 왕쌤은 싱크대 밑 서랍에 있던 칼과 도마를 꺼내며 말했다.

"어디 있는데요?" 어디 있는지 알 수가 없어 되물었다.

"설거지하면서 못 봤어?"

나는 아무런 대꾸를 할 수가 없었다.

"관심이 없으면 안 보이는 게지!" 왕쌤은 혼자 중얼거리듯 말했다.

"재호 형 오라고 해!"

갑자기 뭔가 잘못한 것 같은 느낌이 들었다.

"식용유하고 마늘, 파, 간장 좀 가지고 와!" 재호 형이 도착하자마자 왕쌤이 말했다.

"고구마 줄기 무치시게요?" 재호 형은 아주 태연하게 되물었다.

"응."

재호 형은 왕쌤이 삶은 고구마 줄기를 잘라 프라이팬에 담아 가스레인지에 올려놓을 때까지 모든 것을 준비했다. 그리고 소금통과 참깨까지 올려놓았다.

"멍하게 서 있지만 말고 왕쌤이 필요한 거 찾아드리고 설거지 나오는 거 치워." 그렇게 말하고 재호 형은 공부방으로 가버렸다.

"이거 끓으면 뒤집어!" 왕쌤은 '다다다닥!' 하는 소리가 나더니 순식간에 파를 도마 위에 잘라놓고 화장실 쪽으로 갔다. 나는 할 일이 없어 양념 통을 치우고 파를 접시에 담고 칼과 도마도 치웠다. 잠시 후 프라이팬에 있던 고구마 줄기가 끓기 시작했다. 조금 있으니 무슨 탄 냄새가 나는 것 같았다. '다 익은 거 같은데? 왕쌤은 왜 안 오시지? 불을 꺼야 되나?'

"형! 탄 냄새 나!" 거실에서 놀고 있던 초등학생 주화가 말했다.

"어떻게 해야 돼?"

"꺼야지!" 하고는 주화가 렌지의 불을 껐다. '타다닥! 타다닥!' 하던 소리도 나지 않았다.

"넌 집에서 고구마 줄기도 안 먹어 봤냐?" 잠시 후 왕쌤이 왔다. 왕쌤은 다시 레인지에 불을 켜고 고구마 줄기 볶음에 파를 넣고 간을 보며 뒤적거렸다. 국이 끓는 것을 기다리며 부엌에 앉아 이야기를 했다.

"네! 아뇨! 먹었는지 안 먹었는지도 몰라요."

나는 그때까지 반찬 재료가 뭐가 뭔지조차 모르고 있었다. 그때까지 밥과 반찬이 밥상에 있으니 먹었던 것 같았다. 재료가 무엇인지는 아무런 관심이 없었던 것이다,

"니가 무슨 별나라 왕자냐? 혹시 인삼깍두기는 알려나?"

"그런 것도 첨 들어보는데요! 맛없을 것 같은데요!"라고 말하자 왕쌤은 웃었다.

"넌 왕자니까 나중에 내가 인삼깍두기 만들어 줄 테니 실컷 먹어라! 에휴! 똥차이 쉐끼 디졌어!"라고 말하더니 일어나 핸드폰을 들고 밖으로 나갔다.

'아니! 내가 뭘 잘못한 거야? 제대로 가르쳐 주지도 않았잖아! 왜? 반찬 이름을 모르면 별나라 왕자야? 인삼깍두기는 또 뭐래? 그 쓴 거 줘도 안 먹는다!'

그날, 난 설거지와 부엌일을 하느라 교과서를 한 장도 넘기지 못했다.

며칠 동안 설거지를 끝내고 책상에 앉아 공부를 하려고 하면 꼭 무슨 일이 생겼다. 설거지 시간을 당기지 않으면 앉아 공부할 시간이 없었다. 잽싸게 움직여 설거지를 끝내고 헐레벌떡거리며 공부하려고 교과서를 읽어도 내가 아는 건지, 잘하고 있는 건지, 또 다른 방법이 있는지 구분이 되지 않았다. 이젠 2년밖에 남지 않았는데 아무것도 손에 잡히지 않았다. 주위의 형들에게 물어봐도 하는 말은 "니가 알아서 해!" 그 말 한마디밖에 없었다.

'에이씨, 왕쌤하고 이야기해 볼까? 아냐 나도 자존심이 있지!' 내가 이

렇게 생각한 것은 형들의 말투 때문이었다.

"내가 어떻게 알아? 니 머리 니가 알지! 연구해 봐! 안 되면 왕쌤한테 가고!" 대부분 그런 말투였다. 꼭 왕쌤한테 물어본다는 것이 공부할 줄 모른다는 것을 인정하는 것 같았다. 아무리 열심히 읽고 외우려고 해도 마음 한쪽의 찝찝한 것은 없어지지 않았다.

"왕쌤, 공부는 어떻게 하는 거예요?" 난로 앞에서 신문을 보는 왕쌤에게 물었다.

"설거지도 제대로 못 하면서 공부도 해 보겠다고? 능력 좋네! 뭐가 잘 안 돼?"

이건 놀리는 건지 비꼬는 건지 나 원!

"아니, 제가 공부를 하려는데 이게 내가 아는 건지, 모르는 건지 잘 하고 있는지 못하고 있는지 구분이 안 가요. 확실하게 잘하고 있구나! 뭐 또는 이만하면 됐어! 그런 게 있어야 될 것 같은데 그런 느낌이 없어요. 뭔가 찝찝해요!"

"선무당이 사람 잡는다고! 이제 공부 시작한 놈이 몇 년 공부한 사람처럼 감을 느끼고 싶다? 너 학교 다닐 때 교과서로 공부했어?"

"아뇨! 문제집."

"그럼, 당연히 정리해본 적도 없겠지?"

"여자 친구에게 줄 카드는 썼다가 안 보냈어요."

"왜? 쪽팔려서?"

"아뇨! 자신이 없어서."

"그게 그거지! 너 처음 설거지할 때 니가 알아서 혼자 하라고 하면 넌 아마 설거지를 하루 종일 해도 욕만 바가지로 먹었을 거야! 그런데 누군가 이렇게 저렇게 가르쳐주니까 좀 더 빨라졌고, 이젠 니가 필요로 하니까 한 시간밖에 안 걸려. 니가 16년 살면서 공부를 어떻게 하면 될까를 고민했으면 공부 방법을 깨달았을 거야! 그런데 지금은 니가 고민할 시간이 없어! 지금까지 알아내지 못한 공부 방법을 내가 일주일 안에 깨닫게 해줄 거야! 내일 아침 설거지 끝내고 국어하고 수학책 들고 거실로 와! 그리고 난 니가 16년 동안 살면서 몰랐던 것을 가르쳐줬으니 앞으로 너의 16년은 내 꺼다!"

"그럼, 서른둘까지 여기 살아야 돼요?"

형들에게 대학 가면 여기서 나간다는 말을 들었기 때문이었다.

"너 미친놈 아냐? 넌 대학 안 가? 내 말은 니 인생에서 뭔가 결정할 땐 반드시 너희 아빠도 아니고 내가 개입하겠다고!" 하고 소리치더니 벌떡 일어나 이층으로 올라갔다. 그 순간 그 미친놈이란 말이 따스하게 느껴졌다. 나는 욕을 먹고도 좋아하고 있었다.

'말이 안 통하는 아빠보다 왕쌤이 낫지! 아무렴. 그건 좋네!'

다음 날, 왕쌤과 공부를 한다는 생각에 부풀어 손이 안 보이도록 설거지를 하고 있었다.

"야! 너 머리 없는다며?" 창원에서 온 예진이 누나였다. 누나는 중국에 유학 갔다가 방학이라 잠깐 들렀는데 잡혀왔다고 한다.

"그게 무슨 소리야? 내가 여자도 아닌데 머리는 왜 없어?" 무슨 중국식 농담처럼 느껴졌다.

"넌 골프 몰라? 라운드에 처음 올라갈 때 머리 없는다고 하잖아!

너 처음으로 왕쌤하고 공부한다던데. 그래서 그런다!" 누나는 키가 178cm, 억양은 경상도인데 표준말을 쓰니 개그맨 같았다.

"근데 지금 어디가?"

"왕쌤 제자분이 오신대서 나가는 거야! 너도 나와 봐!"

거실에 나가 보니 이미 인사를 하고 왕쌤과 제자분이 소파에 앉아 이야기를 하고 있었다.

"저기 왔네. 양준혁! 너 아빠 친구 알지? 김제 사는 정민이 삼촌."

왕쌤 앞에 앉아 있는 분은 아빠의 동창이고, 우리 가족이 휴가 갈 때나 해외여행을 할 때 같이 다니던 정민이 삼촌이었다.

"안녕하세요? 정민이 삼촌! 근데 왜 여기에? 혹시 정민이 삼촌이 나를 여기로 보내자고 했어요?" 성질 급한 내가 순간적으로 머리에 떠오른 생각이었다.

"야! 내가 왜 널 여기 보내자고 말해? 니네 아빠가 이 농사꾼 말을 듣겠어?"

맞는 말이었다. 아빠는 정민이 형의 말을 듣기는커녕 농사꾼 따위가 뭘 아냐고 하면서 무시했을 것이다.

"그렇긴 한데…… 어떻게 여길 알고 보냈지?" 혼잣말로 중얼거렸다. 그런데 왕쌤과 삼촌이 눈을 마주보며 웃고 있었다.

"어때? 여긴 재미있냐?" 삼촌은 눈을 말똥거리며 내게 얼굴을 내밀었다.

"형들도 좋고 일하는 것도 재미있는데 공부가 안 돼요!"

"니가 공부를 한다고야? 엄마한테 칼을 들이대던 니가 뭘 공부? 니네 엄마 보시면 기절하것따!"

"삼촌! 칼 얘기는 쫌! 삼촌, 엄마 만났구나! 그 이야기 아는 거 보니까. 엄마 잘 있어?"

"너 때문에 학생들이 요즘 부모님한테 칼 들고 설친다고 말이 많아! 난 니네 엄마는 모르고 아빠한테 전화해 보니까 너 죽일 놈이라더라."

"네…… 죽일 놈이죠."

"양준혁, 엄마 보고 싶냐?"

"아뇨! 내가 무슨 낯으로……."

"내가 선생님한테 얘기 잘해 볼게!"

"존슨! 니놈이 미쳤구나! 니가 선생이냐? 양준혁이 니하고 똑같더라! 개똥철학자 존슨! 어째 널 닮았냐? 존슨 씨! 쌀은 고맙다. 내년에 보자. 잘 먹을게!"

"네, 선생님! 오래오래 사세요!"

"지 자식까지 떠맡으라고? 하이고 그때까지 살라나?"

"우리 애는 안 그래요! 자연인이잖아요. 공부하지 말고 농사짓자고 해도 공부가 최고라네요."

"너 잘났다! 그래도 똥차이보다는 잘 키우네."

"아무렴 제가 똥차이보다는 잘 키우죠!"

"너희들은 아직도 서로 비교하고 그러냐? 시끄럽고, 빨리 가! 차 조심하고."

"삼촌, 안녕히 가세요! 진아한테 나 여기 있다고 말하지 말고요!"

"이미 다 아는데!"

그렇게 정민이 삼촌은 트럭을 몰고 갔다. 40kg짜리 30개와 과일박스를 창고로 나르고 빵과 과자, 음료수를 먹느라 거실은 난장판이 되었다. 사람이 많으니 빨리 지저분해지지만 치우고 정리하기도 쉬웠다. 나는 정민이 삼촌 때문에 기분이 다운되었다.

'엄마는 지금쯤 뭐 하지? 아빠는 집에 왔을까? 내 방은 어떻게 돼 있지? 우리 엄마도 내 방을 드라마처럼 치우고 있겠지?'

왕쌤과 나는 테이블 위에 고등국어 교과서와 자습서를 각각 놓고 앉았다. 일러두기, 차례, 제목, 단원을 열며, 다시 제목을 읽고 본문을 읽었다. 교과서에 있는 글자란 글자는 다 읽고 그림에 대해 질문을 받았다. 왕쌤은 내가 본문을 읽으면 몇 군데 또 다시 질문을 했다. 질문도 그렇게 어려운 질문도 아니고 글만 읽으면 되는 그런 질문이었다. 학습 활동 역시 문제가 없었다. 그리고 다시 자습서에 있는 글이란 글은 다 읽었다. 자습서에 있는 학습활동의 답안 역시 읽었다. 그렇게 소단원 한 단원이 끝났다.

수학 역시 마찬가지였다. 수학 교과서를 읽으면서 몇 가지 질문을 하고 대답을 하지 못하면 더 쉬운 질문을 했다. 문제는 반드시 손으로 풀게 하고 다 풀면 자습서의 정답을 확인하게 했다. 풀이 과정을 봐도 모르면 처음부터 다시 읽게 했다. 최대한 자신이 풀게 만들었다. 그런데 그렇게 하고 나면 모르는 게 없었다. 그리고 다음 날 다시 전날 공부한 것을 읽고 다음 소단원을 나가라는 것이었다. 그렇게 왕쌤과 일주일을 하고 나니 마음이 놓였다.

"다음 주부터 혼자 해라!"

그날 이후 혼자 교과서와 자습서를 들고 공부했다. 수학 교과서를 끝내는 데 3개월 걸렸다. 그리고 교과서를 다시 공부하는 데 2개월, 또다시 복습과 정리를 하는 데 한 달이 걸렸다. 그러고 난 후 공부를 어떻게 해야 하는지 무엇을 정리해야 하는지를 알게 되었다. 수학은 수학답게, 영어는 무식하게, 국어는 정확하게 읽어야 한다는 것을 17년 동안 모르고 공부한 것이었다. 다음 해 4월 검정고시에서 평균 98.3점을 맞았다. 형들은 내가 공부할 때 듣고도 못 들은 척한다고 야단칠 때도 있었다. 야단을 맞아도 기분이 좋았다.

검정고시가 끝났을 때 왕쌤과 마주 앉았다,

"넌 공부를 왜 그렇게 열심히 하냐?"

"제가 열심히 해요? 난 재미있어서 한 건데. 열심히 해야지보다 하다 보니 재미있었어요. 컴퓨터 게임보다 더 재미있었어요. 왕쌤! 근데 왜 엄마들은 이렇게 안 가르쳐요?"

"준혁아, 물론 부모들이 아이를 어떻게 키워야 하는지도 모르지만 너 자신도 집에서 엄마가 이렇게 시켰으면 했을까? 엄마들은 언제 아이에게 개입해야 하는지 무엇에 기준을 두고 야단을 쳐야 하는지 모르기 때문에 잘 안 되는 거지!"

"집에서 이렇게 가르쳤으면 하지 않았을까요? 재미도 없는 과외를 받거나 학원에 다니는 것보다 제가 처음 여기 왔을 때처럼 어릴 때부터 놀리면 심심해서 공부나 하지 않을까요?"

"양준혁! 우~ 너 그새 많은 걸 생각했구나! 그렇게 말하는 걸 보니!" 왕쌤은 환하게 웃으며 말했다.

"아니 나같이 공부 안 하고 책도 안 읽었던 나도 이렇게 하는데 다른 아이들은 더 쉽게 공부하지 않겠어요?" 나는 집에서 언제부턴가 공부 빼고 뭐든 할 수 있을 것 같은 아이였다.

"되지! 당연히 되고말고! 하지만 부모들은 또래와 비교를 하다 보니 욕심이 생겨 못 기다리는 거지. 어떤 확신도 없고. 부모는 자식에 대한 사랑이 있어 객관적으로 볼 수가 없는 게 문제야. 오죽하면 플라톤이 아카데미를 만들고 자식을 무지한 부모로부터 분리해야 한다고 말했겠어."

양평 공부방에서는 주말이면 항상 작은 이벤트가 있다. 생일파티를 하거나 비탈진 산에서 눈썰매를 탄다거나 용문산에 있는 용문사라는 절에 간다거나 가까운 물고기 박물관, 여름이면 물가에서 고기를 구워 먹거나 라면이나 김밥이라도 싸가지고 야외로 나간다.

이것은 들은 이야기지만 재호 형의 이야기다.

서울에서 강전을 당해 3개 학교를 전전하면서 가는 곳마다 싸움이 붙어 여기서는 3짱이라는 별명이 있었다. 형의 부모님은 누구나 그렇듯이 할 수 없이 용문공부방에 보내기로 결정했다고 한다. 형은 한밤중에 자다가 잡혀온 경우였다. 이 형은 어릴 때 땅 한 번 밟아 본 적이 없을 정도로 귀한 아들이었다. 왜냐하면 형의 아버지가 늦게 얻은 자식이기 때문이다. 집안에 돈도 있어 최고의 과외와 최고의 학원을 다녀 초등학교 때는 공부로 이름을 날렸는데 중학교에 들어가자마자 게임과 싸움으로 결국 성적은 추락하고 학교에서 벌점이 많아 훈련소에 입소할 판이었는데 학교를 그만두고 여기로 왔다고 한다.

하루는 왕쌤과 재호 형이 은행나무가 즐비한 도로로 산책을 하고 있었다. 양평은 겨울이면 관광객이 거의 없어 외곽도로가 한산해진다.

"왕쌤! 나무들이 겨울이라 다 죽었네요." 그 말을 듣고 왕쌤은 이상한 느낌이 들었단다.

"겨울이면 죽지. 내년에 다시 살아날지 모르겠다."라고 왕쌤이 말했단다.

"죽은 나무가 어떻게 살아요. 봄에 사람들이 다 심겠죠!" 왕쌤은 속으로 놀랐지만 태연하게 말을 이었다.

"그럼, 봄에는 누가 심냐?" 무슨 대답이 나올지 왕쌤은 호기심에 재호 형을 보고 진지하게 물었다.

"공무원들이 심는 거 아니에요? 그래서 식목일도 있는 거고." 그 말을 듣고 왕쌤은 기가 막혔다. 그때부터 조금의 시간과 여유만 있으면 학생들을 자연 속에서 놀게 했단다.

나도 역시 거미를 보면 무섭고 개구리는 만지지도 못했다. 심지어 돈벌레가 나타나면 머리가 삐죽삐죽 서고 비명을 질러댔다. 김칫독을 묻기 위해 구덩이를 팔 때 새끼손가락 굵기의 30센티미터나 되는 지렁이가 삽자루에 잘려 버둥거렸다. 발버둥치는 지렁이를 보고 악몽에 시달렸다. 하지만 한 해 두 해 지날 때마다 거미줄을 손으로 걷어내고 개구리를 해부해 보기도 하고 지렁이를 손으로 잡아 장난을 치기도 했다.

봄, 가을에는 산 정상 밤나무 아래에 돗자리를 깔고 나뭇잎 사이로 비치는 하늘을 보며 행복감에 취하고, 여름에는 냇가에서 물장난을 치거나 민물고기를 잡았다. 한여름 밤, 마당에는 텐트가 쳐 있지만 아무도 들어가 놀지 않았다. 오히려 산책을 하거나 귀신놀이를 하며 놀았다. 모기와 하루살이가 많아 한곳에 있을 수가 없기 때문이었다.

누구나 시골 별장에 수영장이 딸린 집을 선망하지만 막상 그런 수영장이 있다면 청소하기 바쁠 것 같았다. 그런 수영장은 영화나 드라마에서 멋있게 보일 뿐 시골 별장의 수영장은 개구리가 뛰어 놀 것이다.

'아무리 좋게 보이는 것도 겪어보면 그렇지 않을 수도 있다. 공부만 하라고 천만에 자연이 선생님이야! 인간은 자연 속에서 진화해 왔고 인공보다 자연에 더 익숙해. 그래서 불치병도 자연 속으로 들어가면 치유되는 일이 종종 있는 거야! 자연은 인간에게 엄마의 품!'

고등학교 졸업 검정고시가 끝나고 대학수학능력 시험을 준비하기 시작했다. 4월에 검정고시를 끝내고 12월까지 나머지 수능대비 교과서를 끝내야 했다. 8개월의 시간이 있었다. 수학 4권, 국어 3권, 과학 4권, 영어 3권 총 14권의 교과과정을 끝내야 했다.

봄에는 정신없이 교과과정을 공부하다가 머리를 식히려고 밖으로 나와 보니 왕쌤이 돌나물을 뜯고 있었다. 돌나물은 씻어 초고추장에 찍어먹으면 입맛이 도는 것 같아 모두 잘 먹었다.

"선생님, 선생님은 왜 수능생 형들은 간여하지 않아요? 직접 간여하면 더 좋은 성적이 나올 텐데……." 그렇게 묻자 왕쌤은 망설이다가 말을 하기 시작했다.

"양준혁! 너도 이젠 이 이야기를 해줄 때가 된 것 같구나! 난 가끔 이런 생각을 한단다. 난 내가 남자로 태어난 것이 나의 운명인지, 나도 몰랐던 나의 의지인지, 아니면 제3의 어떤 힘에 의해 이렇게 태어났는지 그것은 나도 모르는 일이지. 하지만 그것이 무엇이든 나는 태어났고 영혼을 가진 인간이라는 거지. 그 영혼조차 진화의 과정으로 형성되었는지, 누군가에 의해 만들어졌는지는 모르지만 인간이 어떤 계획된 운명이라는 것이 있다면 인간을 너무 하찮게 보는 것이 아닐까? 난 저 형들을 모두 공부시킬 수는 있지만 그것은 자신의 선택이지. 저 형들도 내 얘기를 다 듣고 느끼고 지금의 시간을 보내고 있다. 게을러서 안 하든 하든 자기의 운명은 자기가 개척해 가야만 하는 거지. 대학을 못 가면 부모들은 나를 원망하겠지만 일단 인성은 바꿔놓았지. 그런데 인간은 좌절을 맛보지 않으면 자신의 인생을 그리지 않아! 공부를 안 한 형은 수능이 끝난 후 후회할 것이고, 공부를 한 사람은 10년간은 편하겠지!"

"10년간은 무슨 얘기예요?"

"대학수능은 20년간 너희들이 어떻게 살았는지를 테스트하는 거야. 학생이니 공부가 너희들의 인생의 과업이라고 사람들은 생각하지. 하지만 많은 능력들 중 하나의 능력을 테스트하는 것뿐이야. 학습하는 능력. 수능을 잘 봐 좋은 대학을 가면 10년은 행복하겠지만 행복한 10년 동안 다음 10년을 준비하지 않으면 명문대를 나와도 다시 좌절하게 되지. 물론 대학을 못 간 아이들은 대학을 간 아이들이 10년 동안 행복할 때 자신의 능력을 개발한다면 대학을 가든, 못 가든 그땐 별반 다를 게 없겠지만 다른 능력을 찾는 것을 게을리 한다면 바로 추락하겠지. 다른 능력을 계발한다는 것이 결코 쉽지 않아."

"다른 능력이란 게 돈 버는 능력 말인가요? 그건 어린나이에 쉽지 않을 텐데……."

"돈일 수도 있고 학문일 수도 있고 기술일 수도 있지."

"그런 건 진짜 찾기 어려울 텐데……."

"그러니까 공부가 제일 쉽다는 것이지! 수능을 잘 보면 10년은 행복하니까. 수능은 인내력, 학습력, 유혹, 건강, 집중력, 자기와의 싸움 등 인간의 많은 부분을 테스트하지. 나는 그 과정에서 너희들이 어떤 일이 적성에 맞는지를 알 수 있지."

"수능 공부를 하는데 어떻게 적성을 알아봐요?"

"수능을 본다는 것은 너희 또래에서 가장 힘든 고비지. 인간은 뛰어넘기 힘든 상황이 오면 자신의 가장 밑바닥 성격을 드러내는 법이다. 어떤 사람은 그것을 피해 도망가고 어떤 사람은 그것을 뛰어넘지. 고비를 피해 도망가는 사람의 유형도 다양하지. 어려움을 이겨내는 다른 방법을 찾아내 도망가는 사람이 있고 어려움을 겪기 싫어서 도망가는 사람이 있지! 고비를 이겨내는 사람은 세 종류의 인간이 있다. 하나는 과거에도 어려움이 있을 때 이겨내 본 적이 있어서 그것을 이겨내면 더 좋은 일이 있다는 것을 아는 사람과 다른 대안이 없어 할 수 없이 해 보는 사람, 그리고 그 고비의 유형이 자신의 관심거리인 사람이 있지. 한마디로 어려움을 여러 번 겪어 본 사람, 대안이 없는 사람, 공부가 취미인 사람 말이다. 준혁아, 넌 그 세 사람 중에 어떤 사람인 것 같으냐?" 갑자기 질문을 하니 어안이 벙벙했다.

"저는 공부가 취미인 사람이 좋은데 그건 아닌 것 같고 대안이 없는 사람인 것 같기도 하고 그렇다고 어려움을 겪어 본 사람이라고 생각하기에는 무리가 있고 잘 모르겠는데요."

"요즘 부모들은 자식에게 절대 고생이라는 선물을 주지 않지. 그러니 고생을 해 본 아이들은 거의 없지. 너희들도 여기 와서 겨우 인생의 선물을 받아 본 거지."

"아! 그래서 수능 공부를 하다가 집으로 가는 형들을 그냥 보내주는 구나!" 나는 혼자 중얼거렸다.

"뭐라고?"

"아니 저번에 엄마가 오셔서 데려간 준이 형 말이에요. 엄마한테 몰래 연락해서 집에서 자기가 공부할 수 있다고 데려가 달라고 했던 준이 형 말이에요."

"응, 맞아! 여기서 고생을 하다 보니 인성이 바뀌었지만 그 고비를 넘기 싫은 거지. 그 형은 여기 머무른 시간이 너무 짧았어. 그리고 8개월을 더 버티면 10년이 행복할 기회를 놓친 거지. 게다가 그 부모도 마찬가지야. 아이의 말만 듣는 아둔한 사람들이지. 그런 부모들은 아직 자식에게 당할 일이 많다는 거야. 그런데 문제는 이 세상의 90%의 부모들이 모두 그렇게 키워! 그래서 겨우 10%의 인간만이 어떻게 살아야 한다는 것을 알지. 반대로 말하면 10%의 인간들만 정상적인 생각을 한다는 거야. 나머지는 10%는 따라가는 사람들이야."

"10%가 리더라고요?"

"그것도 맞는 말인데 10% 중에서 단지 3%만 리더고, 나머지 7%는 3%의 사람들의 말을 알아보는 사람들이야. 엄밀히 말하면 3%가 각 분야의 리더지."

"왕쌤, 수능을 끝까지 보는 사람들 중에 어떤 종류의 사람이 제일 좋아요? 즐기는 사람?"

"아니, 고통을 여러 번 겪은 사람."

"난 즐기는 사람이 제일 좋을 거라고 생각했는데……. 왜, 그런 말 있잖아요. 피할 수 없으면 즐겨라!"

"그게 어떻게 보면 맞는 말인데 공부만 하다가 사회 물정을 모르면 그런 사람도 쓸모가 없지. 공부를 한다는 건 사회에 적용시키려고 하는 건데 공부하는 것에만 목적을 둔다면 인생의 의미가 없지. 그런데 고비를 여러 번 겪어본 사람들은 공부도 하고 세상 물정도 알기 때문에 최고지. 이런 사람들이 최고의 리더가 될 수 있지! 그리고 경험이 많으니 창의력도 뛰어난 법이야!"

"그래서 수능 공부를 하는 형들을 재촉하지 않는구나! 하지만 내가 공부 안 할 땐 야단쳐주세요."

"너, 니 말에 책임져라!"

나도 수능을 위해 교과서를 끝내고 첫 수능을 봤다. 딱 중간인 평균 5등급이었다. 조금의 희망이 보였다. 마지막 수능준비에 돌입했다. 매일 규칙적인 생활과 공부에 몰두했지만 졸리거나 매너리즘에 빠질 때쯤이면 무슨 일이 터지곤 했다. 하루는 너무 졸려 거실에 앉아 공부를 하려고 나갔다. 토요일이라 장기를 두는 아이, 바둑을 두는 아이, 블루마블을 하는 아이들도 있었다. 나는 벽난로 옆에 앉았다.

그때 갑자기 검은색 승용차가 마당으로 들어왔다. 차에서 내린 두 사람의 모습은 보기에도 위엄이 느껴졌다. 여자는 검은색 망토를 걸치고 남자는 양복을 입은 30대의 젊은 사람들이었다.

"안녕하세요!" 하면서 문을 열고 들어왔다. 우리는 여기저기서 인사를 했다. 그리고 누군가 선생님을 부르러 2층으로 뛰어올라갔다.

"어른들은 어디 가셨니?"라고 묻기에 아이들이 곧 내려오실 거라고 대답했다. 그리고 우리는 거실 중앙에 있는 테이블에 앉으라고 권하고 몇몇 아이들은 커피를 타기 위해 부엌으로 갔다. 곧이어 왕쌤이 내려왔다.

"안녕하세요? 어떻게 오셨어요?" 왕쌤이 인사를 했다.

"아이 문제로 상담을 하려고 합니다." 남편이 먼저 말을 꺼냈다.

"아 네, 아이가 몇 학년인가요?"

"초등학교 4학년 여아인데 모 기업회장의 손자도 다니는 영어로만 공부하는 학교에 다닙니다." 검은 망토를 바닥까지 늘어트리고 앉은 부인이 말했다.

"좋은 학교에 보내셨군요."

나는 벽난로 옆에서 웃음이 나왔지만 웃지 못했다. 왕쌤은 그런 사람들이 아이를 망가뜨리는 부모라고 말한 적이 있었다.

"글쎄요. 지금 와서 보니 뭔가 의심스러워 찾아왔습니다. 여긴 허가가 난 곳인가요?"

"허가라는 게 어떤 허가를 말씀하시는 겁니까? 학교냐고 묻는 건가요?"

"네. 대안학교 같은……."

"아닙니다. 전 개인적으로 하고 있고 공부방으로 허가를 냈습니다.

우리나라에는 이런 시스템이 없어서 할 수 없이 공부방으로 등록했습니다. 그래서 기숙학원에서 민원을 넣었지만 교육청에서 오히려 민원을 반려했지요. 이 공부방은 학교를 포기한 아이들만 받는 곳이라 학원 개념과 다릅니다. 기숙학원은 우리가 단지 대학을 보내는 것만 보고 민원을 넣었더라고요."

"그럼, 인지도나 스펙 또는 검증이……." 도도한 아주머니는 자신도 말을 하다가 뭔가 이상한 모양이었다.

"아, 그것이 제일 중요하군요. 전 그런 건 없습니다. 전공도 교육학이 아니고 대안학교도 아니고 유명 대학을 나오지도 못했습니다. 보시다시피 아이들도 얼마 없고요. 단지 아는 건 인생을 조금 안다는 것밖에 없습니다." 왕쌤이 말을 하면 할수록 두 부부는 얼굴이 빨갛게 달아올랐다.

"그런데 아무튼 저희 딸은 왜 점점 산만해지고 심지어 다른 곳에서 공부하던 아이가 우리 학교로 전학을 왔는데 그 아이가 1년 후에는 1등을 하더라고요. 왜 그렇죠?" 그때부터 왕쌤의 말은 일사천리였다. 이것이 오만한 부모들이 오면 사양하기 위한 왕쌤의 작전이다.

"댁에서는 따님을 그 학교에 보내기 위해 어릴 때부터 영어 유치원이나 영어 과외 선생님을 썼을 것이고, 어린나이에 영어를 공부한 딸은 모국어가 완성되기 전에 영어를 받아들여 모국어 형성에 치명적인 타격을 받았으며, 생각이나 사고는 모국어를 통해 이루어지는데 귀댁의 따님은 미완성의 모국어 실력으로 아이들과 사귀어야 하고 공부를 해야 하기 때문에 친구를 사귀는 것에 문제가 생기고 그래서 산만해집니다. 성적은 당연히 아무리 가르쳐도 시간이 지날수록 떨어지게 되어 있습니다. 그렇게 어릴 때부터 공부에 몰입하도록 시키려니 오감을 사용하여 놀아야 하는데 놀 시간이 없었을 것이고 노는 시간이 부족하니 두뇌의 오감에 해당되는 부분의 뇌세포는 살아남지 못했을 것입니다. 오감은 인간의 지식을 받아들이는 통로이고 뇌의 상당 부분을 차지합니다. 현재 4학년이니 11살일 텐데 그 아이는 11살 일생 동안 모국어가 해야 할 영역을 영어로 하라고 강요받았으니 나머지 인간 활동에 문제가 생긴 것입니다. 하지만 전 댁의 따님의 원인과 해결책을 알고 있지만 제가 감당할 수 있는 정원이 넘어 받을 수가 없습니다. 죄송합니다."

왕쌤의 말은 기관총을 쏘듯 빨랐지만 발음이 또박또박하고 원인과 결과가 명확했다. 말이 길어지면 길어질수록 두 부부는 자세를 바꾸었다. 그들은 서로 얼굴을 쳐다보고 할 말을 잃었다. 이미 도도하게 들어서던 사람들의 모습이 아니었다. '내가 저렇게 될 줄 알았지!' 나는 벽난로 옆에서 후련함을 느꼈다. 왕쌤은 화가 많이 난 것이었다. 그리고 일어서려고 했다.

"선생님! 죄송합니다. 저희들이 모르고 무례를 범했습니다. 어떡하면 되겠습니까? 제가 집이라도 사라면 사 드리겠습니다. 우리 아이를 받아주십시오. 아이만 받아준다면 공부방에 도움이 되는 것은 무엇이든 하겠습니다." 아저씨는 무릎을 꿇고 고개를 숙이며 빌다시피 말했다.

"아닙니다. 부모들은 누구나 학교 성적이 그 아이의 인생 성적이라고 착각하지요. 교과목이 인생에서 무엇을 판단해 줄 것처럼 믿고 살아갑니다. 하지만 그것은 교과목일 뿐입니다. 인생의 과목이 절대 될 수 없습니다. 따님도 그것을 기준으로 학교에 보낸 것 아닙니까?"

"네. 맞습니다. 제가 지금 그것 때문에 이렇게 답을 못 찾고 온 것 아닙니까?"

"아닙니다. 그것 때문에 온 것이 아니잖습니까? 아직도 성적을 가지고 전학 온 아이와 비교하지 않습니까? 그 전학 온 아이의 배경을 모르잖습니까?"

"처음에는 재혼한 부부의 아이라 학교에서 거의 왕따를 당한 아이입니다."

"아이들이 전학 온 아이를 왕따 시킬 때 기존에 있던 아이의 부모들은 수수방관했겠지요. 자신의 아이가 왕따를 당하면 난리가 났을 텐데 말입니다. 그 재혼과 왕따가 그 아이를 강하게 만들었다는 생각을 안 해보셨습니까? 그런 아이를 당신과 같은 부모들이 키운 아이가 이길 수 있을 거라고 생각하고 계십니다. 댁의 아이는 다른 사람을 찾아보세요. 저보다 훌륭한 사람들이 왜 없겠습니까? 저는 원인과 답을 드렸습니다. 안녕히 가십시오!"

선생님은 끝끝내 받아들이지 않았다. 대책만이라도 가르쳐 달라고 말했지만 그것은 아이와 몇 분이라도 대화를 해 봐야 정확히 안다고 말하면서 극구 사양했다. 그날 저녁 나는 왕쌤에게 물었다.

"왕쌤, 근데 왜 아까 그 부부의 아이를 안 받았어요? 받아서 돈이라도 챙기시지."

"그런 돈 먹다가 체한다."

"왕쌤, 그 부부는 어떻게 왕쌤의 말을 알아들었을까요? 다른 부모들은 그것조차 알아듣지 못하잖아요." 간혹 공부방에 들러 왕쌤과 상담하는 부모들을 보면 왕쌤의 이야기는 교과서에나 있는 이야기라고 무시하고 돌아가는 부모들을 많이 봤기 때문이었다.

"저 젊은 부부가 어떻게 돈을 벌어 그런 학교에 자식을 보냈는지 아냐?"

"……." 나는 그것에 관한 대답을 하지 못했다. 내가 생각하는 것에 확신이 없었다.

"지금쯤 그 정도는 대답해야 하는데……."

왕쌤의 말을 듣고 틀리더라도 대답을 해 봐야겠다는 생각이 들었다.

"젊은 나이에 돈을 벌었다는 건 그만큼 많은 생각을 하기도 하고 고생을 했다는 것 아닙니까?" 나는 왕쌤의 눈치를 살폈다.

"맞다. 잘 아는구나! 그런 사람이 자식의 문제를 그나마 생각한 게지. 저 사람들은 나중에 다시 오게 돼 있다."

"어떻게 그렇게 단정하세요?"

"그 답을 해 줄 사람이 없을뿐더러 힘없이 돌아간다는 것은 자신들의 행동에 대한 뉘우침이다. 자신들의 무례함으로 자식의 미래를 망칠 사람들은 아니라는 거지! 자식의 미래를 망칠 사람들은 선생 앞에서 뻣뻣한 사람들이다."

시간이 어떻게 흘렀는지 모르지만 수능을 보기 한 달 반 전이었다. 아이들이 갑자기 청소를 하고 여기저기 왔다갔다 치우느라 난리였다. 무슨 일이냐고 물었더니 손님이 온다는 것이다. 무슨 손님이 오냐고 물었더니 모른다고 했다. 우리는 어떤 손님이든 손님이 오면 매번 이렇게 치웠다. 그것이 손님의 대한 예의라고 생각했다.

"양준혁, 너 화장실에 가서 화장지 좀 잘라 와! 한 열 칸 정도만."

평소 왕쌤은 자신의 일은 절대 남에게 시키는 법이 없는 분이었다. 당신의 방을 학생들에게 청소를 시킨 적이 없다. 그런 사람이 갑자기 화장지를 뜯어 오라는 것이 조금은 이상했지만 스쳐가는 생각이었다.

"네!" 하고 화장실로 들어갔다.

그리고 화장지를 뜯어 밖으로 나왔다. 문을 열고 나오자 한순간 '어디서 많이 본 사람인데?'라는 생각이 들었다. 엄마와 아빠가 화장실 앞에 서 있었다. 나는 웃음도 울음도 나오지 않았다. 멍할 뿐이었다. 2년 반 만에 갑자기 나타난 엄마와 아빠였다. 아빠가 팔을 벌리고 엄마가 손을 잡았다.

"아이고, 이놈 내 새끼 많이 컸네!" 하고 엄마가 먼저 나를 끌어안았다.

"엄마! 아빠! 웬일이에요?" 갑자기 그 자리에서 왜 그런 말이 튀어나왔는지 모르겠다. 오랜만에 만난 부모님께 웬일이냐고 묻고 있었다. 아버지는 나와 엄마를 끌어안았다.

"잘했다. 잘 견뎠다. 잘해냈어! 우리 아들!" 아버지가 나를 격려해 주니 눈물이 나왔다. 나는 아무 말도 하지 못했다. 엄마를 만나면 그동안 죄송했다고 말하고 싶었는데 그 말도 하지 못했다.

"이젠 좀 앉지! 나도 얼굴 좀 보자!" 왕쌤의 목소리였다.

"네, 선생님! 자 소파로 가자." 아버지가 대답했다. 우리는 거실 바닥에 앉았다.

"선생님은 어떻게 몇 년 만에 뵈도 하나도 안 변하셨어요?" 아버지가 선생님을 이미 알고 있다는 듯 말했다.

"똥차이! 난 안 변했는데 니가 늙었구먼. 머리도 쉬어지고! 사는 게 힘든가?"

"왕쌤! 똥차이가 우리 아빠였어요? 허걱, 그리고 보니! 그래서 처음 제가 왔을 때 똥차이, 똥차이 쉐끼라고 욕했구나!"

"아니 선생님은 아직도 저를 욕하세요? 제 자식 앞에서?" 내 말을 듣고 아버지가 말했다.

"야, 이놈아! 니가 제대로 키웠어봐! 얘가 여기 오나!" 왕쌤은 웃으며 말했다.

"애를 키운 건 저예요. 저 사람은 아무 말 안 했어요." 엄마가 말했다.

"아니지. 알면서 말 안 한 죄도 만만찮지."

"그럼, 아빠도 예전에 여기 살았어요?"

"여기 살다뿐이냐. 넌 그래도 고1에 왔지만 니 애비는 초등학교 때부터 여기 있었다."

"아니 아빠, 아빠는 혼자 공부 잘했다며?"

"그럼, 너 선생님이 뭐 가르쳐줬어? 아무것도 안 가르쳐 줬잖아!"

"공부만 안 가르쳐줬지. 아! 그런가? 아휴, 나만 지금까지 속은 거 아냐! 아빠는 여기에 대해 다 알고 있었고. 내가 미치겠네."

"왜 물리려고? 그럼, 한번 물려 봐! 시간을 되돌릴 수 있나?"

"진짜! 세상에 믿을 사람 한 사람도 없네!"

"그래서 후회스럽냐?" 아버지는 놀리듯 말했다.

"후회스럽냐고요? 아뇨. 전혀요. 아버지보다 왕쌤이 더 아버지 같은데. 나도 내 아들 여기 보내야지!"

"이거, 브레인 디자이너는 부자지간도 끊어요? 하나 있는 아들도 내 아들이 아니구만. 하하하. 야, 그건 그거고. 봐라, 왕쌤이 니 아들까지 챙길 수 있겠냐?"

"똥차이! 차라리 빨리 죽으라고 해라! 하하하, 하지만 난 똥칠할 때까지 살 거다!"

"근데 똥차이는 뭐예요?"

"니 애비가 한창 클 때 라면을 엄청 먹어대고 허구한 날 화장실 가서 똥만 싸서 똥차이라는 호가 붙었지!"

우리는 그날 그렇게 행복하게 부모님이 싸온 음식으로 파티를 열었다. 이 년 반 동안의 고생은 대학을 들어가니 추억으로 바뀌었다. 처음 공부방으로 갔을 때 부모를 욕했지만 추억으로 바뀌고 나니 가지 않았다면 어떻게 됐을지 끔찍했다. 처음 호되게 맞은 이후 그곳에서 맞아본 적이 없다, 미친놈에게 몽둥이가 약이라는 말이 맞는 말이었다. 의학 공부를 하면서 공부방에서 겪었던 일들이 얼마나 값진 경험이었는지 알게 되었다. 인간의 고생은 새로운 것을 성취하는 기쁨의 원동력이라는 것을 느끼게 해준 그곳이 그리워 찾아 갔지만 집만 있을 뿐 흔적이 없었다.

그것은 공부방을 찾은 젊은 부부가 자신들의 재산을 털어 산속에 건물을 지었고 그 건물로 이사를 갔다고 아버지께 들었다. 나는 변명을 하는 것 같지만 먹고 살기 바빠 연락을 못 했다. 왕쌤이 돌아가셨을 때도 아버지가 대신 갔다. 왕쌤의 뒤를 이어 그곳 출신의 제자가 그 일을 하고 있다고 들었다. 분명 왕쌤이 만들어 놓은 사람일 것이다. 나는 그분께 누군가를 가르칠 재목이 아니라고 들었다. 확실히 내겐 사람을 보고 성장 과정을 분석해 낼 능력이 내게는 없었다. 그것을 배우기에 너무 짧은 시간이었다.

나는 종종 창의력이나 인생과 관련된 이름 난 강연을 들으러 다닌다. 그런 능력을 키우기 위해 나름의 방법인 것이다. 강연을 들을 때마다 실망했다. 하지만 몇몇 강사들이 창의력과 창조라는 단어를 꺼낼 때 가슴이 뛴다. 혹시나 하는 생각에 강사들에게 묻곤 했다.

"강사님! 혹시 고등학교를 검정고시로 통과하셨습니까?"

나도 똑같은 질문에 숨기듯 그들도 아니라고 말한다. 이 사회는 그것을 받아들이지 못하고 있다. 의사는 당연히 좋은 고등학교를 나왔을 것이라는 환자들의 믿음은 대학 간판만 걸어도 자신들의 생각에 확신을 주는 모양이다.

대성목재소

"아저씨! 미송을 이렇게 많이 사는데 이놈의 각목 한 묶음을 못 줘요?" 평소에 노랭이 짓만 하는 영감이 미워서 떼를 쓰고 있었다.

"그럼, 니가 만들어 팔끼가!" 백발 노인네가 말도 안 되는 소리로 사람을 놀려댔다.

"내가 이 집에 지금까지 팔아준 게 얼만데 이거 고작 삼만 원짜리 각목 한 묶음을 못 줘요! 에이 씨!" 나무로 집을 짓느라 거의 천만 원 가까이 미송을 사 갔다,

"야! 김 원장! 니 자꾸 까불면 나한테 맞슴매!"

"아이고, 더럽다 더러워! 무슨 유세도 아니고 아들 하나 딸랑 있는 거 장가도 다 보내고 잘만 먹고 산다면서 도대체 뭘 하려고 돈을 움켜줍니까? 그놈의 드라이브도 안 가네! 허구한 날 자판기 커피로 다 때우면서 그놈의 돈은 어디다 쓰려고요?"

"니는 어따 쓰는데?"

"난 버는 게 있어야 쓰지요! 교육비 받아봐야 지들 먹이고 세상 구경 시켜주고 그러고 나면 남는 게 없다는 거 아저씨도 잘 알잖아요."

"그래도 남는 게 있을 꺼 아이가!" 황 영감은 그놈의 돈 얘기만 나오면 소리를 버럭버럭 질러댔다.

"내가 돈 없다는 건 우리 애들도 다 아는데 아저씨가 모를 일도 없고……."

"내가 니 사정을 우예 앎? 내가 살다 살다 공짜로 나무 한 다발 달라는 놈 니놈이 첨 아임매! 그렇게 돈 없으면 점심이나 먹으러 옴!"

"그놈의 밥 한 끼! 저기 외국 애들이나 먹이소! 난 갑니다. 그럼 이만!"

"니도 그라모 안 돼지비! 내가 이 나이에 와 니하고 밥 먹자는 지 니가 더 잘 알 거 아임 둥!"

"다음에 먹을게요!"

"니놈도 짜기는 마찬가짐매!" 하고 돌아서는 나의 뒤통수에 대고 황 씨 아저씨가 소리를 질렀다. 그럴 때마다 죄송해서 고개를 돌릴 수가 없었다. 1톤 트럭을 몰고 집으로 향했다.

대성목재소 황사장님은 나보다 서른둘이나 많은 일흔여덟의 노인이다. 아직 지팡이도 짚지 않고 178cm의 키에 풍채도 좋은 노인네다. 그에 비하면 난 170cm의 노인네의 말대로라면 톡 치면 와르르 으스러질 것 같은 체격이다. 그래서 나만 보면 밥 한 끼 타령이다. 나는 부지깽이 김 원장이고 황 씨 아저씨는 노랭이 황 영감이다.

황 사장님을 처음 만난 것은 내가 고등학교 1학년 때 버스 안에서였다.

"아야! 왜 때려요!" 이제 막 버스를 탄 처음 보는 아저씨가 옆으로 오더니 뒤통수를 때리는 것이었다. 아프진 않았지만 기분이 나빴다.

"니 눈에는 어른이 아이 보임매?" 다부진 체격에 키가 큰 사람이 나를 내려다보며 어른이라고 뻐기는 듯했다. 화가 났지만 할 수 없이 일어섰다.

"다음부턴 말로 하세요! 말로! 에이……"

"에이 뭐?" 일어선 나를 쳐다보며 말했다.

"에이 비 씨 디!" 하고 쏴 부쳤다.

"하이고, 엑스 와이 제트는 어데 갔음둥?" 나는 속으로 '하던가, 말던가.'라고 생각했다.

"안녕히 갔음둥! 난 여기서 내리 갔음둥!" 되지도 않는 말로 내뱉었다.

"그래! 담에 보이!" 하고 나를 보고 손을 흔들었지만 난 '자기가 날 다음에 왜 봐?'라는 생각이 들었다. 그 당시 나는 웃으며 말하는 것조차 기분 나쁘게 받아들였다. 어른이라고 막무가내로 무엇인가를 요구하는 것을 볼 때마다 화가 치밀던 늦깎이 사춘기 시절이었다.

학교에 가는 길은 버스를 타고 20분 정도 가면 시장 앞 버스터미널에 도착한다. 그러면 시장을 가로질러 큰길을 조금 걷다 보면 학교가 나온다. 큰길을 사이에 두고 건너편은 논과 밭이지만 이쪽은 시장과 마을이었다. 그런데 2월 말부터 길 건너편 논에 덤프트럭들이 흙을 갖다 붓기 시작하더니 논을 밭으로 만들었다. 친구들과 나는 학교 운동장을 선배들에게 뺏기고 그 밭에 말뚝을 세워 축구 경기를 했다. 땅이 다져지지 않아 신발이 빠지고 운동화는 더러워졌지만 해가 넘어가는 줄도 몰랐다.

그러던 어느 날 한쪽 구석에서 놀던 친구들이 축구 경기를 하고 있는 나를 불렀다.

"야! 경홍아, 일로 와 봐!" 우리는 찬영이 부르는 바람에 시합을 멈추고 산더미처럼 쌓인 모래 뒤쪽으로 갔다. 여름밤 여덟 시는 그렇게 어둡지도 않았다. 그런데 찬영이 꺼낸 것은 담배였다.

"야! 그러다 누가 보면 어떡해?" 나는 불안해서 찬영에게 말했다.

"누가 보긴 누가 봐! 이쪽은 들판이고 시간이 지금 몇 신데! 봐, 논에 아무도 없잖아!" 찬영이 그렇게 말하니 마음이 놓였다.

"너 이거 어디서 났어?" 덩치가 커서 골키퍼만 하는 태호가 물었다.

"어디서 나긴 우리 꼰데 꺼 슬쩍했지!" 찬영의 한마디에 우리는 옹기종기 모였다. 그리고 담뱃갑을 손바닥에 탁탁 치더니 아주 멋있게 비닐 손잡이를 담뱃갑 주위로 한 바퀴 돌리고 하얀색 은박지를 자투리 하나 남기지 않고 깨끗하게 뜯어내더니 중앙에 있는 한 가치를 쏙 뽑아 오른손 검지와 중지 사이에 끼고 손을 한 바퀴 돌리면서 입으로 가져갔다. 그리고 성냥을 탁, 하고 긋더니 파르르 하는 성냥불을 담배 끝에 갖다 대고 숨을 깊숙이 빨아들였다. 그리고 잠시 후 하얀 연기를 내뿜었다. 찬영이 연기를 뿜어내자 그의 모습이 연기에 싸인 신령처럼 아른거렸다. 찬영의 얼굴은 천사의 얼굴처럼 편안해 보였다. 그것을 보고 있던 우리는 "나도 하나, 나도 하나" 하면서 찬영의 담뱃갑을 돌렸다.

나는 그때까지 담배는 어른들만 피우는 것으로 알았다. 그리고 담배 냄새는 죽도록 싫어했다. 그런데 그날따라 왜 그렇게 피우고 싶었는지 모른다. 찬영이처럼 담배에 입을 대고 숨을 깊게 빨아들였다. 그런데 갑자기 기침이 나고 어지럽기 시작했다. 두 모금을 빨고 모래 위에 쓰러졌다. 하늘이 빙빙 도는 것 같았다. 나뿐만이 아니라 피우던 우리들 중 8명은 드러누웠다. 하지만 덩치 태호는 기침을 콜록거리며 끝까지 피웠다.

그때 갑자기 큰길 쪽에서 소리가 들렸다.

"야! 거기 뉘기 있음둥?" 나는 그 순간 당황했다. '저런 억양은 그때 버스 안에서 본 그 아저씨 목소린데?'라는 생각이 들었다. 저 사람은 우리 동네에서 아는 사람이 거의 없다는 것을 생각하니 그나마 마음이 놓였다.

"누군지 이리로 나와 봄세! 너거들 여기 고등학생이라는 거 다 암매!" 그 목소리는 갈수록 커졌다. 여름밤 고함치는 소리는 왜 그렇게 크게 들리는지 빨리 나가지 않으면 오히려 다른 사람들에게 들릴 것 같았다. 우리는 누구랄 것도 없이 주섬주섬 길 쪽으로 나갔다. 그나마 내가 아는 사람이라 먼저 나가야겠다는 생각이 들었다.

"여기서 공 차면 안 됩니까?" 나는 능청스럽게도 딴청을 부렸다.

"니 버스 안에서 자리 안 비키준 그 학생? 니 축구만 했슴둥?" 눈을 위로 치켜뜨고 말하는 것을 보니 알고 있는 모양이었다. 더 이상 잘못 말했다가 또다시 목소리가 커질 것 같았다.

"죄송합니다. 근데 전 한 모금 피웠다가 하늘이 빙빙 돌고 그래서 쓰러졌습니다." 내 말이 우스웠는지 꼬리를 내린 것이 용서가 됐는지 모르지만 아저씨의 얼굴색이 바뀌었다.

"몇 명 쓰러졌음매?" 그렇게 물어보는 순간 나는 아저씨를 쳐다보았다.

"아니, 지금 몇 명 쓰러진 게 궁금합니까?" 도대체 질문이 뚱딴지같았다.

"아이, 그기…… 니 뭐가 기리 대단함둥? 잘못한 건 자네 아임매?" 할 말이 없었다.

"니 이름이 어캐 됨매?"

"이름은 왜요? 학교 가서 고자질하게요?"

"내가 왜 학교 감? 일 없슴매!" 학교를 간다는 것인지 안 간다는 것인지 구분이 가지 않았다.

"김경흠인데요. 아저씨 이름은 뭔데요!" 나는 말을 하고도 교양 없이 말했다는 생각이 들었다. 말을 번복할까 말까 하다가 시간을 놓쳐 애써 태연한 척했다. 그것이 친구들에게 강하게 보일 것 같았다.

"황가임! 담에 또 봅세!" 미안하다는 표정을 읽은 것인지 황 씨 아저씨는 더 이상 말을 하지 않았다.

"고맙슴둥!" 나는 저만치 걸어가는 황 씨 아저씨의 등에 대고 소리를 질렀다. 황 씨 아저씨는 뒤도 돌아보지 않고 오른손을 번쩍 들었다. 시원하게 내 맘을 알아주는 황 씨 아저씨의 행동이 고마웠다.

다음 날, 담임선생님의 아침조회 시간이었다. 다리를 저는 황영달이라는 아이가 강원도 고성에서 전학을 왔다. 그 아이는 다리를 절지만 키는 꽤 큰 편이었다. 뽀얀 얼굴이 조금은 창백해 보였다. 영달은 체육 시간에도 예외였고, 반에서 하는 청소는 물론 쓰레기 줍기 같은 자연보호 활동에도 항상 예외였다. 그 아이는 말도 거의 하지 않았다. 게다가 짝이 없어 제일 뒷자리에 혼자 앉았다. 시골이라 몇 명 되지 않은 우리는 그 아이가 궁금했지만 다리를 절고 있는 아이를 처음 보기 때문에 선뜻 다가가지 못했다. 영달이 역시 활발한 아이가 아니었다.

"너, 집에 안 가?" 영달이 교문 앞에 서 있었다.

"응, 차 기다려!" 영달의 대답에 난 웃음이 나왔다.

"차? 여기 버스 안 와! 시장 앞 대로로 가야 탈 수 있어" 교실에서 친구들과 이야기를 하지 않아 아직 정거장이 어디 있는지 모르는 것 같았다.

"나도 알아. 아빠를 기다리는 중이야." 나는 아빠가 학교까지 온다는 말에 부럽기도 했다.

"영달아! 근데 넌 왜 다리를 저냐?" 내 말에 영달은 나의 얼굴을 빤히 쳐다보고 있었다.

"……." 말이 없었다.

"뭐 애가 말을 못 하냐? 그럼, 낼 봐!" 하고 나는 버스정거장으로 향했다. 끈적거리는 6월의 날씨 때문에 흐느적거리며 인도를 걷고 있었다.

"니 경흠이 아임매?" 누군가 헬멧을 벗으며 나를 불렀다. 아는 사람 중에 오토바이를 타는 사람이 없는데 누군지 궁금했다. 목소리는 분명 황 씨 아저씨였다.

"안녕하세요." 축 처지는 목소리로 인사를 했다.

"이 애미나이, 어제 그 일로 매가리가 없구마이. 일 없으이." 도대체 무슨 말인지 알아들을 수가 없었다. 그래서 가만히 서 있었다.

"괜찮다! 이 말임매!" 나는 힘이 없어 그냥 고개만 끄덕였다. 점심시간에 축구를 하는 바람에 힘이 더 없었다.

"담에 봬요. 전 집에 갈게요." 하고 인사를 하는 둥, 마는 둥 걸음을 옮겼다.

"다아메 우리 집에 놀러 오이!" 황 씨 아저씨는 다시 오토바이를 몰아 나와는 반대쪽으로 갔다. 그 말에 '내가 왜 자기네 집에 놀러 가지? 저 아저씨는 대체 뭐야!'라는 생각이 들었다. 몇 달 사이에 내 앞에 나타나 자꾸만 마주치는 것이 맘에 걸렸다. '대체 뭐하는 사람이지?' 갑자기 궁금해졌다.

이런저런 생각으로 터덜터덜 걷고 있는데 또다시 오토바이 소리가 들리더니 빵! 하고 경적이 울렸다. 나는 깜짝 놀라 소리 나는 쪽으로 고개를 돌렸다. 황 씨 아저씨 오토바이에 타고 있는 사람은 영달이었다. 나는 엉거주춤하게 오른손을 들어 달려가는 오토바이를 향해 오른쪽 검지를 들어 가리켰다. 그러자 황 씨 아저씨는 오토바이를 길가에 세웠다. 그러더니 나를 보고 손을 흔들었다. 길을 건너오라는 것이었다. 나는 집에 가야 한다고 손을 좌우로 저었다. 하지만 막무가내였다. 할 수 없이 길을 건넜다.

"아빠가 우리 집에 같이 가자셔!" 영달이 말했다.

"난 먼저 집에 가이까네 같이 오라이!" 그리고 황 씨 아저씨는 오토바이를 몰았다.

"영달아! 너희 아빠인 것 같은데 원래 저렇게 자기 하고 싶은 대로 하시냐?" 나는 영달에게 따지듯이 물었다.

"니가 어떻게 우리 아빠를 알아?"

"응! 벌써 세 번째거든."

"아닌데. 우리 아빠 얼마나 말이 없는 사람인데. 형이랑 나한텐 잘해 주지만 다른 사람에게 무뚝뚝한 편인데……. 너 우리 아빠 어떻게 알았어?" 영달이도 내 말이 궁금한 모양이었다.

"알다 뿐이냐! 대가리도 맞았고 또……. 됐다!" 괜히 담배 피우다 걸렸다는 말을 하기 싫어서 거기서 멈췄다. 그러자 영달이도 아무 말이 없었다.

"근데 너희 집은 어디냐?" 그러고 보니 영달은 심하게 다리를 절고 있었고 힘들어 하는 것 같았다. 걸음이 처지는 것 같아 천천히 걸었다.

"저기 새로 짓는 집이 우리 집이야!" 그곳은 축구를 하다가 황 씨 아저씨께 잡힌 그곳이었다. 그 말을 듣고 보니 논을 높여 밭을 만드는 줄 알았는데 집터가 되어가고 있었다.

"아니, 웬 집을 저렇게 크게 지어?"

"아니야! 집도 짓고 아빠 사업인 목재소도 만든대." 영달은 아무렇지 않다는 듯이 말했다. 나는 속으로 '부자인 아빠를 만나 얼마나 좋을까?'라는 생각이 들었다.

"황 씨 아저씨가? 우와!" 부자를 알게 됐다는 것이 야릇한 만족감을 느끼게 했다. 하지만 영달이네 집은 천막이었다. 공사가 진행 중이라 중장비가 오락가락하고 바람에 천막이 흔들리는 소리가 들렸지만 천막 안에는 마루가 깔려 있었고 방을 구분하는 칸막이와 문도 있었다. 천막 안은 집인지 천막인지 알 수 없을 정도로 완벽한 집이었다.

"안녕하세요?" 거실에 영달과 앉아 있는데 아주머니께서 밥상을 들고 들어왔다. 나는 밥상을 받으며 인사를 했다.

"응, 그래, 고맙다. 영달이 친군가 보네? 많이 먹어라." 아주머니는 밥상을 놓고 나갔다.

"우와! 니네 엄마 요리 잘하시는갑다. 진짜 맛있어 보인다." 나는 밥상에 가까이 다가갔다.

"우리 엄마는 돌아가셨어! 일하시는 분이야."

"안됐다. 근데 왜?" 나는 아무런 생각 없이 되물었다.

"교통사고로 돌아가셨대. 나도 잘 몰라. 내가 세 살 때라는 것만 알고. 근데 넌 그런 걸 아무 거리낌 없이 묻냐? 학교 정문 앞에서도 그러고⋯⋯."

"그러는 넌! 너도 아무런 거리낌 없이 말하네!" 그렇게 말하고 우리는 얼굴을 마주보고 웃었다.

"근데, 진짜! 너 왜 다리를 그렇게 절어? 어릴 때 소아마비 걸렸어?"

"아니야! 그런 건 아닌데 아빠가 월남 파병 갔다가 무슨 농약 때문에 내가 이렇게 됐대. 그리고 제일 큰형은 내가 12살 때 죽었어. 5년 전에."

"너처럼 다리를 절다가?"

"아니, 장에 이상이 생겨서."

"그래? 그럼 다행이네. 넌 장기 쪽이 아니라서. 넌 오래 살 거야!"

영달은 "왜?" 하면서 눈을 둥그렇게 뜨며 나를 쳐다보았다.

"왜긴, 내가 있으니까! 난 오래 살고 싶거든. 벽에 똥칠할 때까지!"라고 말하며 또다시 깔깔대고 웃었다. 그날 밥이 꿀맛이라는 말을 처음 알았다. 무침 하나만 봐도 간장과 마늘만으로 양념하는 우리 집 시금치 무침과는 비교가 되지 않았다. 시금치 무침에 땅콩가루도 들어 있었다. 간장은 내가 그때까지 먹어본 것과 다른 간장을 쓰는지 짜기만 한 우리 집과는 너무나 대조적이었다. 나는 밥을 세 그릇이나 먹어치웠지만 잘 먹고 잘사는 집 아들 영달은 밥 한 그릇을 가지고도 깨작거리고 있었다.

"넌, 무슨 밥을 그렇게 먹냐? 그건 밥에 대한 예의가 아니지! 내가 밥맛이냐?"

"아니야! 그런 거 절대 아니야! 니가 있어서 이만큼 먹는 거야!"

"그럼 됐고. 이야, 너희 집 진짜 부자다. 텔레비전, 침대, 장롱 난 저렇게 좋은 거 본 적이 없는데? 이런 데서 살아봤으면 소원이 없겠다."

"그럼, 여기서 살아! 아빠한테 얘기해줘? 나도 형이 없어서 좀 그랬는데. 둘째 형은 서울에 있거든."

"야! 그런 말 하지 마! 니네 아빠 은근 무써버! 우리 엄마 알면 난리나. 내 동생이 유복자인데 죽는 바람에 내가 막내 노릇까지 해야 돼."

"아빠도 널 좋게 봤나 보던데. 우리 아빠가 다른 사람한테 잘해주는 거 첨 보거든."

"니네 아빠 노랭이서?"

"그 정도는 아니지만 돈은 엄청 아끼시지."

"이 에미나이! 어른보고 노랭이라 캤지비?" 언제 들어왔는지 황 씨 아저씨는 얼굴에 웃음을 띠고 말은 거칠게 내뱉었다.

영달은 "아니, 그런 뜻이 아니고 전 그냥 쪼끔……" 하고 손톱 만큼이라는 표시를 했다.

"놀려도 괜찮슴메. 아주마이, 여기 좀 치워 주시라이요! 경흠이 짐 집에 가야 하지비?"

"네. 가라면 가야지요!" 나는 말하고 나서 아! 하는 생각이 들었다.

"아이 그 말이 아임매. 지금 가면 태워줄 수 있지비. 나중에 가면 걸어가야 함!"

"아빠! 경흠이 나랑 자면 안 돼?" 영달은 아저씨께 코맹맹이 소리를 했다.

"네! 죄송합니다. 엄마한테 말도 안 하고 여기서 잘 수는 없지요." 하면서 일어났다.

"경흐미, 니 나랑 이녀이 많더만 내가 잘 본 게 맞구마!" 함경도 사투리는 단어 중간 발음이 솟구치는 특징이 있어 경쾌하게 들릴 때가 많다. 황 씨 아저씨는 '경흐미' 할 때 '흐' 자가 유독 강하게 말을 했다. 황 씨 아저씨가 말할 때마다 말을 따라 하고 싶은 충동이 느껴지곤 했다. 아저씨의 칭찬에 난 기분이 좋았다.

"알았어. 오늘도 난 혼자 자야 돼?" 영달은 푸념을 하듯 말했다.

"또 그 소리 하는구마이." 하면서 아저씨는 영달을 안아주었다. 나는 그 모습을 물끄러미 바라보고 있었다. 황 씨 아저씨는 자가용으로 나를 집 근처까지 태워줬다. 그때까지 자가용의 앞자리에 앉아 본 적이 없는 나로서는 지나가는 들판길이 신기하기만 했다. 버스보다 자가용이 더 빨리 지나갔다. 아저씨가 집이 어디냐고 묻기에 가현리라고 대답하고 아무런 말없이 앉아 있었다. 아저씨는 일이 있어 서울에 갔다 와야 하니까 아침에 자신이 못 올지도 모르니 영달을 데리고 학교에 가면 안 되냐고 부탁을 했다. 다음 날, 영달을 데리러 집에 들러보니 이미 황 씨 아저씨가 영달을 챙기고 있었다.

얼마 후 안 사실이지만 황 씨 아저씨가 서울을 들락거리는 것은 둘째 아들의 입원 때문이었다. 하루도 빠짐없이 다녔지만 영달과 세 살 차이인 둘째도 죽고 말았다. 첫째 아들과 같은 증상을 보여 애초부터 병원에 입원시켰지만 둘째도 죽은 것이다. 그렇게 활발해 보이던 황 씨 아저씨도 아들을 묻고 방 안에서 꼼짝도 하지 않았다.

천 평의 논에 공장과 집을 짓느라 분주했지만 한 달 정도 밖으로 나오지 않았다. 나는 아침마다 그 집에 들러 영달을 데리고 등교했다가 다시 집으로 데려가곤 했다. 영달이도 힘이 없기는 마찬가지였다. 두 부자의 억눌림이 내게 전해졌다. 왠지 건강한 내가 죄를 짓는 것 같았다. 시간만 나면 친구들과 축구를 하고 야구를 하며 놀기 좋아하는 내게 그런 것들이 점점 의미를 잃어갔다. 영달이도 내가 밖에서 뛰어 놀지 않고 자신과 함께 시간을 보내는 것이 느껴지는 모양이었다. 미안한 기색이 역력했다.

"경흠아, 내가 부탁할 사람이 없어서 그러는데 니가 우리 아빠하고 이야기 좀 해 봐."

"내가 뭔 얘기를?"

"아빠가 다른 사람 말은 몰라도 니 말은 들을 것 같아. 내가 살면서 우리 아빠가 너한테만큼 관심 있는 거 첨 봤어!" 영달이의 말이 무슨 뜻인지 이해가 가지 않았다.

"아니, 니가 내게 관심 있다는 거야, 니네 아빠가 내게 관심 있다는 거야?"

"우리 아빠가 그렇다는 거지. 난 너랑 친구잖아. 그건 당연한 거고."

"음…… 근데 그게 왜?"

"난 지금 아빠한테 말도 못 걸겠어. 아빠가 너무 심각하니까."

"그래서, 내가 아빠한테 말을 걸어보고 아빠를 방에서 끄집어내라고?"

"아니, 그렇게까지 하라는 게 아니라 말이라도 좀 해 보라고……"

"알았어! 그런 거 하나 못 하겠어? 까짓거! 설마 니네 아빠가 때리기야 더 하겠어!"

영달에게 큰소리를 쳤지만 막상 영달이네 집에 가까이 오자 마음이 두근거렸다. 영달을 방에 앉히고 황 씨 아저씨의 방문을 두드렸다. 아무런 인기척이 없었다. 그래서 문을 열었다. 방 안은 온통 소주병으로 난장판이었고 아저씨는 팬티 바람에 한쪽에 쓰러져 자고 있었다. 방을 가만히 둘러보니 우리 집터보다 넓게 보였다. 안쪽은 서재였다. 두꺼운 책들이 방바닥에 나뒹굴고 있었다. 커튼이랑 창문을 열었다. 뜨거운 바깥 공기가 안으로 들어왔다. 아저씨가 꿈틀거리며 한 손으로 방바닥을 짚고 몸을 세웠다.

"경흠이 와?" 당당하던 신사도 폐인이 되고 보니 볼품없긴 마찬가지였다.

"아저씨! 미쳤지!" 대뜸 내뱉은 말에 아저씨는 고개를 번쩍 들었다. 퀭한 눈으로 서 있는 나를 쳐다볼 땐 〈진짜 미쳤으면 어떡하지?〉라는 생각이 스쳤다.

"아니, 내 친구 영달이는 어떡하라고 아저씨가 이러세요? 나한텐 잘 난 척하면서."

"경흠아, 니 일로 오이라!" 한 대 때릴 것 같지는 않았다. 말에 힘이 없었다. 나는 황 씨 아저씨의 곁으로 다가갔다. 더 가까이 오라고 손짓을 했다. 그리고 나를 안아주었다.

"경흠이, 참, 착하지비. 난 부모 복도, 마누라 복도, 자식 복도 없는 놈인기라. 그런 자슥을 니가 살게 하는구마! 고맙구마이. 니 땜에 내가 살 끼다." 나는 무슨 의미인지 알 수가 없었다. 뭐가 그렇게 만들었는지 이해가 가지 않았다. 나 때문이라니?

"아저씨! 난 아저씨를 좋은 사람으로 생각했는데 아직 철이 덜 들었네! 우리 엄마도 내 동생 죽고 나서 동생 유품 태우면서 똑같은 말을 하더라고요. 복 타령. 그래서 내가 말해줬어요. 죽으면 썩기밖에 더하겠냐고!" 50이 넘은 아저씨의 투박한 손이 부드럽게 느껴졌다.

"알겠음매. 니가 나보다 낫다. 이제 걱정 안 할 끼다." 남자의 눈물은 여자와 다른 것이었다. 남자의 눈물이 얼마나 무거운 것인지 처음 느꼈다.

"영달아, 일로 건너 오이라!" 영달이 문 옆에서 가만히 엿듣고 있었는지 절룩거리며 모습을 나타냈다.

"영달아, 경흠이하고 니 한 가족코럼 지내는 기 내 바람이지비. 앏?" 그리고 우리 둘을 끌어안았다.

"그런 걱정 없음둥! 우린 친구 아임매? 친구보다 찐한 친구! 영달이는 내가 벽에 똥칠할 때까지 산다 캐찌비! 맞지비?" 내가 황 씨 아저씨의 말을 흉내 내자, 우린 서로 끌어안고 우는지 웃는지 모를 킥킥거리는 소리를 내고 있었다.

그날 이후 아저씨는 활발한 모습을 되찾았다. 영달과 나는 둘도 없는 친구가 되었다. 얼마 후 건설 붐이 일었지만 주위의 목재소는 호황을 누리지 못했다. 나무보다 간편한 레미콘으로 집을 짓기 때문이었다. 그 바람에 다른 목재소들은 업종을 변경하거나 문을 닫았다. 하지만 대성목재소는 적자에도 문을 닫지 않았다. 황 씨 아저씨는 목재소가 천직인 것처럼 생각했다. IMF라는 어려운 상황에도 문을 닫지 않았다. 뭔가를 기다리는 것 같았다.

농사를 지으며 엄마 혼자 4남매를 키우는 우리 집은 점점 부자가 되어갔다. 알게 모르게 황 씨 아저씨가 도와줬다. 혼자 농사를 짓던 어머니께 슈퍼마켓을 지어 운영하게 만들고 후한 월급을 주는 것 같았다. 그 월급이 나의 대학 등록금이 되었다.

얼마 지나지 않아 친환경이라는 바람을 타고 대성목재소는 다시 상승 곡선을 탔다. 그러는 사이 나는 대학을 다녔다. 영달의 건강이 점점 안 좋아진다는 이야기를 들었다. 집에 내려갈 때마다 영달을 만나러 갔다. 자신은 괜찮다고 말하지만 점점 줄어드는 몸무게를 감추진 못했다. 군대를 제대하니 영달이 보이지 않았다. 황 씨 아저씨는 영달이 서울에서 장가를 들어 잘 살고 있다고 했다. 그 말이 조금은 의심스러웠지만 캐묻지 않았다.

20년간의 직장 생활을 마무리하고 평소 갈망하던 교육 사업을 하려고 시골로 내려와 아이들과 나무로 된 집을 짓고 있었다. 시간에 쪼들려 나무를 사러 갈 때마다 영달에 대해 캐묻는다는 것은 잊어버리고 그놈의 '밥 한 끼 먹자!'라는 말만 나오면 불이 나게 도망쳐 오기 바빴다.

그런데 나무를 싣고 집으로 돌아오는 길에 불현듯 '밥 한 끼'라는 말이 '영달이 얘기하자!'로 번역되는 것이었다. 순간 잃어버린 기억이 되살아나듯 영달을 찾아야 한다는 야릇한 아련함이 밀려왔다. 집에 도착하자마자 나무를 내려놓고 잽싸게 차를 몰았다.

대성목재소 앞마당에 차를 멈추고 다짜고짜 황 씨 아저씨를 찾았다.

"영달이, 영달이 어디 있어요? 영달이 어디 있냐고요?" 나는 순간적으로 발을 동동 구르며 애타게 아저씨의 말을 재촉했다.

"애미나이, 빨리도 찾습매! 갑자기 친구가 생각남?" 황 씨 아저씨가 떨리는 목소리로 말을 하고 있었다. 그 목소리에서 이때를 기다리고 있었다는 것처럼 들렸다.

"어디 있냐고요!" 하고 소리를 꽥 질렀다.

"이노메 자슥아……." 황 씨 아저씨는 내 가슴을 쳤다.

"나한테 장가갔다고 거짓말하고 어디다 빼돌렸냐고요?" 울컥하는 바람에 말이 끝까지 나오지 않았다. 답답해 미칠 것 같았다.

"빼돌린 거 아이다. 입원시캣지비!"

"영달이는 다리만 아프잖아요. 근데 왜? 아니 그것도 필요 없고 지금 당장 가요. 어디예요? 그 병원 어디냐고요?" 꿈쩍도 하지 않는 아저씨를 향해 소리를 질렀다. 아저씨는 억지로 몸을 일으켜 세웠다. 트럭을 두고 자가용에 올랐다. 운전은 기어코 당신이 하겠다고 우겨 할 수 없이 조수석에 앉았다.

"경흠아! 영달이 니한테는 절대 말하지 말라 캤음매!" 아저씨는 기가 죽어 있었다.

"미친 놈……." 내 입에서 욕이 흘러나왔다.

"지가 내게 한 말이 뭔데. 내가 벽에 똥칠할 때까지 살자고 약속해 놓고……." 창밖은 이미 캄캄해 오고 있었다. 아저씨도 말이 없었다.

"나쁜 새끼……." 갑자기 힘이 빠지기 시작했다.

격한 감정 탓일까? 어느새 잠이 들어 있었다. 얼마나 지났는지 황씨 아저씨가 나를 깨웠다. 그리고 우리는 차에서 내렸다. 환한 가로등이 있어 주차장은 밝았지만 사방이 어두웠다. 숲 속에 위치한 건물은 온통 흰색이었다. 그곳은 정신병동이었다. 아저씨가 어디로 전화를 걸었다. 하지만 거절당했다. 3년 만에 동생을 보러 왔다고 떼를 써도 절대 안 된다는 것이었다. 우리는 할 수 없이 인근 여관에서 자기로 했다.

"경흠아, 내가 없어도 니가 영달이 봐 줄 꺼지비?" 침대에 누워 아저씨가 말했다.

"내가 왜 봐 줍니까? 아저씨가 봐야지!"

"내가 니 맘 다 알고 있지비."

"그러면서 뭐 하러 물어봐요!"

"나도 인간 아임매!"

"노랭이 영감이지비!" 내가 웃으면서 놀려도 아저씨는 아무런 반응이 없었다.

"경호마! 일로 가까이 오이라!"

"오늘 힘들었지요? 푹, 주무세요."

"내 니 한번 안고 자 봄세!"

목소리에서 아저씨의 고단함이 느껴졌다. 나 역시 힘든 하루였다. 내일이면 친구를 볼 수 있다는 생각에 조금은 흥분되었다.

다음 날 여섯시, 눈을 떴다. 하지만 일어날 수가 없었다. 아저씨의 팔이 나를 꼭 껴안고 있었다. 아저씨가 아직 자고 있어 조금씩, 조금씩 발쪽으로 움직여 빠져나왔다. 그리고 아저씨의 얼굴을 내려다보았다. 편안한 얼굴을 하고 있었다. 팔은 둥글게 깍지를 끼고 그대로 나를 안고 있는 모습이었다. 나는 그 모습을 보고 웃을 수밖에 없었다.

그런데 '왜 팔을 저렇게 하고 있지?'라는 생각이 불현듯 들었다. 깍지를 풀려고 손을 만졌다. 순간 온몸에 전율이 느껴졌다. 아저씨의 체온이 식어가고 있었다. 나의 체온도 식어가는 것 같았다. 인간이란 죽음을 이렇게 모른단 말인가?

아무런 생각도 나지 않았다. 어떻게 해야 할지 가슴이 고동쳤다. 아무리 흔들어도 반응이 없었다. 나는 그 자리에 주저앉아 "황 씨 아저씨!" 하고 통곡을 했다. 그러자 여관 사람들이 문을 열고 들어왔다. 그들이 경찰서에 신고를 해 주었다. 조서를 꾸미고 사망신고를 위해 구급차가 도착했다. 그리고 시신을 집 근처 장례식장에 안치시키고 영달이네 집으로 차를 몰고 돌아왔다. 코앞에 있는 친구를 보지 못하고 돌아와야만 했다. 사망신고가 되자 변호사가 찾아오고 보험회사 관계자들이 줄줄이 도착했다. 눈물은 이야기할 때 불쑥불쑥 쏟아져 나왔다. 목재소 직원들에게 일주일간 쉬게 했다. 장례식장을 예약하고 모든 것을 스톱시켰다. 그리고 한나절 동안 곰곰이 생각했다.

친구에게 알려야 할 것인가? 아니면 장례식을 먼저 치를 것인가? 그것을 결정해야만 했다. 아내는 정신병원에 있는 사람에게 충격을 줄수 있으니 장례식을 먼저 치러야 한다는 것이었다. 맞는 말이기도 했다. 하지만 친구에게 원망을 들을 것만 같았다. 아무것도 결정할 수가 없어 변호사를 불렀다. 변호사는 묘지가 근처에 준비되어 있다는 것과 장례비용은 모두 준비돼 있다는 것을 알려주었다. 나는 할 수 없이 장례식을 먼저 치르기로 결정했다. 어차피 친구는 상주 역할을 할 수 없기 때문이었다.

황 씨 아저씨를 장지에 묻고 영달이네 집에 도착했다. 황 씨 아저씨를 아는 사람들이 갑자기 몰려들었다. 그들의 얼굴에는 뭔가 그늘이 드리워져 있었다. 이 공장과 집을 어떻게 할 것이냐고 내게 물었다. 황씨 아저씨는 친척도 없고 자식도 없으니 마을 자산으로 넘기거나 나눠가져야 한다는 것이었다. 힘들어 죽을 것만 같은데 무슨 뚱딴지같은 소린지 화가 났다. 그중에는 어릴 때 학교를 같이 다니던 친구도 끼어있었다. 내일 이야기하자고 말했지만 막무가내였다. 내가 사기꾼이라도 된 것 같았다. 할 수 없이 마을 사람들 앞에 나섰다.

"여러분, 저도 잘 모르겠습니다. 하지만 영달이 아직 살아 있습니다. 비록 정신병원에 있지만 살아 있으니 내일 변호사가 오면 이야기해 보겠습니다."라고 말했더니 또다시 마을 사람들이 떠들기 시작했다.

"정신병원에 있는 사람이 뭘 결정해요?"

"저도 모릅니다. 이럴 때 법적으로 어떻게 처리해야 하는지 변호사가 알아서 하지 않겠어요?"라고 말하자 한 사람씩 집으로 돌아가기 시작했다. 누군가 나무를 들고 가려고 하자 목재소에서 일하던 외국인 직원들이 안 된다고 말렸다.

아내는 집으로 돌아와 눈을 붙이라고 말했지만 나는 황 씨 아저씨 집에서 잤다. 낮에 본 사람들이 어떻게 할지 몰라 외국인 노동자들과 잘 수밖에 없었다. 다음 날 오전부터 동네 사람들이 몰려들었다. 변호사가 오후가 되어 도착했다. 몰려드는 사람들을 응대하기란 쉽지 않았다. 빈정거리는 말투에 주먹을 날리고 싶었지만 할 수가 없었다. 나의 일이면 그렇게 했을지도 모르지만 장사를 치른 집에서 예의가 아닌 것 같았다.

오후가 되자 변호사가 도착했다. 변호사는 공장에 설치된 마이크를 찾았다.

"황정호 씨의 유서와 유언을 공개하겠습니다. 잘 들어 보시고 끝나면 질문하셔도 좋습니다."

잠시 마이크가 울리더니 황 씨 아저씨의 육성이 흘러 나왔다. 유언은 자신이 쓴 글을 읽고 있는 것 같았다.

"내 이름은 황정호입니다. 함경남도 원산에서 태어났습니다. 일사후퇴 때 남한으로 내려와 지금까지 살고 있습니다. 나는 같은 처지의 정순희와 결혼하여 삼 형제를 낳았지만 둘은 죽고 막내아들 영달이만 남았습니다. 나는 월남 파병으로 고엽제 후유증에 시달리지 않았습니다. 하지만 나의 자식 둘은 고엽제 후유증에 시달려 죽었고 막내아들 만 남았습니다. 모든 재산을 막내를 위해 남기고 아들의 법적 대리인 으로 막내의 친구이자 내 가슴으로 낳은 자식 김경흠에게 맡기겠습니 다. 국민은행의 현금 자산 17억 원과 H 증권사에 예탁 중인 주식과 내 가 죽은 후 나올 보험금 모두 경흠에게 주고 대성목재소와 땅, 집 그리 고 강원도 고성에 있는 산은 막내 영달이 이름으로 남깁니다. 만일 영 달이 죽으면 부동산을 모두 경흠이가 운영하는 학원에 기부하겠습니 다. 경흠아, 내가 죽으면 아들을 잘 부탁한다. 병원에서 차도가 없을 것 같으니 차라리 니가 데리고 살았으면 좋겠다. 내가 부탁할 곳은 너 밖에 없다. 너희 형제가 잘 사는 모습을 죽어서라도 보고 싶다. 2008 년 12월 4일."